묘,
영혼을 사로잡은
고양이

묘, 영혼을 사로잡은 고양이

초판 1쇄 찍은 날 | 2015년 7월 21일
초판 1쇄 펴낸 날 | 2015년 7월 24일

지은이 | 문희
펴낸이 | 예경원

편집 | 유경화

펴낸곳 | 예원북스
등록번호 | 제396-2012-000132호
등록일자 | 2012. 7. 25
YRN | 제1-0109호

주소 | 경기도 고양시 일산동구 무궁화로 8-28 삼성메르헨하우스 1118호 (우) 410-837
전화 | 031-819-9431 팩스 | 031-817-9432
http://cafe.naver.com/yewonromance
E-mail | yewonbooks@naver.com

ⓒ 문희, 2015

ISBN 979-11-5845-004-5 03810

묘,
영혼을 사로잡은
고양이

YEWONBOOKS ROMANCE STORY

문희 장편 소설

예원북스

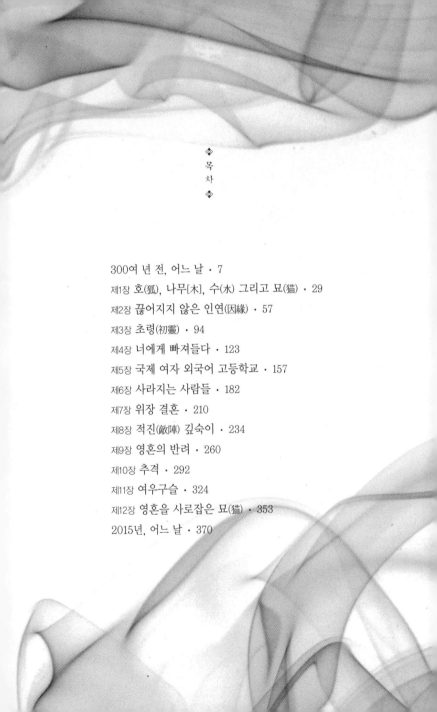

목
차

300여 년 전, 어느 날

경신환국(庚申換局)이 끝나고 강력한 왕권의 숙종(肅宗)이 희빈 장씨의 치마폭에 놀아나고 있을 그즈음 강력한 다른 세력이 있었으니, 남인(南人)을 몰아낸 서인(西人)도 아닌 그들은 조선팔도(朝鮮八道) 비좁은 영토가 아닌 하늘 아래 세상을 원했다. 존재 자체가 두려워 이야기 속의 상상의 것으로 꽁꽁 숨겨둔 그들이 세상을 갖기 위해 조금씩 움직이고 있었다.

덜컹덜컹.

가마가 움직일 때마다 가마의 뚜껑에 달린 수술이 요란하게 움직여서 화려함의 극치를 보이며 가마의 안에 타고 있을 여인이 세

도가(勢道家)의 여인임을 말해주고 있었다.

섬섬옥수(纖纖玉手) 곱디고운 손이 다홍색 치마 위에 놓여 있었다. 흐트러짐이라고는 볼 수 없는 병조판서(兵曹判書) 이대호 대감의 어여쁜 외동딸 아랑의 나이는 방년 열여덟이었다.

금강산(金剛山)의 산세가 험하여 한번 절에 올 때마다 여간 고역이 아니었다. 태어나면서부터 일 년에 한 번은 꼭 가는 절이었다. 주지스님께서 매년 그녀를 위해 불공을 드려주시는데 왜인지 이유는 알 수가 없었다. 다만 이렇게 절에 다녀오고 나면 아버지께서 굉장히 좋아하셨기에 험한 산임에도 불구하고 효심 깊은 아랑은 매년 절을 찾았다.

아랑은 스님께서 주신 염주를 만지작거리고 있었다. 정신이 산만할 때나 불안할 때 마음의 위안이 되어주는 부적과 같은 것이었다. 스님께서 절대로 몸에서 빼지 말라 명하셨지만 그녀는 팔에 차고 있는 것보다 이렇게 손으로 만지고 있는 것이 더 좋았다.

벼락 맞은 대추나무로 만든 염주 팔찌는 그 구슬 하나하나에 무엇이라 알 수 없는 글자들이 새겨져 있었다. 그녀의 팔목에는 붉은색의 하늘 천 자 모양의 점이 있었다. 스님께서는 자꾸 염주로 붉은 점을 가리라고 하셨지만 아랑은 하늘에 계신 어머니가 그녀와 함께 있다는 의미 같아서 그 점을 굳이 감추고 싶지 않았다.

가마꾼들이 험준한 산길에 힘이 들었는지 임금 행차 시에나 들을 수 있는 권마성(勸馬聲) 소리도 내고 가마싸움에서나 들을 수 있는 소리도 하며 기운차게 산을 오르고 있었다.

"어이야."

"어이야, 네 말 좋다 자랑 마라, 내 말 좋다 자랑 마라."

아랑은 가마꾼들의 신명 나는 소리를 속으로 따라 부르며 울렁거리는 속을 달래고 있었지만 점점 더 세차게 출렁이는 가마의 움직임에 결국 가마의 창을 열었다.

"개똥아~"

"네, 아씨."

"아직 멀었느냐?"

"해 지기 전에는 도착한다는데 조금만 참으세요."

"그래, 알았다."

가마의 창을 닫고 눈을 감은 아랑은 다시 자세를 바로잡았다. 남이 보지 않는다 하여 흐트러질 수는 없는 노릇이었다.

쿵!

가마가 갑자기 한쪽으로 쏠리며 떨어졌다. 위치로 봐서는 뒤쪽 가마꾼에게 문제가 생긴 모양이었다. 바닥에 거칠게 놓인 가마로 인해 아랑은 가마 안에서 거의 한 바퀴를 돌았다.

"아!"

미처 정신을 차릴 틈도 없이 바깥에서 비명 소리가 끊이지 않고 들려왔다.

"산적이다!"

"아악~!"

태어나서 이보다 혼란스러운 적이 있었던가? 내동댕이치다시피 한 가마 안에서 아랑은 몸을 바로 하고 앉았다. 바깥의 소란함보다는 지금은 아녀자로서의 몸가짐이 더 중요했다.

"아씨, 제 손을 잡으셔요."

가마의 문이 갑자기 열리더니 개똥이 얼른 아랑의 손을 잡아 밖으로 빼내주었다. 밖으로 나온 아랑의 눈에 산적들에 의해 죽어 있는 하인들과 그들과 싸우고 있는 가마꾼들이 보였다.

가마꾼들의 대항이라고 해봤자 나무 몽둥이로 산적들의 칼을 막고 있는 정도였다. 대적할 능력이라고는 없는 가마꾼들의 몸이 산적들에 의해 잘려져 나가고 있었다. 대부분 재물만을 빼앗고 사람들은 놓아주는데 이들은 잔혹하기가 그지없었다.

"아가씨, 빨리 도망가야 해요, 빨리요!"

멍하게 서 있는 아랑의 손을 잡으며 개똥이 소리를 쳤다.

"내 어찌 도망을 친단 말이냐?"

"아가씨, 안 그러면 죽습니다. 아버님을 생각하셔야지요!"

그랬다. 그녀의 아버지는 어머니께서 아랑을 낳고 돌아가시자 목숨보다 더 아랑을 아끼던 분이셨다. 아랑은 마음을 고쳐먹고 살기 위해 양반의 체면을 버리고 산으로 뛰기 시작했다.

"저기, 계집들이 도망친다!"

"빨리요!"

그 후로 아랑은 정신없이 앞만 보며 달리기 시작했다. 목숨은 미련이 없으나 여인의 몸으로 산적들에게 더럽혀질 수는 없는 노릇이었다. 정신없이 달리다 보니 신고 있던 고무신이 어디론가 사라져 버려 버선발로 뛰는 아랑이었다.

그러나 문제는 신발이 아니었다. 개똥이가 자꾸만 뒤로 처지고 있었다.

"개똥아, 빨리~"

"헉, 헉, 아가씨, 도망가세요. 빨리요."

아랑은 뒤에 처져 있는 개똥을 돌아보며 걸리적거리는 치마를 무릎 위까지 올려 들고는 산 위로, 산 위로 그렇게 뛰어갔다.

"헉, 헉."

몸종 개똥이의 숨소린지 자신의 숨소린지 도무지 알 길이 없는 소리가 산에 울려 퍼지고 있었다. 산적들을 피해 그녀는 그렇게 앞만 보고 뛰었다.

열 명이 넘는 장정들이 수십 명이 넘는 산적들의 손에 모조리 죽어나는 것을 본 아랑이었다. 그들을 살려줄 마음 따위는 아예 없는지 산적들은 계속해서 쫓아오고 있었다.

돌쇠는 도망가는 계집들을 잡기 위해 열심히 뛰고 있었다. 이번에 산적의 우두머리가 바뀌면서 어떻게 해서든지 조금이라도 두목에게 잘 보여야 했기 때문에 그는 항상 두목의 가까이에 서 있었다.

두목의 출중한 무예 실력 때문인지 인근의 산적들을 하나로 통합시킨 지금은 몇십 명이나 되는 산적 집단으로 커졌다. 두목은 다 좋았지만 그가 생각해도 조금은 잔인했다. 남정네들은 다 죽이고 아이와 계집들은 노비로 내다 팔았다. 조금 전에 그에게 도망치는 계집들을 잡아오라고 명한 것도 두목이었다.

다들 두목에게 잘 보이느라 죽은 놈들을 계속해서 찌르고 있을 때 멍하게 서 있는 박가 놈을 데리고 계집들을 쫓아왔다. 이번에야말로 계집들을 잡아 공을 세우고 싶은 돌쇠였다.

"저기 있다."

"아악~"

개똥이 산적에게 붙잡혔는지 비명을 지르고 있었다. 뒤를 돌아볼 상황이 아니었지만 걱정되는 마음에 뒤돌아본 아랑의 눈에 개똥이 예상대로 한 놈에게 붙들려 발버둥을 치고 있는 모습이 보였다.

하지만 지금 더 다급한 건 다른 놈이 그녀를 뒤쫓아 거리를 점점 좁혀오고 있는 것이었다. 그녀는 필사적으로 산을 오르기 시작했다.

"아악~"

이번에는 아랑이 산적에게 치마를 붙들려 그 자리에서 넘어지고 말았다. 아랑을 일으켜 세운 남자는 아랑에게 칼을 겨누고는 앞장세워 개똥이 붙잡힌 곳으로 끌고 내려갔다.

"내가 누군 줄 아느냐?"

제법 앙칼지게 얘기하는 게 웬만한 여염집 규수는 아닌 것 같다는 생각이 드는 돌쇠였다.

"내가 알아야 해?"

슬쩍 놀라기는 했지만 그래도 여자였다. 겁을 먹으려다 만 돌쇠가 음흉하게 말하며 칼끝으로 아랑의 저고리를 살며시 들추었다.

"제법 쓸 만한데."

무엇을 먹었는지 남자의 입에서 썩는 냄새가 났다. 또한 평생 태어나 씻어본 적이라고는 없는 듯 남자의 행색은 비렁뱅이와 같았다.

"이놈, 나는 병조판서 이대호 대감의 딸이다. 어디 감히 함부로 칼을 들이대느냐."

계집치고는 꽤 위엄이 있어 보였다. 반반한 얼굴이 지금은 땀과 흙으로 뒤범벅이 되어 있었지만 내다 팔면 돈푼깨나 되겠다고 생각했는데 이대호 대감의 여식이란다.

"젠장!"

돌쇠는 나는 새도 떨어뜨린다는 이대호 대감의 이름을 귀동냥으로 들어 알고 있었다. 자신들이 너무나 큰 상대를 건드렸음을 직감하고는 같이 올라온 녀석에게 말하고 두목에게 얼른 이 골치 아픈 년을 데려다줄 생각이었다.

"아악~"

먼저 잡힌 년의 비명 소리가 아까와는 다르게 소름이 끼치게 산을 울리고 있었다. 이 정신 나간 녀석이 이 와중에 여자를 겁탈하고 있는 것 같았다.

항상 멍하게 있는 박가 놈은 이곳에 들어온 지 얼마 안 된 놈이었다. 말이 없어 순한 줄 알았는데 계집을 이리도 밝힐 줄은 몰랐다.

"미친놈."

아랑을 잡고 있는 산적이 칼로 아랑의 옆구리를 쿡쿡 건드리며 걸음을 재촉하고 있었다. 산적과 아랑이 개똥이가 있는 곳에 도착하자 아니나 다를까 산적이 개똥이를 깔고 앉아 있었다.

그런데 아랑의 눈에는 그 행태가 굉장히 기이하게 보였다. 반항을 해도 시원치 않을 개똥이 마치 죽은 사람처럼 늘어져 있었다. 그리고 남자는 그런 개똥의 배 위에 앉아 키득거리고 있었다.

"이봐, 여기서 그럴 새가 없어. 대장한테 걸리면 죽는다고."

박가는 돌쇠의 말을 들은 체도 하지 않고 여전히 개똥이를 덮치고 있었다.

"이봐!"

보다 못한 돌쇠가 박가의 등을 후려치자 그때서야 박가가 얼굴을 돌렸다. 피가 범벅이 된 박가가 돌쇠를 쳐다보았다. 아랑은 그가 키득거린 게 아니라 개똥이를 먹고 있었음을 그때서야 알았다.

"워어억!"

돌쇠가 너무 놀라 뒷걸음질을 치자 개똥이를 먹고 있던 박가가 순간적으로 돌쇠의 앞에 섰고 한 손으로 돌쇠의 목을 잡고는 발이 공중에 뜨게 천천히 들어 올렸다.

"컥~ 컥."

목을 쥔 손에 힘이 들어가자 남자가 발을 버둥거렸다.

"방해하지 말았어야지, 돌쇠야."

그리고는 남자의 목을 젓가락 부러뜨리듯이 꺾어버렸다. 사람의 목이 그렇게 힘없이 부러질 수 있다는 걸 아랑은 처음으로 알았다. 남자를 바닥에 그대로 놔버린 사내가 아랑을 바라보았다.

"기다려, 다음은 너야."

사내의 목소리는 여자도 아닌 남자도 아닌 중간의 목소리였다. 아니, 두 사람이 말하듯이 합쳐져서 아랑의 귀에 들렸다. 그런데 더욱 기이한 건 사내가 입을 떼지 않고 그녀에게 말을 했다는 것이었다. 그리고 사내에게서 갑자기 푸른색의 불빛이 보이기 시작했다.

너무나 놀라운 장면을 보아서인지 아랑은 어지러웠다. 모든 게 꿈만 같았다. 그것도 아주 고약한 꿈 말이다. 그런데 엎친 데 덮친 격인지 그녀의 팔에 차고 있던 염주가 어디론가 사라졌다. 절대로 빼면 안 된다 스님께서 그리 신신당부를 하셨는데 염주를 잃어버린 것이다.

주변을 아무리 둘러봐도 그녀의 염주는 없었다. 사내의 생각이 읽히고 사내의 몸에서 빛이 보이기 시작한 것이 아무래도 그녀의 염주와 관련이 있는 것 같았다.

온몸을 감싸고 있는 빛은 잘못 보면 푸른 불꽃처럼 보였지만 타는 것은 아니었다. 아랑은 뒷걸음질을 치다가 자신의 치마에 걸려 뒤로 나자빠졌다.

"악!"

하지만 아랑의 시선은 사내에게 가 있었다. 개똥은 죽었는지 큰대자로 누워 있었고 남자는 개똥의 가슴속에 있는 빨간 덩어리를 꺼내 씹고 있었다. 세상에 태어나 이렇게 잔혹한 광경은 처음 보는 아랑은 정신을 놓지 않으려 애를 쓰고 있었다.

"쿵쿵! 아카시아 향이 나는군."

사내가 아랑을 보며 말했다.

"올해 열여덟이지?"

갑자기 사내가 아랑에게 물었다. 입가에는 개똥이의 피가 흘러내리고 있었다. 사내의 충격적인 모습에 아랑은 속이 울렁거렸다.

"이년도 열여덟이고."

무엇을 건드렸는지 개똥의 몸에서 피가 분수처럼 솟구쳐 올랐다. 피비린내가 바람을 타고 아랑에게까지 전해졌다.

"욱~"

아랑은 자신도 모르게 속의 것을 쏟아냈다.

"열여덟, 좋은 나이지. 아카시아 향이 무척 진하군. 오늘은 둘

씩이나. 운이 좋은 날이야."

사내가 아랑과 개똥의 나이를 알고 있었다. 아랑의 겁에 질린 표정에서 물음을 찾았는지 사내가 말을 했다.

"어차피 죽을 건데 이유는 알고 싶지?"

"……."

아랑은 죽어도 이 괴물에게는 죽고 싶지 않았다. 차라리 자결을 해서라도 부모님이 물려주신 몸을 함부로 하고 싶지 않았다.

"우리는 열여덟인 순결한 처녀의 간을 먹지. 아카시아 향이 나는. 다른 건 안 돼. 왜냐고? 그게 염라대왕과 우리 여우령(靈)들과의 약속이지. 순결한 처녀의 것만을 먹어야 우리가 힘을 얻어. 이게 우리에게는 형벌이나 마찬가지지만."

"여우령?"

아랑이 팔꿈치와 발을 이용해 조금씩 뒤로 움직이고 있었다. 개똥이를 다 먹었는지 동작을 멈춘 괴물이 갑자기 목에서 무언가를 토해냈다. 푸른색의 어여쁜 구슬이었다. 손이 절로 갈 만큼 아름답고 고운 그 빛에 아랑은 홀리는 느낌이었다.

괴물은 그 빛에 자신의 기(氣)를 불어넣기 시작했다. 아마도 사람을 먹은 후에 하는 의식인 것 같았다. 괴물이 기를 불어넣자 구슬이 더욱 큰 빛을 발하고 있었다.

도망쳐야 했다. 그런 그녀의 마음을 읽은 것일까. 기를 다 불어넣은 괴물이 아랑을 보며 말했다.

"기다려. 아니, 도망쳐도 난 너를 잡을 거니까 괜히 힘 빼지 마."

이 괴물의 말을 듣고 나니 더더욱 그녀는 도망쳐야 했다. 괴물에게 그녀의 간을 순순히 내놓을 수는 없었다. 괴물은 고개를 돌려 다시 기를 불어넣은 구슬에 뭐라고 중얼거리고 있었다.

그 틈을 이용해 아랑은 조용히 자리에서 일어나 뒤도 돌아보지 않고 뛰었다.

"히히히."

그녀가 뛰자 괴물의 웃음소리가 산속에 소름 끼치게 메아리를 치고 있었다. 그녀가 도망을 가는 게 괴물에게는 아무 일도 아닌 것 같았다. 얼마나 달렸을까. 잠깐 선 자리가 바로 낭떠러지였다. 살고자 하는 본능이었을까. 아랑은 자신도 모르게 걸음을 멈추었다.

"하~ 아~ 하아."

거친 숨소리가 계속 나왔다. 심장이 먼저 터져 버릴 것 같았다. 순간 그녀의 바로 뒤에서 소름 끼치는 괴물의 목소리가 들렸다.

"괜히 힘만 뺀다고 그랬잖아."

여우령이라고 했던가? 그것이 뭐든지 지금 아랑의 눈에는 괴물이었다. 작은 체구에 어찌 보면 왜소한 모습이었다. 그래서 산적들 사이에 섞여 있어도 아무도 그가 괴물인 줄은 몰랐을 것이다. 옷은 개똥의 피로 물들어 있었고 입 주위도 그러했다.

다만 그가 처음 볼 때와 다른 점이 있다면 얼굴이었다. 얼굴이 마치 여우와도 같이 주둥이가 나와 있었고 입이 귀까지 찢어져 있었다.

"네 이놈, 가까이 오지 마라."

"히히히."

그녀의 말이 그에게는 매우 가소로운 듯했다.

"내 아버지가 병판 대감이시다, 이놈."

아랑이 가슴에 손을 대자 소매가 흘러내려 팔목이 드러났다. 여우령의 눈에 하늘 천 자 모양의 붉은 점이 띄었다. 이것을 가리기 위해 염주로 팔을 가렸건만 그걸 알 리가 없는 아랑이었다.

아랑이 잘못 본 것일까. 괴물의 얼굴에 흉측스런 미소가 떠올랐다.

"네가 아랑이구나, 하늘과 땅이 맞닿은 날 태어난 아이."

괴물은 아랑의 이름을 알고 있었다.

"뭐야, 그냥 계집일 뿐인데 이상하군."

순간 괴물의 얼굴이 일그러졌다.

"카아악~!"

이번에 괴물은 입을 벌려 소리를 냈다.

그랬다. 괴물은 아랑에게 말을 할 때 입을 벌리지 않았다. 사람을 먹을 때는 그들은 온전히 여우이기 때문에 그들의 말은 인간으로 둔갑했을 때만 사람들이 알아들었다.

"우리를 알아보는군."

여우령들은 신들조차도 그들이 모습을 드러내기 전에는 찾기가 힘들었다. 얼마나 교묘하게 인간들에 섞여 있는지 사람인지 여우인지 알 길이 없었지만 그들을 보는 옥황상제의 눈을 가진 자는 그들의 몸에서 뿜어져 나오는 푸른색의 여우 광(光)을 볼 수 있었다.

지금 여우령은 자신들에게 전설로만 전해지는 자를 눈앞에서 보고 있었다. 절호의 기회였다. 이 계집만 없애면 그들은 좀 더 깊은 곳으로 숨을 수 있었다.

"그런 쓸데없는 소리 말고 당장 물러서지 못할까!"

"아니지, 너는 우리에게는 재앙과도 같아. 숨어 있는 우리들을 찾아낼 수 있는 유일한 옥황상제(玉皇上帝)의 눈을 가진 아주 위험한 년이지. 중놈이 매년 너를 위한 부적을 만들어 잘 보호했는데 오늘이 기회야. 부적이 사라졌으니."

아버님이 왜 매년 그녀를 이곳으로 보냈는지 이유를 처음 알게 된 아랑이었다. 아랑의 발걸음이 점점 뒤로 향하고 있었다. 괴물이 알아채지 못하도록 말이다.

"네년이 아무리 소리를 친다고 한들 이 산은 나의 것, 아무도 너를 도와줄 수 없느니."

갑자기 괴물이 사람의 살을 찢고 본모습을 드러냈다. 9척(尺) 장신의 모습을 드러낸 괴물은 두 발로 선 여우의 형상이었다.

"신체발부 수지부모 불감훼상 효지시야(身體髮膚 受之父母 不敢 毁傷 孝之始也)라 하였다. 내 어찌 부모님이 주신 몸을 함부로 하겠 느냐."

아랑은 이렇게 말하며 마음을 가다듬었다. 앞의 괴물은 살이 떨 릴 만큼 무서웠지만 갈기갈기 찢겨 욕되게 죽는 것보다 자결이 훨 씬 나은 방법이라 생각했다.

"히히히, 마음대로 지껄이거라. 어차피 죽을 목숨."

괴물이 점점 그녀에게 다가왔다. 괴물이 아랑을 잡으려는 순간 이었다.

"아버님, 소녀의 불효를 용서해 주세요."

아랑은 이 말을 함과 동시에 괴물이 그녀를 붙잡을 사이도 없이 깊고 깊은 골짜기로 몸을 던졌다.

"캬아악~"

떨어지는 동안 그녀의 귀에는 괴물의 울부짖음이 들렸다. 이제 는 끝인 것이다. 곧 있으면 저 밑바닥에 그녀의 몸이 산산이 부서 질 것이다. 그녀는 두 눈을 꼭 감았다. 이렇게 열여덟 해의 짧은 인생을 마감하는 순간이었다.

눈이 부셨다.

끔찍한 고통의 끝이 저승일 줄 알았는데 그녀는 죽음의 순간 고 통을 전혀 느끼지 못했다. 마치 긴긴 잠을 자고 일어나는 것처럼 개운한 느낌마저 들었다. 눈을 뜨니 하늘과 마주하는 곳의 정자에 누워 있었다. 그때 그녀의 눈에 검은 고양이의 꼬리가 보였다.

이 녀석이 아무래도 그녀를 깔고 앉아 있는 모양이었다. 꼬리로 벌레를 쫓는 듯 녀석은 잠시도 꼬리를 가만두지 않았다. 몸을 일으키고 싶었지만 그녀의 생각과는 다르게 몸이 움직이지 않았다. 그때 정자 밖에서 강한 광채가 나는 흰옷을 입은 사람이 그녀의 앞으로 다가오고 있었다.

"깨어났느냐?"

대답하려 하였으나 그녀의 입 또한 움직여지지가 않았다. 고통은 기억나지 않았지만 벼랑에서 떨어진 후유증 같았다.

"생각보다 빨리 깨어나서 다행이다."

남자의 목소리는 커다란 울림을 가지고 있었다. 그리고 따뜻함도 느껴졌다. 마치 엄마의 자궁 안 같은 편안함이 남자에게 있었다. 아랑은 남자의 얼굴이 너무나 보고 싶어 고개를 들어 그를 보려 했지만 눈이 부신 광채를 가진 그의 얼굴은 볼 수가 없었다.

'염라대왕(閻羅大王)인가?'

아랑의 머리에 순간적으로 떠오른 단어였다. 그렇다면 그녀는 이렇게 편하게 누워 있을 수만은 없었다. 예를 갖추어야 하는데 그녀의 몸은 쉽게 움직여지지 않았다. 자결을 하였으니 그녀는 지옥으로 떨어질 것이 분명했다. 몸을 일으키려 할수록 뭔가 자꾸 따로 노는 느낌이었다.

"가만히 있거라."

"⋯⋯."

그녀의 몸부림이 안쓰러웠던지 남자는 가만히 있으라고 말했다. 남자의 말속에는 그녀를 걱정하는 마음이 들어 있었다. 부모, 형제가 아니라면 이렇게 따사로운 말은 하지 않을 텐데 아랑은 갑자기 아버지와 오라비가 생각이 났다.

"너는 지금 네 몸에 있지 않다."

"⋯⋯."

남자가 아랑이 알아들을 수 없는 말을 했다.

"너의 영혼은 고양이의 몸 안에 들어 있다. 벼랑에서 떨어질 때 이곳에서 너의 육신까지 살릴 수는 없었기에 너의 영혼을 내가 키우던 고양이에게 숨겼다. 그래야 저승사자의 눈길을 피할 수 있기 때문이니라."

아까부터 그녀의 눈에 아른거렸던 검은색 고양이 꼬리는 그녀의 꼬리였던 것이었다. 이 기가 막힌 상황은 분명히 꿈이 확실했다. 꿈이어야 했다. 하지만 이게 현실이라는 불길한 느낌이 아랑을 사로잡았다.

남자가 누워 있는 아랑을 가볍게 들어 올리더니 쓰다듬기 시작했다. 너무나 따뜻한 그의 손길에 아랑은 눈물이 날 것만 같았다. 벌써 고양이로 적응이 되었는지 그가 쓰다듬어 주는 게 좋기까지 했다.

"불쌍한 것, 이제 너는 온전히 혼자다. 너의 아비는 이미 여우령에게 죽임을 당했고 너의 오라비 또한 마찬가지로 죽었다."

"야옹~ 야옹."

너무나 기가 막혀 울부짖자 목이 터지며 고양이 소리가 났다.

"너의 원수는 12령 중의 하나이다. 여우구슬을 가진 놈이지."

"야옹, 야옹."

"그리고 너를 죽이려 한 놈이다. 기억해라. 12령 중에 가장 간교한 놈이니라."

아랑의 울음소리가 고양이의 울음소리가 되어 밖으로 나왔다. 이 무슨 청천벽력 같은 소리인가? 이제 그녀는 아무도 없었다.

"너도 여우령들에게 복수를 하고 싶지 않느냐?"

"야옹, 야옹."

남자가 아랑의 머리를 쓰다듬어 주었다.

"내가 도와주마, 너의 특별한 능력은 네가 태어날 때부터 이미 알고 있었느니라."

남자도 아랑의 능력을 알고 있었다고 했다. 아직 눈이 부셔 그의 얼굴은 볼 수 없었지만 그가 아랑의 은인임은 틀림없는 것 같았다.

"이제부터 너의 이름은 묘(猫)이니라."

남자의 손길을 따라 진짜 고양이처럼 아랑의 머리가 그의 손을 타고 움직였다.

"아랑은 이제 잊어라. 네가 태어날 때 하늘의 기운이 땅과 맞닿았다. 너는 그 기운을 받아 영혼을 볼 수 있는 능력을 가지고 태어났지. 그 능력을 가리기 위해 너의 아버지는 너를 절로 보냈다."

남자가 계속해서 쓰다듬어 주자 아랑의 마음이 안정이 되었다.

"태어나면서부터 너는 여우령을 볼 수도 있었지만 아버지가 스님들의 힘을 빌려 붙여둔 부적이 그동안 너를 보호하고 있었다. 그러다 이번에 12령을 만나 봉인이 풀려 이제는 스스로 영혼의 목소리도 듣게 되었다. 나도 너의 능력이 어디까지인지 궁금하구나."

묘는 이제 자신이 영혼을 보는 것뿐 아니라 그들의 소리도 들을 수 있다는 것을 알았다.

"너에게는 가장 중요한 능력이 있다. 그건 바로 네가 흩어진 12령의 여우구슬을 하나로 합칠 수 있는 유일한 자이니라."

도통 못 알아들을 말만을 하는 남자였다.

"12개의 구슬이 합쳐지는 순간 옥황상제의 힘을 가질 수가 있다. 세상이 그의 발 앞에 무릎을 꿇게 될 것이다. 나는 그것을 여우령들로부터 지키고 싶다."

묘는 그가 무슨 말을 하는지 아직은 이해가 되지 않았지만 복수라는 그의 말은 아주 마음에 들었다.

"묘야, 이제부터 너의 복수가 시작될 것이다."

머리에서부터 발끝까지 모두 검은색인 묘는 남자의 품에 안겨

정자 너머의 산을 매서운 눈으로 보고 있었다. 그리고 비록 고양이의 몸이 되었지만 오늘의 원수를 가슴에 새기고 있었다. 그 살기가 남자에게 닿자 묘는 알 수 없었지만 남자의 입에는 만족스런 미소가 떠올랐다.

남자는 자신을 산천지령(山川地靈)이라고 말했다. 산천지령이 사라지고 해가 서산에 걸리자 묘는 자신이 고양이에서 여인으로 변함을 경험했다. 꿈같은 현실을 믿을 수가 없어 시원한 폭포수 아래에 몸을 담갔다. 온몸에 소름이 돋는 것이 추위가 느껴졌다.

예전에는 그냥 숲이었는데 이제는 정령(精靈)들이 그녀의 눈에 보였다. 여기저기서 몰래 그녀를 훔쳐보는 정령들이 묘는 무섭지 않았다.

고양이의 몸속에 들어온 묘는 몸만 변한 것이 아니었다. 마음 또한 점점 더 차갑게 변해만 갔다. 무엇도 따를 수 없는 아름다움이 생긴 대신 복수의 마음으로 인해 따뜻했던 마음 또한 점점 사라져 갔다.

달빛에 그녀의 아름다운 몸이 드러났다. 예전의 몸이 아닌 변화된 몸이었다. 칠흑같이 검은 생머리와 우윳빛 피부가 몹시도 대조를 이루었다. 원래 긴 생머리였지만 지금은 훨씬 길게 자라 있었고 가슴 또한 더욱더 봉긋하게 솟아올라 있었다. 그녀의 허리가 가늘기는 하였으나 지금은 손으로 잡으면 잡힐 만큼 가늘어져 있었고 엉덩이는 작은 언덕처럼 동글게 솟아 있었다.

그녀의 아름다움에 숲의 모든 것들이 숨을 멈추었다. 묘는 타고난 요염함이 있었다. 고양이의 몸에 들어오면서 묘의 모습이 많이 달라졌다. 인간의 모습이라기보다는 정령에 가까운 묘는 보는 이의 혼(魂)을 사로잡는 놀라운 외모를 가졌다. 그리고 자신은 모르지만 그녀의 몸짓은 숲 속 정령들의 마음을 사로잡을 만큼 변해 있었다.

"예쁘네."

달빛이 물을 비춘 것인지 아니면 그녀의 아름다움을 비춘 것인지 그녀의 새하얀 몸은 숲 속의 모든 것들을 숨죽이게 만들었다.

"언제까지 혼자 지내야 하는 거야?"

묘가 잔잔한 물을 손으로 쳤다. 물이 잔물결을 이루며 둥근 원을 이루어 퍼지고 있었다. 그녀가 하는 모든 몸짓은 하나의 아름다운 움직임이 되고 있었다. 입 밖으로 나오는 말만 더 이상 거칠어지지 않는다면 묘는 천상의 선녀와도 같았다.

물의 정령들이 그녀의 곁으로 몰려들었다. 물방울이 그녀를 감싸고 나무와 꽃의 정령들도 그녀를 위해 화사한 빛깔을 뿜어냈다. 밤이었지만 그들은 모두 묘에게 인사를 하기 위해 그렇게 노력을 하고 있었다.

물론 숲의 모든 것들이 그녀를 환대하지는 않았다. 여기저기 숨어서 그녀를 보고 있는 도깨비들은 훗날 그녀가 자신들에게 위험한 존재가 될 것이라는 걸 미리 알기라도 한 것처럼 몸을 숨기고 있었다.

앞으로의 파란만장한 일들을 꿈에도 생각하지 못하는 묘는 지루했지만 평안한 휴식을 즐기고 있었다. 하루, 이틀, 사흘 그렇게 묘에게는 새로운 날들이 지나가고 있었다.

제1장 호(狐), 나무[木], 수(水) 그리고 묘(猫)

쿵, 쿵, 쿵, 쿵.

London Grammar의 Hey Now 리믹스가 클럽 안을 가득 채우고 있었다. 사람들의 손에 들려진 야광 스틱봉의 위엄이 조명이 꺼진 스테이지에서 더더욱 빛을 발했다. 일사불란한 그들의 광기어린 손짓은 뭔가 주술에 걸린 사람들 같았다. DJ의 현란한 손놀림에 사람들의 의식은 점점 사라져 가는 듯했다.

빠라 빠빰, 빠라 빠빰.

새로운 음악으로 바뀌고 나자 그 광기가 더해져 이제는 무당들이 굿을 하는 것처럼 모두 그 자리에서 방방 뛰고 있었다. 온몸이 땀으로 흥건히 젖은 사람들이 DJ의 환상적인 디제잉에 일사불란하게 움직이고 있었다.

"머리가 터질 것 같아."

매번 보는 광경이었지만 지난 300년을 살면서도 아직까지 적응이 되지 않는 것이 있다면 이 시끄러운 일렉트로닉 음악이었다. 뇌를 터트려 버릴 것 같은 음악 소리에도 묘는 2층에서 아래를 내려다보며 광란의 사람들을 가만히 주시하고 있었다.

오늘 분명 여우령이 이곳에 들어오는 걸 보고 같이 따라 들어왔는데 놓치고 말았다. 아마도 룸으로 들어간 것 같았지만 일일이 열어볼 수도 없는 노릇이어서 오빠들과 여우령이 나타날 때까지 기다리기로 했다.

여우령을 단번에 해치울 수 있는 호위무사 같은 나무, 수와 같이 300년이라는 시간을 함께해 오고 있는 묘였다. 지금은 모두 흩어져서 쥐새끼같이 사라진 여우령을 찾고 있었다.

묘가 2층에 서서 아래의 광란의 스테이지를 보고 있는 이유는 여우령도 여우령이지만 귀찮게 따라붙는 남자들 때문이었다. 300년이 지나도 남자들의 밝힘은 끝이 없었다.

"머리에 피도 안 마른 것들이……."

짜증스러웠지만 오늘은 그만큼 중요한 날이었다. 묘가 남자들 때문에 머리가 아프다면 그녀의 오빠들은 여자들 때문에 머리가 아픈 것 같았다.

여자들에 둘러싸여 있는 수가 묘의 눈에 먼저 들어왔다. 큰 키에 귀족 같은 분위기를 내는 수에게 여자들은 맥을 못 추고 불나방처럼 달려들곤 했다. 지금은 세 명이 그를 둘러싸고 부비부비를 추고 있었다.

세상이 변해도 너무 변했다. 남녀칠세부동석이라 하였거늘 예전 같으면 경을 칠 노릇이었다.

나무는 계속 바에 서서 술을 마시고 있었고 여자들이 계속 말을 걸어왔지만 듣는 척도 하지 않고 있었다. 조금 전까지는 그녀와 눈을 마주치고 있었지만 지금은 귀찮게 달라붙는 여자 때문에 등을 돌리고 앉아 있어서 제대로 신호를 주고받을 수가 없었다.

"미치겠군."

날이 갈수록 신경이 날카로워지는 묘였다. 여우령들을 잡을 때마다 소비되는 에너지가 많아 그녀의 신경 또한 같이 날카로워졌다. 이럴 때는 그녀를 건드리지 않는 것이 그녀의 속사포와 같은 욕을 안 얻어먹는 길이었다.

그때, 누군가 뒤에서 그녀의 매끄러운 허리선을 손으로 슬며시 쓸어내렸다. 다른 때 같으면 쏘아붙여 줬겠지만 낯선 남자의 손길이 그녀의 온몸에 소름이 돋게 만들고 있었다.

'뭐지, 이 느낌은.'

오랜 세월 고양이의 몸속에 있었던 탓일까. 묘는 이렇게 부드럽게 쓰다듬는 남자의 손길이 좋았다.

"야⋯⋯."

하마터면 고양이 소리를 입 밖으로 내뱉을 뻔했다.

"우리 같이 술 한잔할까?"

남자가 뒤에서 그녀를 안으며 그녀의 귀에 대고 속삭였다. 남녀
칠세부동석을 찾던 자신은 어디로 가버리고 그가 더 만져 주기를
바라는 낯선 여자가 있었다.

남자의 커다란 몸이 그녀의 등 뒤에 닿았다. 싫지만은 않은 느
낌이었다. 남자의 손이 그녀의 배를 감싸 자신에게로 더 바짝 끌
어당겼다. 그리고 그녀의 목에 입을 맞추었다. 꽤 나쁘지 않은 향
을 가진 남자였다.

그때, 그녀의 눈에 푸른색의 불빛을 가진 여우령이 여자를 끌고
가는 것이 보였다.

"아쉽지만 오늘은 내가 운이 나쁜 걸로……."

묘는 낯선 남자에게 아쉽다는 말을 남기고 황급히 1층 스테이
지로 내려가면서 오빠들에게 전화를 걸었다.

"1층 비상구."

다급하게 할 말만을 한 묘는 전화를 끊고는 비상구로 달려나갔
다. 아니나 다를까, 여우령과 여자가 서로 깊은 키스를 나누고 있
었다.

"으으, 응, 오빠."

술에 취한 건지 정신이 나간 건지 여우령의 목에 팔을 두른 여
자가 자신의 몸을 계속해서 부비고 있었다.

"미친년."

묘는 고개를 흔들며 그들을 지켜보고 있었다. 지금 오빠들이 와도 한참이 지났어야 하는데 그들은 소식이 없었다. 대신 그녀의 눈에 구석에 세워진 빗자루 속에서 갓 나온 도깨비가 들어왔다.

그녀의 매서운 눈과 눈이 마주친 도깨비가 얼른 눈길을 돌렸다가 조심스럽게 다시 묘를 쳐다보았다. 이를 놓칠 리 없는 묘가 검지손가락을 까딱거리자 도깨비가 고개를 가로저었다. 안 오겠다는 표시였다. 그녀가 손으로 목을 베는 시늉을 하자 고개를 푹 숙이고 그녀의 옆으로 왔다.

지금은 도깨비들이 묘를 도와주고 있었다. 세상과 섞여 조용히 지내고 싶어하는 도깨비들과는 달리 여우령들은 세상을 쥐고 흔들고 싶어해서 도깨비들은 여우령들을 싫어했다.

그냥 처음부터 그들의 몫을 알고 즐거운 음악이나 들으며 사람들을 상대로 장난이나 치면 되는 것이지 굳이 영혼들이 인간을 지배하려고 하는 것에 그들은 반대했다.

묘에게 주는 도깨비들의 소스로 지금의 여우령의 행방을 알 수가 있었다. 여우령들이 사람으로 변신하면 보통의 도깨비들도 모르기 때문에 간을 먹을 때의 모습이 눈에 띄면 묘에게 바로 알려주었다.

지금 이 여우령은 얼마 전에 할아버지의 간을 먹은 걸 도깨비들에게 들킨 후부터 감시의 대상이었다.

"어인 일로?"

도깨비가 조용히 물었다.

"왜 왔을 것 같아?"

"놀러."

묘가 도깨비를 무섭게 째려봤다.

"내가 넌 줄 알아?"

도깨비들은 신나는 음악을 좋아했다. 이렇게 머리가 터질 것 같은 음악이라면 더 사족을 못 썼다.

"좀 어떻게 좀 해봐, 죽을지도 몰라."

묘가 도깨비에게 다급하게 말을 했지만 도깨비는 자신의 귀를 손가락으로 파고 있었다. 귀찮다는 뜻이었다.

"안 되는 거 알잖아."

도깨비들은 남의 일에 끼는 걸 싫어했다. 지금 그녀에게 정보를 주는 것도 여우령을 싫어하기 때문이지 그걸로 끝이었다.

"의리 없는 놈."

묘의 눈이 여우령과 여자에게로 향했다. 12령이 아니면 굳이 열여덟 살 처녀의 간이 필요하지 않았다. 사람의 간을 일 년에 한 번만 먹어도 그들은 힘을 유지하며 살 수가 있었다.

하지만 많이 먹는다면 그만큼 힘은 커지기 때문에 사람들에게 알려지는 걸 알면서도 그들은 연쇄 살인마를 흉내 내며 자신들을 철저히 감추었다.

"할아버지 간을 처드신 지 얼마나 됐다고."

실종된 사람들 중에 대부분이 이미 그들에게 희생된 사람들이었다.

"뭐야."

오빠들이 아직도 오지 않고 있었다. 여우령 앞에서 전화를 다시 걸 수도 없었다. 묘는 여우령이 아무리 사람으로 둔갑을 해도 그 특유의 몸 전체를 감싸고 있는 푸른빛을 볼 수가 있었다. 그리고 그들의 생각을 읽을 수도 있었지만 그들을 당해낼 능력은 아무것도 없었다.

삼국지의 제갈공명처럼 책략가는 될 수가 있었지만 장비나 관운장은 될 수가 없었다. 한마디로 싸움을 할 수 있는 능력이 안 되었다. 그녀의 타들어가는 속을 아는지 모르는지 앞은 더욱더 가관이었다.

아무리 골이 빈 여자지만 조금 있으면 여우령에게 희생을 당할지도 모르는데 온갖 교태를 떨고 있었다. 여자의 간을 먹고 나면 여기서 사라질 여우령이었다.

이렇게 여우령을 놓칠 수는 없었다. 열심히 키스를 하던 여우령이 슬며시 오른손을 들어 올리자 금세 털이 수북하고 손톱이 길게 변하였다. 손톱은 잘 갈려진 작은 단도(短刀)와 같았다. 그리고 키스를 하던 입을 떼자 그의 얼굴이 점점 여우의 얼굴로 변하고 있었다. 여자는 술에 어찌나 취해 있는지 상대방의 변화를 인지하지 못하는 것 같았다.

"오빠, 키스해 줘."

그러면서 얼굴을 자꾸 가져다 대고 있었다. 자신의 목숨이 경각에 달한지도 모르는 이 한심한 영혼을 구해야 하는 건지 솔직히 묘는 알 수가 없었다.

여자는 코카콜라 로고가 써진 얇은 흰색 탱크톱에 엉덩이의 아래가 다 보이는 짧은 숏 팬츠를 입고 있었다. 풍만한 가슴 때문에 코카콜라 로고가 팽창해 더욱 커 보였다. 여우령이 이제 슬슬 처리할 때라고 느꼈는지 오른손을 높이 들어 여자의 가슴을 향해 움직이려 하자 묘는 자신도 모르게 소리를 질렀다.

"야!"

묘는 여우령을 볼 수 있을 뿐 그들을 죽일 수 있는 힘이 없었다. 하지만 이미 엎질러진 물이었다. 여우령을 해치워 줄 오빠들은 나타나질 않고 여자는 죽기 일보 직전이고 묘로서는 다른 방법이 없었다.

갑작스런 그녀의 출현에 여우령은 잡고 있던 여자를 기절시켜 자신에게서 떼어내고는 묘에게 순식간에 다가왔다. 매번 느끼는 것이지만 그들의 스피드는 정말 빨랐다.

축지법(縮地法)을 써서 땅을 접고 다니는지 마치 순간 이동을 하는 것 같았다. 그리고 고개를 두 번 옆으로 꺾더니 떨고 있는 묘의 얼굴에 자신의 얼굴을 가져다 댔다.

항상 여우령들에게는 피비린내가 났다. 이렇게 코앞에서 마주 대할 때는 정말 괴로울 정도로 피비린내가 심했다.

"이게 누구야? 나를 따라다니시던 분 아니신가?"

마치 아는 친구를 부르듯이 여우령이 말했다.

"반가워."

묘도 이 역한 냄새가 싫어 숨을 참으며 겨우 말을 하고 있었다.

"도깨비들이 나를 알려준 뒤로는 너희들 때문에 너무 골치가 아팠거든."

지난번에는 거의 잡은 놈을 코앞에서 놓쳤었다. 약삭빠른 놈이었다.

"오늘은 혼자인 것 같은데……."

"무슨 말씀을. 오빠들이 지금 지켜보고 있어. 네가 나를 공격하면 오빠들이 달려나오기로 했거든."

최대한 아무렇지 않게 말하려고 애쓰고 있는 묘였다.

"후훗, 그래?"

하나도 안 믿는 눈치였다.

"그럼, 어디 한번 볼까?"

여우령이 묘의 목을 잡아 천천히 위로 들어 올렸다. 온몸의 무게가 목으로 가자 그녀의 숨이 점점 막혀왔다. 소리를 내지도 못하고 점점 얼굴이 빨갛게 되고 발은 발버둥을 칠 수밖에 없었다. 점점 정신이 혼미해져 가고 있었다.

"오지 않는구나, 오빠들은."

그가 살짝 손의 힘을 풀었다.

"내가 쉽게 너를 죽인다면 그동안 너희들에 의해 죽은 우리 일족들의 복수는 못하는 것이지."

또다시 손에 힘이 들어가자 그녀의 동공이 점차 풀려짐을 느꼈다. 고통스러웠다. 이번에는 쉽게 놓아줄 것 같지 않았다.

"네가 300년 동안 죽인 우리의 수많은 일족(一族)들이 지금 이 순간 네가 이렇게 간단히 죽으면 슬퍼하리라는 걸 누구보다 잘 알지."

그가 손을 살짝 내려 그녀의 얼굴을 자신의 얼굴과 마주 보게 하고는 그 길고 큰 혀로 그녀의 얼굴을 핥았다.

"천천히, 고통스럽게 죽여주지. 간부터 너의 살에 붙어 있는 털까지 모조리 남김없이 먹어줄게. 즐기라고, 이제부터 평생 느껴보지 못한 고통을 느끼게 해줄 테니까."

여우령이 입을 벌려 그녀의 목을 물어 뜯으려 하고 있었다. 입은 그녀의 머리가 들어갈 정도로 컸다. 이렇게 가까이서 여우령의 역겨운 입안을 보기는 처음이었다. 이제 모든 것이 끝인 것이다.

"카아악~"

갑자기 묘의 목이 자유로워졌다. 목을 감싸며 묘는 가쁜 숨을 내쉬었다. 진짜로 죽을 뻔했다. 오빠들이 타이밍이 절묘하게 도착한 것이다.

하지만 묘는 눈앞의 상황을 믿을 수가 없었다. 오빠들이 아니었다. 지난 300년 동안 오빠들을 제외하고 여우령을 바닥에 내동댕이친 사람은 처음 보는 묘였다.

"캬아악~ 누구냐?"

"……."

여우령의 물음에도 남자는 대꾸를 하지 않고 여우령의 배를 주먹으로 가격했다.

그리고 빛의 속도보다 빠르게 달아나려는 여우령을 같은 속도로 잡았다. 남자는 마치 사람이 아닌 귀신 같은 능력으로 여우령의 혼쭐을 빼놓고 있었다.

여우령이 쓰러져 바닥에 개구리가 뻗듯이 대자로 뻗어버렸다. 남자의 무술 실력에 묘 또한 감탄을 했다. 실로 오랜만에 보는 훌륭한 솜씨였다.

남자가 묘를 향해 걸어왔다. 어두운 비상계단이라서 그의 얼굴이 보이지 않았지만 가까워질수록 그의 잘생긴 얼굴에 묘는 넋을 잃고 말았다. 그때였다. 죽은 줄 알았던 여우령이 남자의 등을 덮쳤다.

"위험해요!"

그의 어깨를 여우령이 큰 입을 벌려 물었다. 피가 그의 흰색 면티를 빨갛게 물들였다.

"억!"

남자의 입에서 고통스런 소리가 새어 나왔다. 잘생긴 그의 얼굴이 고통으로 인해 일그러지고 있었다.

'난생처음 보는 놈인데 너는 누구냐? 이대로는 살려둘 수가 없다.'

어깨를 물고 있는 여우령의 생각이 묘에게 들렸다. 이 사람이 여우령의 생각을 어찌 읽을 수 있겠는가? 묘가 여우령의 생각을 말해주려고 할 때 그가 놀랍게도 말했다.

"네가 알 것 없다. 그리고 앞으로 볼일도 없겠지."

그러더니 남자가 여우령의 머리털을 잡아 자신의 앞으로 당겨 내렸다. 그리고는 여우령의 악취가 나는 커다란 입을 두 손으로 잡아 찢어버렸다.

"캬~ 악~"

여우령이 흉한 소리를 내며 푸른 불길에 사라졌다. 묘가 슬쩍 살펴보았지만 그 안에서 여우구슬은 나오지 않았다. 12령 가운데 하나는 아닌 것이다. 12령만이 여우구슬을 가지고 있었다.

세상을 정복할 수 있는 막강한 힘이 여우구슬에 들어 있었다. 오늘 죽은 여우령은 거의 졸개에 가까운 것이었다.

불에는 탔지만 역겨운 피 냄새는 계속 났다. 그건 남자의 피 냄새인 것 같았다.

"괜찮나?"

묘는 큰 눈을 동그랗게 뜨고 마치 처음 보는 장면에 놀란 것처럼 파랗게 질린 얼굴을 하는 명연기를 선보이고 있었다.

"놀랐겠지."

"가, 감사합니다."

약간 떨리는 목소리로 말하자 남자가 그 잘생긴 얼굴로 그녀를 쳐다보았다. 그리고 손을 내밀어 그녀를 일으켜 주었다. 그녀만이 느꼈을까, 그의 다부진 손을 잡자 그녀의 온몸의 털이 섰다.

소름이 끼쳤다. 남자의 손은 냉동실의 고기처럼 차가웠다. 아마도 오빠들처럼 그도 여우령을 죽이면 기(氣)를 빼앗기면서 체온이 떨어지는 것 같았다.

"여기서 본 것은 잊어."

무뚝뚝하게 한마디를 내뱉고는 남자는 피가 묻은 흰색 면 티를 벗었다. 묘는 자신도 모르게 고개를 돌렸다.

"이런 곳에 오는 여자치고는 순진하군. 남자의 벗은 몸은 처음 보나?"

"아니요."

묘는 자신을 당황하게 하는 남자의 말에 발끈했다. 그냥 넘어갈 수도 있었지만 괜히 자신을 무시하는 것 같아 화가 나는 묘였다.

"아무 여자 앞에서 그렇게 홀렁홀렁 벗나요?"

"아니, 피를 멈추게 할 때만 벗지."

그가 아까 여우령에게 물린 곳을 옷으로 누르고 있었다. 묘의 눈 안에 남자의 모습이 새겨지고 있었다. 그의 벗은 상반신 사이로 피가 흘러내리고 있었다. 어깨에서 시작된 피는 그의 탄탄한 복근에서 청바지로 흘러내렸다. 묘한 자극을 불러일으키는 남자였다.

"피가 너무 많이 나요."

찍~

묘는 입고 있던 면 티의 가슴 아랫부분을 찢어서 그의 어깨 위에 올렸다.

"병원에 가야겠어요."

남자가 묘의 손과 옷을 동시에 잡았다. 둘의 시선이 허공에서 부딪치고 있었다.

"그만해."

"그래도 병원에……."

"아니, 그만."

"……."

그의 카리스마에 눌려 묘는 가만히 서 있었다.

"오늘 일은 잊어."

이렇게 말하고는 남자는 그녀를 두고는 밖으로 사라졌다. 묘는 두근거리는 자신의 심박동이 당황스러웠다. 여태까지 그 많은 여우령들이 사람들을 잔인하게 죽일 때도 놀라지 않던 그녀였다.

"뭐지?"

그녀는 심장에 손을 살며시 올려보았다. 이상했다. 하지만 지금은 더 급한 문제가 있었다. 여우령의 타고 남은 한 줌의 재를 묘는 손으로 쓸어 담아 늘 가지고 다니는 여우 주머니에 넣었다. 산천지령께서 주신 여우 주머니에 여우령의 재를 넣으면 나중에 신기하게도 그들이 먹는 에너지의 원천인 여우환이 만들어졌다.

여우환은 그들이 영생을 누리는 기본 에너지요, 많이 먹을수록 낮에도 고양이나 나무, 물로 변하지 않아도 견딜 수 있는 능력이 생겼다. 그러나 아쉬운 점은 하나를 죽인 재의 양에서는 딱 세 개의 여우환이 나왔다. 그러니 여우령의 재를 함부로 버릴 수는 없었다. 오늘은 정말로 날로 먹는 셈이었다.

여우환은 어찌 보면 그들에게는 복수 이외의 보상 같은 것이었다. 인간들을 지켜준 후에 얻는 보너스였다.

오늘의 여우환은 오빠들에게는 비밀이었다. 뭐 여우환은 언제나 그녀가 관리를 하니 오빠들은 어차피 알지 못하지만 말이다.

"필요할 때 주지 뭐."

여우 주머니를 내려다보던 묘가 얼른 주머니를 바지 뒷주머니에 넣고는 옆에 쓰러져 있는 여자를 한심한 듯 쳐다보았다.

"이봐!"

여자가 얼마나 취해 있는지 정신을 못 차리는 걸 보니 방금 전의 상황은 모르는 것 같았다.

"조금 아플 거야, 그래도 살려면 참아."

취해 있었지만 지금 쓰러져 있는 여자는 열여덟의 미성년이었다. 묘에게 있는 여러 가지 능력 중의 하나가 열여덟 소녀들의 향기를 맡는 것이었다.

그들에게는 아카시아 향이 났다. 하지만 순결하지 않을 때는 그 향이 점점 옅은 향으로 바뀌었다. 지금 이 아가씨는 짙은 아카시아 향은 아니었다. 하지만 그래도 열여덟이었다.

열여덟 해가 완전히 지나야 이 아가씨는 여우령들의 목표에서 벗어날 수가 있는 것이었다. 그렇게 하기 위해 묘는 산천지령이 가르쳐 주신 부적을 몸에 새겨주는 일도 마다하지 않았다. 머릿속에 열두 개의 점을 찍어 모든 잡귀들이 다가오지 못하게 하는 부적이었다.

"너한테 해주기는 조금 아깝다. 어린 게 까져가지고."

부적을 다 새긴 묘는 머리를 콩하고 쥐어박고는 비상계단에서 나왔다. 목숨을 구해줬으면 됐지 더 이상은 상관하고 싶지 않았다.

쿵, 쿵, 쿵, 쿵.

여전히 그녀의 뇌에는 적응이 안 되는 일렉트로닉 음악과 레이저가 정신없이 나오고 있었다.

"도대체 이 인간들은 어디에 있는 거야?"

핸드폰을 들어 다시 통화 버튼을 누르자 이번에는 둘 다 전화를 받았다.

"뭐야, 전화를 받고도 안 온 거야?"

뚜껑이 열린 묘는 다시 핸드폰을 보고 입을 다물었다. 자신이 급한 마음에 통화 버튼을 누르지도 않고 할 말만 하고 끊은 것이었다.

"맙소사, 진짜 큰일 날 뻔했잖아?"

아까 그 남자가 아니었다면 정말로 큰일 날 뻔했던 상황이었다. 저쪽에서 오빠 둘이 걸어오고 있었다. 누가 봐도 눈에 띄는 멋진 오빠들이었지만 오늘은 짜증이 났다. 여자들에게 치여서 동생의 행방은 신경도 안 쓴 그들이었다.

"야!"

오빠들은 묘의 이런 반응에 익숙한 듯이 묘의 양쪽에 서서 그녀의 팔을 잡았다. 바닥에서 발이 붕 뜨자 더 사납게 소리치는 그녀였다.

"여자들에게 정신 팔려서 동생은 신경도 안 쓰고!"

"……."

"이러다가 여우령이라도 나타나면 난 그대로 죽는 거야?"

"……."

발을 구르며 묘가 앙칼지게 말했다. 그래도 묵묵히 묘를 들고 두 오빠는 사람들이 적은 곳으로 묘를 끌고 갔다.

"여자들이 너무 들이대는데 우리도 어쩔 수가 없잖아, 한 번만 봐줘."

언제나 수가 먼저 묘를 달랬다.

"용서가 안 돼."

"미안하다."

오빠들의 사과에 묘의 마음이 조금은 풀렸다.

"그런데 너 옷은 왜 이런 거야?"

탱크 탑이 되어버린 그녀의 옷을 보며 수가 물었다.

"더워서."

그녀의 말에 오빠들은 별다른 반응이 없었다. 묘가 워낙 튀는 걸 좋아하니 오늘의 의상은 그냥 웃고 넘길 정도의 것이었다.

"오늘은 아무 일도 없는 거야?"

방금 전의 일을 알 턱이 없는 나무가 아쉽다는 듯이 얘기를 했다.

"오빠, 집에 가자, 오늘은."

조금 전과는 다른 묘의 반응에 오빠들이 놀라는 것 같았지만 방금 여우령을 해치운 남자를 봤다고 말할 수는 없었다. 왠지 그러면 안 될 것 같은 느낌이었다.

"왜?"

"아까 이리로 들어오는 걸 봤다고 했잖아?"

"도망갔나 봐, 아무리 봐도 없어."

"그럼 미친 척하고 룸을 다 열어볼까?"

오늘따라 적극적인 수 오빠였다.

"쉬고 싶어."

묘가 갑자기 부드럽게 얘기를 하자 적응이 안 되는 오빠들이었다.

"가자고!"

그렇게 소리를 지르자 오빠들이 움직이기 시작했다. 오빠들과 같이 홍대 클럽을 나오자 아직도 안으로 들어가고 있는 얼빠진 인간들이 있었다.

"불금이라 다르구나."

수의 말에 묘는 다시 클럽을 쳐다보았다. 아까의 남자를 다시 한 번 볼 수 있을까 하는 기대감이 자신도 모르게 드는 묘였다.

강남에 위치한 초호화 아파트에 그들은 함께 살고 있었다. 100평이 넘는 아파트에는 조선시대를 옮겨놓은 듯 고가구들이 많이 있었다. 예전부터 그들이 써오던 가구들이 지금은 고가구가 되어 있었다. 아파트는 복층으로 이루어져 그 크기가 엄청났다.

그들이 복층으로 선택한 이유는 베란다에 정원을 만들어야 했기 때문이었다. 집 안에 소나무를 심으려면 그 높이가 얼마나 높아야 하는지 짐작이 갈 것이다.

베란다에는 두 그루의 소나무가 심어져 있었고 그 주위는 작은 시냇물이 흐르게 해 아름다운 숲을 연출했다. 시냇물에는 작은 물고기들도 살고 있었다. 마치 거실에서 보면 숲의 입구를 보는 것 같이 거대한 미니 정원이었다.

300년이란 시간은 그들을 세상에 적응하게 만들었고 낮에는 변한 모습으로, 밤에는 인간의 모습으로 둔갑하여 사람들과 섞여 사는 법을 알게 했다. 금강산의 산천지령이 처음에 그들을 내려 보내실 때 주셨던 금덩어리는 지금 그들이 인간 세상에 적응하는 데 한몫을 했다.

오랜 세월을 살아오면서 그들은 세상에서 가장 끈끈한 가족으로 거듭났다.

무예 실력이 없는 묘는 여우령들을 잡을 수가 없었기에 무예가 출중한 그들이 묘를 지키고 여우령을 없앴다. 나무는 검술이 그 누구보다도 뛰어났다. 거기에 산천지령이 하사한 보검은 더욱 그를 강하게 했으며 언제든 나무로 변하여 자유자재로 쓸 수 있는 몸을 주셨다.

수는 신궁에 가까운 활 솜씨를 가지고 있었다. 그런데 더 놀라운 것은 그가 손을 들면 물로 활과 화살이 만들어졌다. 수는 물속에 영혼이 들어가 있었기 때문에 물의 형태로는 뭐든지 만들어낼 수 있었다. 그렇게 그들은 300년을 오누이처럼 함께했다.

나무, 수 그리고 묘는 소파에 앉아 편하게 휴식을 취하고 있었다.

"오늘은 뭔가 잡힐 줄 알았는데 허무한데."

수는 묘가 봐도 도시적인 느낌이 강했다. 190에 가까운 키에 흰

피부 그리고 동양인 같지 않은 푸른빛의 눈을 가지고 있어서 매우 매력적이었다. 반면에 나무는 수와 키는 비슷했지만 구릿빛 피부에 상남자의 포스를 가지고 있었다. 눈동자의 색깔 또한 짙은 갈색이었다.

"목도 마른데 물이나 마실까."

수가 냉장고에서 1.5리터짜리 물을 몇 개 들고 와서는 소파 테이블 위에 올려놓았다.

어김없이 수는 물을 들고 벌컥벌컥 들이마셨다. 나무도 오랜만에 생수 통 2개를 가뿐하게 비우고 있었다. 수는 물을 마셔야 에너지가 충전이 되었다.

"오빠, 오늘……."

그녀를 구해준 남자에 대해서 말하려다 입을 다문 묘였다. 말을 해봤자 믿을 것 같지도 않았고 말이다.

"오늘 뭐?"

"아니야."

"뭔데?"

"오늘은 분명히 잡을 줄 알았는데 이상해서."

묘가 말을 돌렸다.

"그러게. 너의 느낌은 한 번도 틀린 적이 없었는데……."

수가 다시 냉장고에서 물을 가지고 와서 마시기 시작했다.

"12령 한번 잡고 산에 들어가서 몇 년이고 푹 쉬고 싶다."

"나도."

오빠들은 도시의 공해에 점점 지쳐 가고 있는 듯했다. 조금 잠잠해지면 몇 달은 깊은 숲으로 들어가서 머리를 식혔는데 지금은 늘어만 가는 여우령들 때문에 잠시도 쉴 틈이 없었다.

나무의 직업은 형사였다. 서초경찰서 강력계 형사인 그는 조선 시대에는 포도청(捕盜廳), 조선 말기에는 경무청(警務廳), 일제 강점기에는 경시청(警視廳), 그리고 지금의 경찰에 이르기까지 모두 하나의 직업이었다.

300년 동안 여우령에 대한 정보와 그에 관련된 정보들을 수집하려면 사람들 사이에 섞여야 했다. 그래서 이보다 잘 어울리는 직업은 없었다.

수의 직업은 바리스타였다. 어느 날 커피의 매력에 빠진 뒤로는 그는 모두의 만류에도 불구하고 'Cafe Dosa'의 사장이 되었다. 지금은 예쁜 바리스타를 구해 거의 전적으로 맡기고는 한량 사장이 되어 가끔 수금을 하러 가는 정도였지만 그가 카페에 가는 날은 평소의 매출보다 3배 이상의 매상을 올렸다. 다 잘생긴 덕분이지만 말이다.

하지만 그들의 목표는 언제나 하나였다. '복수(復讐)'. 이것이 300년 동안 그들을 존재하게 하는 이유였다.

"이제 우리 좀 쉬자, 일주일 내내 사람의 모습으로 있으니까 몸에 힘이 빠지는 것 같아."

여우환은 꼭 필요할 때만 묘가 오빠들과 나누어 먹었다. 지금 그녀가 가지고 있는 환은 6개였다. 어제 3개가 생겼지만 오빠들에게 아직까지 말하지 않았다.

오빠들은 몇 개가 있는지 굳이 물어보지 않았다. 묘가 다 알아서 잘하기 때문이었고 요즘은 여우령이 쉽게 나타나지도 않았기 때문에 여우환이 넉넉하지 않다는 정도는 알고 있었다.

여우환 말고도 쉬는 날에 고양이, 나무, 물로 변신을 하면 다른 방법으로도 에너지를 취할 수 있었기 때문에 그들은 그렇게 걱정하지는 않았다.

내일은 일요일이었다. 나무의 당직도 없어서 모두들 정말 모처럼 휴식을 취할 수가 있었다.

"나도."

나무의 팔이 소나무의 가지로 변하고 있었다.

"미안해, 나 때문에."

"아니야, 여우령 때문이지."

나무가 자리에서 일어나 소나무 두 그루 사이에 있는 흙무덤에 자리를 잡았다.

"쉴게."

오빠의 발에서 뿌리가 나오더니 점점 위로 가면서 소나무로 변했다.

"나도 쉬고 싶어."

"그래."

수는 냇물의 중간에 서더니 그대로 물에 흡수가 되었다.

그녀와 300년을 함께해 온 두 사람이었다. 그들은 동이 터 오르면 자신의 영혼이 숨어 있는 몸으로 변했다. 나무는 베란다에 있는 소나무로, 수는 그 앞에 흐르는 미니 시냇물로, 그리고 묘는 검은 고양이의 모습으로 돌아갔다.

중요한 일이 있을 때면 안 변할 수도 있었지만 그렇게 되면 오늘처럼 모두 녹초가 되곤 했다.

정말로 오늘 여우령이 홍대 클럽에 나타날 거라는 제보는 맞았다. 다만 오늘은 그들이 잡지 못하고 낯선 남자가 처리를 했다. 묘와 비슷한 능력을 가지고 있는 남자였다. 심지어 그는 나무와 수의 능력도 있었다.

묘는 한참 동안 남자를 생각하고 있었다. 근육질의 탄탄한 복근을 만지고 싶다는 생각이 들자 그녀의 아랫배가 찌릿찌릿했다. 강렬했다.

동이 터 오르자 검은 고양이로 변한 묘의 몸 위로 햇살이 비쳤다. 따뜻한 햇살이 소파에 누워 있는 묘를 감싸자 자꾸만 잠이 왔다. 묘는 나른하게 기지개를 켰다.

"야옹."

탁!

위스키를 한입에 털어 넣고는 탁자에 놓았다. 얼마나 세게 놓았는지 소리가 집 안을 울리고 있었다. 오늘 그는 하지 말았어야 하는 참견을 했다.

그녀의 모든 게 그를 자극했다. 흰 티에 짧은 치마를 입은 여자들은 클럽에 넘쳐 났었다. 하지만 2층 기둥에 기대 있던 여자의 뒤태가 그를 자석처럼 끌어당길 줄은 그조차 상상하지 못한 일이었다.

여자치고는 큰 키에 늘씬한 다리 그리고 그를 유혹하는 가는 허리가 자신도 모르게 그녀의 뒤에 서게 했다.

한 번도 이렇게 뒤에서 훔치듯이 여인의 허리를 만진 적이 있었던가 할 정도로 그는 여자의 허리를 슬머시 쓸어내렸다. 그러자 거부의 몸짓을 할 줄 알았던 여자가 나른한 몸짓을 했다. 마치 기분이 좋다는 듯이, 그는 용기를 내어 그녀의 귀에 속삭였다.

"우리 같이 술 한잔할까?"

자신이 듣기에도 욕망으로 갈라진 목소리가 나와 그를 당황스럽게 했다. 그래도 아랑곳하지 않고 자신의 손이 자유자재로 그녀의 몸 위에서 놀고 있었다. 이렇게 기분 좋은 느낌을 그는 여자를 통해서 한 번도 느낀 적이 없었다. 강렬했다. 당장 그녀를 가지지 못한다면 미쳐 버릴 것 같았다. 기쁨도 잠시.

"오늘은 내가 운이 나쁜 걸로……."

이 한마디를 남기고 여자는 자신을 팽개치고는 1층으로 사라져 버렸다. 그녀를 놓치면 안 될 것 같아 그는 무작정 뒤를 따랐다. 그리고 지금의 이 상태가 되었다.

여자의 놀라던 눈이 지금도 떠올랐다. 자신이 그녀를 뒤에서 안았던 남자라는 것을 전혀 모르는 눈치였다.

위스키를 따라 다시 입속으로 털어 넣었다. 여자의 얼굴이 떠오르자 자신도 모르게 페니스가 팽창을 하고 있었다.

"내가 여자를 위해?"

어이가 없었다. 여자를 구하기 위해 여우령을 없앴다. 상관하고 싶지 않은 그들의 일에 오랜만에 끼어들었다. 그랬다. 그는 여우령과 인간 사이에서 태어난 특별한 존재였다. 여우령과 관계를 갖은 여인들은 모두 그 자리에서 기가 빨려 죽었다.

하지만 그의 어머니는 특별했다. 여우령과 10년을 함께하셨고 아버지를 살리려다 대신 칼을 맞고 돌아가셨다. 그의 아버지는 12령이었다. 그중에서도 가장 힘이 있던 분이셨지만 여우구슬을 탐하는 자 때문에 돌아가셨다.

지금 그는 자신이 반은 여우령임을 숨기고 살아가는 중이었다. 모든 여우령들이 그의 존재를 알게 된다면 그는 매우 곤란한 상황이 될 수 있었다. 본의 아닌 도구로 사용할 수도 있기 때문이었다.

12령에게도 없는 힘이 호(狐)에게는 있었다. 여우령의 강한 힘과 스스로를 치유할 수 있는 능력과 높은 지능이 그에게는 있었다. 이건 12령과 같은 능력이었지만 그는 그들보다 더한 한 가지가 있었으니 그건 상대의 생각을 읽는 능력이었다.

사실 그는 그 자신이 두려울 때가 있었다. 시간이 거듭될수록 여우구슬의 힘이 그에게 들어와서 자신도 모르게 또 다른 능력으로 진화를 하고 있었다.

여우구슬을 탐하는 자들에게 죽을 줄 미리 아셨던 아버지가 어린 그에게 미리 여우구슬을 숨겨둔 장소를 알려주셨다. 어쩌면 아버지는 그 구슬을 몸속에 가지고만 계셨어도 지금까지 살아 계실 수도 있었을 것이다.

그는 아버지에게서 여우령의 힘을 물려받았지만 태어나서 두 번만 그 힘을 사용했었다. 처음은 아버지가 돌아가실 때였고, 또 한 번은 오늘이었다.

처음에는 그 힘을 어떻게 쓰는 줄 몰라서 아버지께 도움이 되어드리지 못했었다. 그것이 자꾸 호의 마음을 아프게 했다. 그래도 자신의 신분을 노출하는 건 그리 좋은 일이 아니었다.

아버지의 죽음 뒤로 그에게는 이상한 능력들이 생겨나고 있었다. 하지만 그는 그 능력들을 사용하지 않았다. 두려웠다. 다른 평범한 사람들처럼 살지 못할까 봐, 또 아버지를 죽인 여우령들이 그를 찾아와서 죽일까 봐 늘 두려웠기에 자신의 신분을 철저하게 숨기며 살아왔다. 그냥 인간으로 살고 싶은 욕심뿐이었다.

다만 그가 누구의 아들인지는 기억하기 위해 그의 이름을 호(狐)라 하여 12령이었던 아버지를 기억하고 있었다.

내일은 첫 출근 날이었다. 뉴욕 지사장으로 긴 시간을 보낸 그는 그 능력을 인정받아 본사의 사장으로 발령을 받았다. 자신을 접대한다고 서울에서 가장 물 좋은 클럽을 본사 직원이 데리고 갔는데 그는 지금 아무 말 없이 사라진 것이다.

남자는 욕실로 들어간 후 거울에 비친 상처를 보았다. 상처는 생각보다 컸다. 여자가 찢어준 옷이 그의 손안에 있었다. 여자를 다시 떠올리다니 그로서는 정말 처음 하는 경험이었다. 이런 느낌은 좋지 않았다.

"아~"

물로 상처 부위를 닦아내고 손을 얹고 깊이 심호흡을 하자 손에서 빛이 났다. 자신이 생각하고 있는 여인의 아름다움처럼 빛은 그를 따뜻하게 감싸며 치유하고 있었다. 그러자 빛에 감싸인 그의 상처가 점차 아물고 있었다.

피비린내가 진동을 하는 옷을 벗고는 샤워기의 물줄기를 맞았다. 이 물에 그녀에 대한 기억이 사라지길 바랄 뿐이었다.

제2장 끊어지지 않은 인연(因緣)

탁!

서류철이 사납게 책상 위로 내려쳐졌다. 회의실에 앉아 있던 직원들의 얼굴이 점차 사색이 되어가고 있었다.

"이걸 디자인이라고 내놓은 거야?"

여자의 까랑까랑한 목소리가 베테랑 남자 직원들도 주눅이 들게 만들고 있었다.

"미치겠네, 진짜."

여자가 다시금 서류를 펼치며 하나하나 따지듯이 직원들에게 묻고 있었다.

"김 대리, 집이 40평이 넘는데 12자 붙박이장에 이불도 안 들어가면 그 집에 살겠어?"

"디자인을 차별되게 뽑으라고 하셔서……."

"디자인을 차별되게 하라고 했지, 작아서 보이지도 않게 하라고 했니?"

"죄송합니다."

모두들 여자의 얘기에 고개도 못 들고 있었다.

한참을 회의실 문 앞에 서서 귀를 기울이고 있는 호에게 비서가 설명을 했다.

"회사의 자랑인 디자인 2팀입니다. 작년에 대한민국 디자인 대상을 받았고요, 회사에서 건설하고 있는 모든 아파트의 실내디자인을 맡고 있습니다."

"……."

호의 표정을 보고는 비서가 다시 말을 이었다.

"설계팀보다도 더 스파르타죠."

"다들 그만두겠군."

"아니요. 묘 실장 밑으로 들어오고 싶어서 모두들 줄을 서 있습니다."

"묘?"

"특이하죠? 이름이 묘입니다. 별명이 처음에는 고양이였다가 지금은 살쾡이죠. 사납기가 이루 말할 수가 없습니다."

등을 지고 있어서 여자의 모습은 볼 수가 없었지만 직원들의 반응을 보니 카리스마가 장난이 아닌 것 같았다.

"인사하시겠습니까?"

"이거, 혼날까 봐 못하겠군."

그가 농담 반 진담 반의 말을 하고는 다음 부서로 향했다.

"디자인 2팀이라……."

기억에 남을 팀인 것 같았다.

회의가 끝나자 목이 다 쉬어버린 묘였다. 아무리 생각을 해도 팀원들의 머리는 장식 같았다. 사람들이 뭘 좋아할지 뻔한 건데도 그들은 그 한 끗의 차이를 잡아내지 못하고 있었다.

"눈치들이 없어."

그녀의 구시렁거림에 숨조차도 쉬지 못하고 자리에서 일을 하는 사원들이었다.

시계가 한 시를 가리키고 있었다.

"밥 먹으러 안 가?"

긴 회의가 끝나고 점심시간이 되었지만 누구 하나 밥을 먹으러 가는 사람들이 없었다.

"하나, 둘, 셋."

셋을 세기도 전에 부서원들이 모두 사라졌다. 묘는 피식 웃었다.

"귀여운 것들."

300년 동안 수많은 일을 했지만 요즘처럼 즐거웠던 적은 없었다. 한복점도 운영해 보았고 개화기(開化期)에는 양장점도 해보았다. 그래도 묘가 놓지 않은 것이 있었으니 그건 그림을 그리는 것이었다. 아버지로부터 사군자를 배웠다. 그것이 300년을 버티게 해준 힘이었다.

잊어버리고 싶지 않았기 때문에 더욱 사군자나 그림 그리기에 매달렸던 그녀였다. 아버지를 향한 그리움이 그녀의 손끝에 묻어났다.

10년 전 산천지령님께서 전에 없이 국제그룹에 들어가라고 말씀하셔서 그녀는 갑자기 건축학과에 입학했고 잠시 그림을 놓았었다. 하지만 그녀의 그림에 대한 욕구와 재능이 그녀로 하여금 설계가 아닌 인테리어로 전향하게 만들었다.

결과적으론 산천지령님의 뜻대로 국제건설에 입사를 했으니 뜻을 거스르지 않아도 되었다. 왜 국제건설에 입사하라고 하셨는지 지금까지도 그 이유를 알지 못했지만 그녀는 열심히 회사를 다니고 있었다.

"실장님, 새로 오신 사장님 취임식이 내일 있습니다. 빠지시지 말라고 하시네요."

"알았어."

김 대리의 말을 한 귀로 듣고 한 귀로 흘려버리는 그녀였다. 그냥 회사의 불필요한 절차들이 싫었다. 자유로운 영혼이고 싶었다.

"나 하나 안 간다고 티야 나겠어."

그녀는 다시 도안에 시선을 고정시켰다. 산천지령의 지시만 아니었어도 직장 생활을 한다는 건 상상을 할 수 없었을 것이다. 일을 하는 것이 힘든 것이 아니라 낮에도 묘는 사람으로 변해 있어야 하기에 에너지 소모가 많았고 그만큼 쉬는 날에는 지쳐서 하루 종일 고양이의 모습으로 소파에 뻗어서 지내곤 했다. 여우환을 먹으면 버틸 수 있었지만 그들에게 휴식도 필요했다.

그래도 다행인 건 여우령들이 대체로 밤에 나타나기 때문에 얼마든지 그들을 잡을 시간은 있었다.

퇴근 후에 소파에 앉아 조용히 휴식을 취하고 있는 묘였다. 나무 오빠는 보검을 닦고 있었고 수 오빠는 물을 마시기에 바빴다. 묘는 소파에 앉아 오래된 약장을 쳐다보고 있었다. 300년 전부터 그녀가 가지고 다닌 소나무로 된 가구였다. 갈색의 손때 묻은 가구는 세월의 흔적을 그대로 담고 있었다.

수십 개의 서랍으로 이루어진 장은 보고 있기에는 정신이 없었지만 오빠들이 여우령들에게 다칠 때마다 쓰였던 약재들을 보관했던 약장이라 묘에게는 남다른 의미의 장이었다. 지금은 쓰고 있는 주인이 달랐지만 말이다.

그때 가구 사이로 시커먼 머리털이 움직이고 있었다. 어느 날 들어온 그 불청객이었다. 그녀의 눈에 띄지 않으려 애를 쓰는 것 같았지만 도깨비감투를 써도 묘의 눈에는 보이는 도깨비였다.

"어딜 가시나?"

묘가 허공에 대고 이렇게 말할 때면 두 오빠의 표정이 가관이 아니었다. 허공에 대고 얘기하는 묘가 아무리 300년이 지나도 적응이 안 되는 듯했다.

"김 서방, 이리 와, 빨리."

더벅머리 외발 도깨비가 그녀를 향해 콩콩 뛰어오고 있었다.

"부, 불렀어?"

"내가 불렀으니까 네가 왔겠지?"

"왜, 왜?"

말을 버벅거리는 것이 뭔가를 숨기고 있는 게 분명했다.

"왜일까?"

"모, 몰라."

"뭘?"

"너, 널 버리고 온 놈."

어제 그녀가 위험에 처했다는 걸 도깨비들이 다 아는 것이었다. 역시 도깨비들은 소문이 빨랐다.

"그놈, 어디 있어? 내가 그놈 숨어 있는 빗자루를 불태워 버릴 거야."

"어, 안 돼."

묘가 눈동자를 굴리며 은근한 목소리로 말했다.

"그럼, 나한테 뭘 줄 건데?"

도깨비들에게 정보를 들으려면 이런 식의 거래가 필요했다.

"앗!"

묘가 도깨비의 머리채를 잡았다.

"말할게. 내가 아는 김 서방이 사는 곳의 옆집 얘긴데, 딸이 행방불명이래."

"뭐야."

흥미가 가는 얘기가 아니었다.

"아니야, 그 옆집의 김 서방이 그러는데 그 집 분위기가 이상했데, 아빠는 새아빠고."

도깨비들은 다 자기들을 김 서방이라고 했다.

"왜?"

"딸이 학교에서 안 돌아온 그날부터 지금까지 새 남편은 회사하고 집으로 아무 일도 없다는 듯이 정확히 출퇴근을 하고 거기 아들도 학교에 매일 가고 엄마도 경찰서에 신고만 했지, 아무렇지도 않게 집안일을 하고 있다는데."

"어떻게 그렇게 잘 알아?"

"놀리려고 옆집 아줌마로 변해서 갔다나 봐."

도깨비들의 장난이었다.

"아빠가 아닐 수도 있잖아?"

"근데 딸이 열여덟 살이야."

김 서방이 정확하게 핵심을 찌르고 있었다.

묘가 정신줄 놓은 사람처럼 허공에 대고 얘기를 시작하자 보다 못한 나무가 수에게 말을 했다.

"수야, 카페에 안 가봐도 돼?"

나무가 수를 보내려고 하고 있었다.

"응, 우리 카페의 바리스타님께서 사장같이 잘하잖아, 알면서."

"자랑이다."

오빠들이 투닥거리는데도 묘는 도깨비와 계속해서 대화를 나누고 있었다.

"뭐, 특별한 거라도 있어?"

혼잣말을 하는 묘의 상황이 궁금했는지 나무가 물었다. 그러지 않고서는 영혼과 대화를 하고 있는 묘를 이해하기가 힘들었기 때문이었다. 그렇게 나무가 물으면 언제나 묘는 신기하게도 여우령에 대한 정보를 정확하게 주었다.

"하나 걸리는 게 있기는 한데……."

묘가 도깨비로부터 들은 말을 하자 말의 의미를 알아들은 나무가 말했다.

"그냥 그 사람의 뒤를 캐볼 필요는 있을 것 같아."

형사의 촉이었다.

"그 사람 직장은?"

"국제건설."

"묘야, 너희 회사잖아."

"그러니까."

"아는 사람이야?"

"얼굴을 보지 못했으니까 누군 줄은 모르겠지만 딸이 실종된 사람의 소문은 못 들었어. 그리고 우리 회사가 얼마나 큰 회사인 줄 알아?"

이상하다는 생각은 들었지만 생사람을 잡을 수는 없었다.

"김 서방의 말만 듣고 사람을 조사하는 건 좀 그렇지 않아?"

묘의 말에도 두 오빠의 의기투합을 꺾을 수는 없었다. 이번에 여우령을 놓치고 자존심이 많이 상한 오빠들이었다.

오빠들이 서둘러 국제건설로 향하고 있었다. 퇴근 후에 또 회사를 가려니 기가 막힌 묘였다.

십 년째 12령의 행방을 찾을 수가 없었다. 지금은 그들의 우두머리가 죽은 지 20년이 조금 넘었다. 묘는 그들의 새로운 우두머리가 등장했음을 느끼고 있었다.

지금은 5령이 살아 있었다. 그들에게서 빼앗은 각기 힘이 다른 여우구슬은 모두 6개였다. 한 개의 사라진 구슬이 가장 힘이 센 것이었다. 20여 년 전에 죽은 12령의 우두머리의 것이었기 때문이다.

모든 구슬을 빼앗고 여우령들이 세상에서 사라지면 묘도 편안한 안식을 취할 수 있다고 산천지령님께서 말씀해 주셨다. 그때가 될 때까지는 모두들 각자의 소임을 다해야 했다. 그리고 그녀를 죽일 뻔하고 그녀의 아비와 오빠까지 죽인 여우령은 꼭 그녀의 손으로 잡아서 죽이고 싶었다.

"여기야."

그녀가 차를 세우라고 말하자 수 오빠가 국제건설 건물 가까이에 차를 세우며 말했다.

"실제로 보니까 정말 크다."

우리나라 최고의 회사였다. 국제건설은 건설뿐만 아니라 여러 개의 계열사를 가지고 있었다. 어찌 보면 그룹이었지만 창업주인 지금의 회장이 건설이라는 이름을 계속 고집하고 있다고 했다. 높은 연봉과 완벽에 가까운 복지로 대학생들의 꿈의 직장이 이곳이었다.

외관상으로도 굉장히 훌륭한 건물이었다. 뭔가 차갑고 오싹한 느낌이 들기는 했지만 분명 이 높은 건물은 우리나라 건설의 핵심인 국제건설 건물이었다.

"뭔가 싸한 느낌인데……."

묘는 자신도 모르게 중얼거리고 있었다. 매일 출근을 하는 곳이었지만 밤에 보는 회사는 조금 다른 느낌이었다.

"들어가 볼래."

올 때와는 다르게 묘가 더 적극적으로 바뀌었다. 회사 안에 다시 들어가 봐야 할 것 같았다.

"왜?"

"그냥 안에도 한번 살펴보게. 매일 사무실하고 현장만 왔다 갔다 해서 회사에 뭐가 있는지도 잘 몰라."

오빠들이 말릴 틈도 없이 차에서 묘가 내렸다. 그녀의 눈에는 늦은 시간임에도 퇴근해서 나오는 직원들이 보였다. 가까이 갈수록 시나몬 향이 진동을 했다. 무슨 계피 냄새가 이렇게 건물에서 진동을 할까 묘는 의아했다.

묘가 킁킁거리며 냄새를 맡고 있자 건물에서 나오던 남자들이 묘를 힐끔거리며 쳐다봤다. 처음 맡는 냄새였다. 커피숍이 있는 것도 아닌데 이상한 생각이 드는 묘였다.

점차 로비의 출입구 쪽으로 가는 그녀를 아까부터 경비가 매서운 눈길로 쳐다보고 있었다. 그걸 알 턱이 없는 묘는 고양이처럼 살금살금 앞으로 앞으로 나아갔다.

묘가 로비의 출입구 쪽에서 어슬렁거리자 경비가 묘를 향해서 걸어왔다.

"아가씨!"

순간 경비 뒤로 파란색 여우 광(光)을 내고 있는 남자가 지나가 회사 안으로 들어갔다. 분명히 여우령이었다. 파란색의 여우 광은 묘의 눈에만 보이는 것이었다.

"네?"

"이봐, 아가씨. 어딜 가지?"

"저기, 디자인 2팀 실장인데요."

그가 아래위로 훑어봤다. 이번에 경비업체가 바뀌면서 낯익은 얼굴들이 없었다. 그는 퇴근 시간이 훨씬 넘은 시간에 회사에 들어온 낯선 여자가 굉장히 거슬리는 것 같았다. 묘에게는 지금 출입증이 없었다.

"안에 볼일이 있어서……."

시선은 회사 안으로 들어간 여우령을 찾고 있었다. 감쪽같이 사라졌다. 분명히 들어가는 것을 봤는데 보이지 않았다.

"그게……."

"빨리 나가!"

묘의 행동이 수상하다고 느꼈는지 경비 아저씨가 느닷없이 소리를 질렀다.

호는 한참 동안 차창 밖을 보고 있었다. 우연이라고 하기엔 그녀와의 묘한 인연이 깊은 것 같았다. 첫 만남부터가 범상치 않았기에 그는 그녀를 다시 본다면 놓치지 않을 거라 다짐했다. 그런데 그런 그녀가 오늘도 또한 범상치 않은 모습으로 회사를 기웃거리고 있었다. 회사 출근 첫날을 화려하게 마무리할 것 같은 느낌이었다.

"이번에는 경비와 실랑이라……."

만날 때마다 신선하다는 건 인정을 하고 싶었다. 그리고 그를 묘하게 움직이게 만들고 있다는 것도 함께 말이다. 그는 남의 일에 관심을 갖지 않는 뉴요커였다. 그런데 한국에 온 첫날부터 첫 출근에 이르기까지 그는 동네 아줌마처럼 이름도 모르는 저 여자의 일에 자꾸만 끼어들고 있었다.

경비원의 목소리가 그의 차 안까지 들렸다. 호는 자신도 모르게 차 문을 열고 그가 그렇게도 싫어하는 남의 일에 참견을 하러 내렸다.

"날 찾아온 모양인데……."

그 남자였다. 웃통을 벗고 있지는 않지만 그의 짐승 같았던 몸이 그녀의 눈에 아른거렸다. 뭐 솔직히 슈트를 입은 모습도 멋있었다. 이 남자를 다시 보다니 꿈만 같았다. 이렇게 얼빠져 있을 상황은 아니었지만 지금 묘는 너무나 기뻤다.

"안 그런가?"

"네? 네."

그가 그녀를 두 번째 구해주고 있었다. 묘는 지금 시간이 멈춘 것처럼 마치 그와 둘만의 공간에 있는 것 같았다.

그가 덥석 그녀의 손을 잡더니 대기하고 있던 자신의 승용차에 태웠다. 그가 어디로 그녀를 데려갈지도 모르는데 그녀는 그에게 이끌려 뒤에 있는 오빠들의 존재도 아랑곳하지 않고 그냥 그의 차에 탔다.

"김 기사, 출발하지."

"네."

벤츠 리무진에 얼떨결에 탄 그녀는 밖에 있는 오빠들이 그녀의 차를 뒤따르고 있는 걸 고개를 돌려 그때서야 확인했다.

"여긴 무슨 일로 왔지?"

그의 저음의 목소리가 그녀의 심장을 쥐락펴락하고 있었다.

"개인적인 일이에요. 사람 좀 찾으려고요."

겨우 입을 벌려 말을 했다. 야옹이라는 소리를 내뱉고 있는지 인간의 소리를 내고 있는지 묘는 알 수가 없었다. 남자 앞에서 이렇게 떨린 적이 있었나 하는 생각이 드는 묘였다.

윙~

그가 리무진과 운전석의 차단막을 올렸다. 그녀가 개인적이라는 말을 꺼내서인 것 같았다.

"사람?"

"네."

차단막의 기계음이 그녀를 정신 차리게 했다.

"사람들이 다 퇴근한 후에?"

남자가 자신의 커프스를 만지작거리며 물었다. 그 모습 또한 묘하게 자극적이었다.

"이 회사에 다니세요?"

그의 물음에는 대답을 하지 않고 그녀가 궁금한 것부터 물었다.

"성격이 급하군."

"이 회사에 다니시냐고요?"

목으로 침을 삼키며 겨우 말하는 그녀였다. 묘는 자꾸 그의 얼굴을 보고 싶어 고개를 반쯤 꺾어 그를 보고 있는데 남자는 앞만 보고 있었다.

"오늘부터 출근했지."

"네."

"누구지? 찾는다는 사람이?"

"며칠 전에 딸이 실종된 사람이에요. 저는 사람을 찾아주는 일을 하고 있어요."

"흥신소라……."

"나무 탐정 사무실입니다."

"하하하. 탐정 사무실이라. 재밌겠군."

둘러대기는 했지만 여우령에 관해서는 얘기를 하고 싶지 않았다. 아직 그가 아군인지 적군인지 모르는 상황에서 그에게 모든 걸 얘기할 수는 없었다.

남자가 웃으며 그녀를 처음으로 마주 봤다. 짙은 눈썹이 참으로 인상적이었다. 여우들을 너무 많이 봐서 털이 많이 난 사람을 좋아하지 않는 묘였다.

그는 얼굴에 털이 참 매력적으로 많았다. 짙은 속눈썹과 깔끔하게 정돈이 된 구레나룻, 그리고 지금은 깎아서 파르스름한 수염까지 그가 털이 많은 남자임을 말해주고 있었지만 묘는 지금 너무나 그가 섹시하게 보였다.

그리고 그녀는 그가 상의를 벗었을 때의 탄탄한 복근과 가슴의 털을 보았었다. 가슴에서 배꼽 아래로 내려온 털을 생각하자 그녀의 목에 침이 넘어갔다. 갑작스레 털이 많이 난 남자를 좋아하게 된 것이 확실했다.

"그래서 그렇게 무지막지하게 남의 회사에 막 들어오려고 했나?"

그의 말에 정신을 차린 묘였다.

"무지막지는 아니죠. 그냥 사람도 찾고 분위기도 보고."

"그래서, 찾았나?"

"아직요."

"사람을 찾으러 왔다면서 분위기라……."

"사람도 찾고 그렇게 큰 회사는 어떤지도 보고 뭐……."

여우령을 찾으러 갔다는 말과 그때 어떻게 여우령을 죽일 수 있었는지 수많은 질문을 쏟아내고 싶었지만 남자의 시선에 묘는 입을 다물었다. 남자가 묘를 보고 있었다. 갑작스러운 침묵과 남자의 타는 듯한 시선에 묘는 묘한 기분을 느끼고 있었다.

"감사했습니다. 두 번 다."

그와의 침묵이 어색해진 묘가 먼저 입을 열었다.

"감사 인사치고는 가벼운데."

"네?"

둘의 시선이 공중에서 얽혔다. 어쩔 줄 모르고 불안해하는 그녀를 보고 있으려니 꼭 안아주고 싶은 호였다. 그냥 새끼 고양이 같은 느낌을 주는 아가씨였다. 하지만 그녀가 새끼 고양이가 아닌 요염한 고양이임을 누구보다 잘 아는 그였다. 주차장에서 나오다가 회사 출입구에서 서성이는 그녀를 보았을 때의 두근거림을 호는 잊을 수가 없었다.

그리고 그녀의 향기는 수컷을 꼬시는 암컷의 향기였다. 가까이 있으면 마치 페로몬 향으로 전신을 덮은 것처럼 그를 강하게 유혹하고 있었다. 서른다섯이 되도록 그는 여자라는 존재의 매력에 빠져 본 적이 없었다.

가끔 자신의 욕구를 해소하기 위해 여자와의 잠자리는 했지만 그것도 두 번 이상은 지속하지 않았다. 그녀들이 아름답지 않았던 건 아니었다. 오히려 지금 옆에 있는 아가씨보다 아름다운 여자들도 있었다. 모두 잘 기억이 나지 않지만 말이다. 지금 옆에 있는 여자처럼 강하게 끌어당기는 매력이 그녀들에게는 없었던 것 같았다.

그녀의 눈동자는 묘한 색을 띠고 있었다. 검은 눈동자가 아닌 에메랄드빛에 가까운 묘한 색이었다. 마치 고양이의 눈과 같은 색상이었지만 아름다운 동공을 가지고 있었다. 이게 고양이처럼 길다면 정말로 그녀의 눈동자에 놀랐을 것이다.

그는 그녀의 눈동자에서 자신도 모르게 자꾸 입술로 시선이 옮겨짐을 느꼈다. 도톰한 입술에 자신의 입술을 댈 수만 있다면 지금 영혼이라도 팔고 싶은 심정이었다. 그녀가 입술이 마르는지 혀로 마른 입술을 쓸었다.

"뭐 하는 짓이지?"

자신도 모르게 버럭 소리를 질렀다. 얼마나 자제를 하고 있는데 그런 행동을 하는 그녀가 얄미웠다. 놀랐는지 눈이 두 배는 커져 있는 그녀를 안지 않기 위해 호는 두 주먹을 불끈 쥐고 있었다. 여기는 차 안이었다. 자유로운 분위기의 클럽도 아니고 둘은 연인 관계도 아니었다. 일방적일 수는 없었다.

"죄송해요."

분명히 자신이 뭘 잘못한지도 모르고 그가 무서워 사과하는 것이리라. 말을 하는 중에도 그녀의 입술이 파르르 떨리고 있었다.

"……."

그렇다고 인정하기는 싫었다. 몸짓 하나하나가 그를 미치게 하고 있다고.

"몇 살이지?"

"서른 살이요. 적은 나이는 아니죠."

이 상황에서 나이나 묻고 있는 그는 지금 제정신이 아니었다.

"몇 살이세요?"

"서른다섯."

"정말요? 그렇게 안 보이는데……."

기분 좋게 말을 할 줄도 아는 여자였다.

"이름이 뭐지?"

"맞다. 우리 서로 이름도 몰랐네요."

다시 기분이 풀렸는지 그녀는 종달새처럼 재잘거렸다. 그의 시선은 아직도 그녀의 입술에 가 있었다.

"제 이름은 묘예요."

"묘?"

"네. 고양이를 닮았다고 아빠가 지어주신 이름이죠. 나도 그쪽의 이름을 모르는 것 같은데요?"

"호, 고호야."

"화가 이름이네요."

그녀가 방긋 웃으며 말을 하자 호는 무장해제가 되는 느낌이었다.

"그냥 호라고 불러."

"에이, 그래도."

"호라고 해."

또 무뚝뚝하게 내뱉어 버렸다. 마음은 그렇지 않은데 자꾸만 꼬여가는 것 같았다.

"그럼, 호 오빠."

"어?"

"나이도 얼마 차이 안 나니까, 그럼 오빠지 뭐."

그녀가 갑자기 뒤를 돌아봤다.

"뒤에 오빠들이 따라와요. 이제 내려야 할 것 같아요."

그가 기사에게 차를 세우라고 얘기를 하기 위해 버튼을 누르려하자 그녀가 그의 손을 잡았다.

"내리기 전에 감사 인사를 하고 싶어서요."

그가 그녀의 말의 의도를 알아차리기도 전에 그녀의 입술이 그의 입술을 수줍게 덮었다 떨어졌다.

"감사했어요."

그녀의 이런 깜찍한 도발이 그의 자제력을 단숨에 무너트렸다.

"이게 감사 인사의 끝인가?"

그녀는 웃어 보였지만 그는 지금 울고 싶었다. 이게 끝이라면그는 오늘 땅을 치며 후회할 것이 뻔했다.

호는 그녀의 가는 목을 손으로 감아 자신에게 끌어당겼다. 그리고 짐작컨대 그녀가 태어나서 처음 해보는 깊은 키스를 했다. 그녀가 처음 하는 키스라는 걸 그는 확신했다. 나이 서른에 입술을열 줄도 모르는 여자와 키스를 하는 건 처음인 호였다. 그것이 그를 더 자극시켰다. 입술을 여는 법을 가르치고 싶었다.

그는 혀로 그녀의 치열을 훑으며 다른 손으로 그녀의 턱을 살짝힘주어 잡자 그녀가 입을 조금 열었다. 그다음엔 너무나 자연스럽게 그가 그녀의 입속에 혀를 밀어 넣고는 그녀의 입안을 샅샅이훑았다. 말랑한 살들이 부딪쳐 소리를 내고 입술이 혀를 빨아들이는 소리로 차 안이 가득했다.

"미치겠군."

정말 정신이 돌아버릴 것 같았다. 그는 키스만으로 사정감을 느끼고 있었다. 그 어떤 여자도 그를 이렇게 흥분시킨 적이 없었다.

"돌려보낼 수 없을 것 같아."

그의 말을 이해하기도 전에 그의 입술이 다시 내려왔다. 이번에는 아까와는 다른 입맞춤이었다. 그녀의 얼굴을 잡았던 손이 그녀의 목뒤를 감고 더욱더 깊은 입맞춤을 했다. 키스는 여우령들이 여자들을 죽이기 전에 하는 걸 보기는 했지만 직접 하는 건 이번이 처음이라 입을 벌릴 줄도 몰랐다.

그가 집요하게 혀와 입술을 이용해서 그녀의 다문 입을 벌어지게 했다. 처음 느끼는 남자의 혀에 묘는 순간적으로 몸을 경직시켰지만 이 남자는 끝을 낼 생각이 없어 보였다.

그의 혀가 그녀의 혀를 감싸더니 목젖까지 깊숙이 들어와 그녀를 자극하고 있었다.

그가 내뱉은 말이 그의 흥분한 정도를 알 수 있게 했다. 그는 입술에 만족하지 못하고 손을 그녀의 가슴에 가져가 주무르기 시작했다. 그녀는 마치 주인이 몸을 쓰다듬어 줄 때의 고양이처럼 기분 좋은 미소를 저도 모르게 지었다.

그녀의 상태를 아는지 모르는지 그가 그녀의 티셔츠 아래에 손을 넣어 브래지어를 들추고는 맨가슴을 만지기 시작했다.

"아~"

그녀의 입에서 신음 소리가 흘러나왔다. 그와 동시에 그녀의 유두가 아플 정도로 단단하게 섰다. 그가 손가락을 이용해 그녀의 유두를 튕겼다.

"아~ 그만."

이 생경한 감각이 그녀의 영혼을 흔들고 있었다. 남자가 그녀의 도톰한 입술을 다시금 빨아들였다. 그의 혀가 그녀의 영혼까지 빨아들이고 있는 느낌이었다. 처음이었다.

빵~ 빵! 빵!

오빠들이 계속 따라오고 있는 것 같았다. 오빠들이 뒤에 있다는 걸 잊을 정도로 그녀는 그와의 키스에 몰입해 있었다. 미친 것 같았다.

"잠깐만요, 그만해요."

그래도 흥분한 그를 말릴 수가 없었다.

"오빠들이 뒤에 있다구요."

끼이익!

차가 급정거를 하자 그가 그녀를 품에 안았다. 그녀가 다칠까 봐 그가 몸으로 그녀의 에어백이 되어주었다. 놀란 그녀가 그를 쳐다봤다. 오빠들이 아마도 차를 막은 것 같았다.

"내려야 해요."

옷을 급하게 정돈하고 있는 묘의 손을 그가 잡았다.

"못 내리게 한다면?"

놀란 묘의 손을 그가 놓아주었다. 그리고 말했다.

"내일 저녁에 회사로 와, 혼자서."

그의 말이 끝나기가 무섭게 뒷좌석의 문이 열렸다.

"뭐야?"

나무가 차 안으로 얼굴을 넣고서 묘를 살폈다.

"아무것도 아니야. 이분이 날 구해주셨어."

나무가 금방이라도 죽일 듯이 덤벼들자 묘가 막아서며 말했다.

"사실이야?"

"응."

나무가 묘의 손을 잡고는 밖으로 끌어당겼다. 그리고 묘의 상태를 확인했다.

"정말 괜찮은 거지?"

"어, 진짜로 괜찮아."

"오빠가 아니라 꼭 애인 같군."

그가 차에서 내려 그들에게로 왔다. 수도 어찌 된 상황인가 궁금해서인지 차에서 내려 그들에게 걸어왔다.

"뭐라고?"

나무가 달려들 기세였다.

"형, 참아."

수가 나무를 뒤에서 끌어안았다. 묘는 키가 큰 세 남자 사이에서 이러지도 저러지도 못하는 상황이었다. 상황을 정리할 필요성을 느낀 묘가 그들을 서로 소개했다.

"오빠들, 이쪽은 어쨌든 나를 두 번 구해주신 고호 씨야."

여전히 씩씩거리는 남자들 사이에서 묘는 커다란 에너지의 싸움을 느꼈다.

"이쪽은 나무 오빠, 이쪽은 수 오빠예요."

서로 하라는 인사는 안 하고 눈싸움에 바쁜 그들이었다. 나무의 거친 카리스마에 결코 밀리지 않는 그였다.

빵―

갑자기 차들이 막히기 시작했다. 그가 뒤를 보더니 먼저 움직였다.

"가지!"

그는 그녀 쪽은 보지도 않고 자동으로 문을 닫아버리고는 그 자리를 떴다.

"어떻게 된 거야?"

"국제건설에서 여우령을 봤어."

"진짜?"

"응."

빵, 빵, 빵―

"일단 차에 타자."

종로의 한복판이었다. 광화문이 보이는 복잡한 곳에서 그들은 거의 묘기에 가까운 수준으로 차를 세운 것이다. 강남에서부터 이곳까지 오려면 1시간은 족히 걸렸을 텐데 도대체 무슨 짓을 한 건지 자신이 행동하고도 믿어지지가 않았다.

"수, 묘가 여우령을 봤다는데."

"……."

나무는 화가 난 듯했다.

"난 아까 그 녀석 마음에 안 들어."

"묘를 구해준 사람이야."

수의 말에도 전혀 수그러들지 않는 나무였다. 묘가 상황을 바꿔야 할 때인 것을 알고 나무에게 물었다.

"어떻게 할 거야?"

"일단 사라진 아이의 집으로 가보자. 매일 아빠가 들어온다고 했으니까."

그들은 차를 돌려 서초동의 아파트 단지로 향했다. 평화로운 곳이었다. 어디에도 여우령 따위는 없어 보이는 그냥 평범한 곳이었다. 5층 실종자의 집을 몰래 보기 위해 그들은 아파트 뒤쪽 베란다로 향했다.

다행히 끝 동이라 사람들의 눈에 띄지는 않는 위치였지만 올라가서 볼 방법이 없었다. 그때 수가 넓은 나무판자를 아래에 놓고 묘를 올라서게 했다.

"중심 잘 잡아."

그렇게 말을 하고는 자신의 몸을 높은 압력의 물로 만들어 그녀를 들어 올렸다. 묘는 중심을 잘 잡고는 무사히 5층의 베란다로 올라갈 수 있었다.

"흑, 흑, 흑."

"여보, 운다고 해결될 일이 아니잖아. 기다려 봐. 경찰에서 좋은 소식을 가져다줄 거야."

"흑흑, 잘못됐으면 어떡해요."

"아니라니까. 기다려 보자구."

엄마와 새남편이라는 남자가 보였다. 다행히 남자는 여우령이 아니었다. 그는 그냥 평범한 남자였다. 요즘 딸의 가출 때문인지 무척이나 수척해 보이는 평범한 가장이었다. 하지만 김 서방의 말과는 다르게 그들은 분명히 슬퍼하고 있었다.

'아니었어, 그럼 딸은 도대체 어디로 간 거야?'

수에게 내려달라고 하려는 순간, 그녀는 헛것을 본 줄 알았다.

"엄마, 배고파."

역겨운 피 냄새가 묘의 코를 자극했다. 여우령이었다. 자그마한 열 살짜리의 몸을 꽉 채운 푸른 여우 광이 다른 것에 비해 강했다. 묘가 발을 구르자 수가 묘를 내려주었다.

"맞아?"

나무가 궁금한 것부터 물었다.

"남편은 여우령이 아니야."

"그래? 이상한 느낌이었는데 아니었네."

수가 어깨를 으쓱여 보였다.

"그런데……."

"어?"

"꼬맹이 아들이 여우령이었어. 그것도 꽤 빛이 강했어. 12령은 아니지만 쉬운 상대는 아닌 것 같아."

"기가 막히는군."

"어떻게 해?"

"뭘 어떻게 해. 죽여야지."

"엄마가 그럼 둘 다 잃는데 너무 불쌍해."

묘가 솔직한 심정으로 말했다.

"너답지 않게 왜 그래? 아이의 몸으로 둔갑한 여우령일 뿐이야. 사람의 간을 빼 먹는."

"아는데도 쉽지가 않아. 아이의 몸으로 둔갑한 여우령은 처음이잖아."

"그런데 어떻게 잡지?"

"일단은 내일 학교로 등교를 하니까 그때 상황을 봐서 잡아들이는 게 좋을 것 같아."

"아니, 그럼 아이들이 다칠 수 있어."

"우리도 다칠 수가 있고."

수의 얘기도 맞았다. 대부분은 여우령으로 변신을 했을 때 덮친 상황이었지만 이렇게 아이의 모습으로 있을 때 나무와 수처럼 커다란 덩치의 남자들이 공격하는 장면을 본다면 사람들이 가만히 있지 않을 것이었다. 누가 지금 여우의 존재를 믿겠는가?

"머리를 좀 써봐."

"녀석의 뒤를 밟아야 해."

"일단은 나와 나무 오빠를 위로 올려줘."

다시금 어린 여우령이 있는 집으로 올라간 묘와 나무였다. 나무의 눈에는 아직 여우령이 아니라 꼬마 아이로 보였다. 그것도 아주 귀여운 아이였다. 아빠와 나란히 앉아 TV를 보는 아들과 엄마였다.

"엄마, 배고파."

아까도 그 말을 한 것 같았는데 엄마가 정신이 없긴 한 것 같았다. 엄마가 갑자기 일어나더니 주방이 아닌 자신의 방으로 들어갔다. 그리고 갑자기 꼬마가 아빠를 기절시키고 아빠의 머리를 잡더니 그 기를 빨아들이고 있었다.

처음 보는 장면에 나무 오빠도 당황스러워하는 눈치였다. 아빠의 머리에서 하얀 기가 나오더니 아들의 입으로 들어갔다. 왜 그렇게 수척해졌는지 이유를 알 것 같았다.

그렇다면 아이가 여우령이라는 걸 엄마는 알고 있었다는 얘기였다. 묘가 발을 구르자 수가 그들을 다시 땅으로 내려놓았다.

"아이가 새아빠의 기를 빨아들이고 있었어."

나무가 넋이 나간 사람처럼 말했다.

"뭐?"

수도 적지 않게 놀란 눈치였다.

"처녀 간을 먹는 게 아니었어?"

"꼭 그렇지만은 않은 것 같아. 여우령이 힘이 약한 것일수록 능력이 별로 없으니까 남녀노소 가리지 않고 1년에 한 번 이상 사람의 간을 먹는다면 그것보다 힘이 강하고 능력이 더한 놈들은 사람들의 기를 빨아서 자신들의 생명을 연장하고 있는 것 같아."

"12령만이 처녀의 간이 필요한 것이고."

"녀석들이 세분화가 될수록 그 개체가 많아지고 개체가 많아질수록 그들을 통제하기 위해 계급이 생겨날 텐데 걱정이야."

"이미 우리가 알지 못하는 계급이 생겼는지도 몰라."

"일단은 집으로 돌아가서 산천지령님께 물어보자."

모두들 급하게 차를 돌려 집으로 향했다. 집으로 돌아온 그들은 숲의 정원의 두 그루 소나무 사이로 가서 묘가 문을 열기를 기다렸다.

"잠깐만."

지난 300년 동안 집 안에 심어진 두 그루의 소나무는 그들과 괜히 함께한 것이 아니었다. 소나무는 그들의 베란다 정원의 장식품이 아닌 산천지령과의 연결 통로였다. 그 문을 열 수 있는 건 오직 묘뿐이었다.

묘가 집중을 하기 시작하자 두 나무 사이에 커다란 구멍이 형성

되기 시작하더니 숲의 길이 생겨났다. 금강산의 구룡폭포로 통하는 길이었다. 나무와 수는 이렇게 숲으로 들어오면 원기가 회복이 되었지만 묘는 이 문을 열고 나면 10년의 기운이 다 빠져나가는 기분이었다.

"괜찮아?"

언제나 따뜻한 말을 건네는 나무였다. 묘가 힘이 들었는지 휘청하자 나무가 바로 묘를 안아 들었다.

"산천지령님께 말씀드려서 묘에게 원기를 불어넣어 주어야지 안 되겠어."

나무의 걱정에 수가 바로 받아쳤다.

"내가 물고기 잡아줄게. 먹고 나면 좋아질 거야."

"고마워."

묘는 인간이기 이전에 고양이였다. 쥐를 잡아먹을 수도 없고 해서 그녀는 거의 싱싱한 날생선만을 먹었다. 그렇게 먹고 나면 몸에 에너지가 생겼다. 그걸 귀신같이 수가 아는 것이었다.

구룡폭포 가장 높은 곳에 인간의 눈에는 보이지 않는 정자가 있었다. 그곳은 산천지령이 숲을 관리하는 곳이었다. 인간 숲도 숲이라 이곳에서 산천지령은 몹쓸 여우령이 사라지기를 바라시며 나무, 수, 묘를 위해 하늘을 향해 늘 기도를 올리셨다.

"왔구나!"

반갑게 맞아주시니 너무나 감격스러울 따름이었다. 아버지 같은 존재였다. 300년을 한결같이 그들을 따뜻하게 맞아주시는 유일한 분이셨다.

"오늘은 묻고 싶은 것이 있어 왔습니다."

나무가 아까의 충격적인 장면을 산천지령에게 상세하게 말을 전했다.

"저희는 그들이 어떤지에는 관심이 없었습니다. 저희의 원수이기에 묘가 그들을 알아보면 저희는 죽이기에만 힘을 썼습니다."

나무가 모두를 대신해서 처음으로 궁금한 것을 물었다.

"300년이라는 세월 동안 저희도 변했지만 그들도 변하고 있습니다. 저희들이 그들에 대해 좀 더 알아야 할 것 같습니다."

산천지령이 깊은 생각을 하는지 한동안 말이 없다가 드디어 말문을 열었다.

"옥황상제께서 어여삐 여기시는 산천지령이 있었느니라. 어찌나 어여삐 여기셨는지 '내 심장과 같다.'라고 하실 정도였느니라. 천상의 모든 이가 그를 부러워했고 어떤 이는 시기했느니라."

처음으로 듣는 소리에 모두들 숨죽이며 듣고 있었다.

"천상에는 옥황상제의 구슬이 있었다. 엄청난 힘을 가진 구슬은 옥황상제만이 만질 수가 있었다. 어느 날 옥황상제께서 하시지 말았어야 하는 일을 하시고 말았다. 어여삐 여기는 산천지령에게 구슬을 보여주신 것이었다. 그 구슬을 본 그는 구슬이 머릿속에 훤하여 잠을 이룰 수가 없었다."

산천지령이 수염을 만지작만지작거렸다.

"그 구슬 하나면 세상을 자신의 발아래 무릎을 꿇게 할 수 있을 것 같았느니라. 그래서 그는 아무도 모르게 그 구슬을 훔쳐 지상으로 내려왔느니라."

"그분이 여우령이 되셨나요?"

"아니다. 이를 안 옥황상제가 진노하여 그를 잡아들였고 그에게서 구슬을 빼앗아 염라대왕의 불속으로 던져 버리셨다. 그리고는 구슬을 다른 이들도 탐할 것을 염려하여 열두 개로 나누시어 12마리의 여우의 입속에 각각 넣으시고 세상으로 흩어버리셨다."

"그럼 여우령은 어떻게 생긴 겁니까?"

"불속에 갇힌 산천지령은 보통이 아니었다. 염라대왕을 꼬여 구슬을 가져오도록 만들었다. 하지만 성공하지 못했다. 오히려 여우령의 힘만 키우는 꼴이 되었지. 12마리의 뱃속에서 구슬을 꺼내 버리면 쉬운 문제였지만 옥황상제는 12마리의 여우에게 구슬을 수호하는 능력을 주었다."

"그래서 12령이 되었군요."

"그들도 처음에는 우리처럼 정령들이었다. 하지만 염라대왕이 구슬의 힘을 키우는 방법을 일러줌으로써 그들도 욕심을 가지게 되었다."

산천지령께서 한숨을 쉬셨다. 아마도 예전의 일들이 안타까우신 것 같았다.

"지금은 12령들 중에 7명이 죽었다. 그래서 7명을 채우기 위해 그들은 7명의 초령들을 만들었다. 12령이 모이면 굳이 묘의 능력이 필요가 없다. 그들 12명이 구슬을 합칠 수 있기 때문이다. 하지만 이제껏은 12명의 마음을 맞출 수가 없었지만 초령은 어차피 12령의 우두머리의 꼭두각시니 12령의 힘을 갖고 우두머리의 말에 복종하게 길러졌을 것이다. 그리하다면 12개의 구슬만 그들이 빼앗는다면 구슬의 힘은 12령의 우두머리가 갖게 될 것이 뻔하다."

"그런데 저희가 본 여우령은 사람의 간을 먹지 않고 기를 빨아들였습니다."

"그것이 초령이니라. 일반 여우령은 목숨을 연명하기 위해 사람의 간을 먹는다면 초령은 12령이 되어야 하기 때문에 피를 먹지 않고 깨끗하게 몸을 가다듬고 있는 것이니라."

아이가 초령이었다.

"초령의 불빛은 여우령의 것보다 컸습니다."

묘가 말하자 산천지령께서 고개를 끄덕이셨다.

"너희들이 생각하는 것보다 힘이 강할 것이다."

산천지령께서 하신 말씀을 새겨듣고 돌아오려 할 때 산천지령께서 작은 호리병을 건네셨다.

"이것은 옥황상제께서 주신 '천주(天酒)'이니라. 심하게 다쳤을 때 마셔라. 그러면 상처가 사라질 것이다."

12령만이 두려운 존재인 줄 알았는데 또 다른 힘이 있다는 게 그들의 어깨를 무겁게 만들었다.

촉촉한 재즈 피아노 선율이 어두운 실내를 적시고 있었다. 처음 와본 곳이었지만 왠지 자주 들르게 될 것 같다는 생각이 들었다. 멋을 한껏 부린 바텐더는 뉴욕의 나이 든 바텐더들과는 사뭇 다른 가벼움이 있었지만 술을 권하는 그의 실력에 그는 또 한 번 이곳이 마음에 들었다.

커다란 키에 잘생기기도 했지만 사람을 끄는 묘한 매력의 남자 손님에게 바텐더는 마음이 흔들렸다. 성적소수자인 그에게 모처럼 상남자의 포스를 폴폴 풍기는 손님은 대단히 관심이 가는 상대였다.

그가 게이임을 이곳의 사람들은 몰랐다. 별로 알리고 싶지 않은 그였다. 쓸데없이 불이익을 받고 싶지 않아 철저히 숨겼지만 지금처럼 자신을 설레게 하는 손님이 올 때면 그는 성적 취향을 철저하게 숨기고 있다는 사실도 잊어버리고 은근히 대시를 하곤 했다.

"혼자 오셨나 봐요?"

"……."

그가 대답 대신 살짝 미소를 지으며 그를 쳐다봤다. 심장이 바깥으로 나올 지경이었다.

"왜, 너무 궁상맞아 보이나?"

"아뇨, 멋있으세요."

바텐더가 얼굴을 굳히더니 등을 돌려 버렸다. 피아노를 연주하는 지나였다. 붙여시 같은 게 이렇게 멋진 손님이 오는 날에는 어김없이 낚아채 갔다.

"멋있다? 고맙군."

"술 한잔 사주실래요?"

"······."

"아니면 제가 한잔 사도 좋고."

완전히 여우가 꼬리를 치고 있었다.

"아니, 내가 사지. 여기 숙녀분께도 한 잔."

"무슨 안 좋은 일이라도?"

"글쎄. 안 좋은 일일 수도 있지."

모르는 곳에서 처음 보는 여자라 그랬을까. 호는 자신도 모르게 속에 있는 말을 서슴없이 하고 있었다. 다시 안 보면 그뿐이었다.

"그 여자를 좋아하시나 봐요?"

"아니, 욕구불만이야."

몇 번 보지도 않은 여자가 자꾸 그의 신경을 건드리고 있었다. 갖고 싶어서 미칠 것 같은 느낌은 처음인 그였다. 뉴욕에서 서울로 오는 동안 바빠서 섹스를 하지 못한 후유증일 것 같기도 했다. 자신처럼 건강한 남자라면 이런 욕구불만은 느낄 수 있었다.

"그런 욕구불만이라면 제가 해소시켜 드릴 수도 있는데······."

"나는 돈 주고 여자를 사진 않아."

"저도 돈 받고 남자와 관계를 가지진 않죠."

"재미있군."

"재미로 이런 말을 하진 않죠."

그가 술을 단숨에 털어 넣고는 여자를 보았다. 꽤 예쁜 여자였다.

"한 잔 더."

그냥 묘에 대한 생각을 지워준다면 이 여자가 원하는 건 무엇이든 해줄 생각이었다. 하지만 여자는 묘의 생각을 지워줄 수 없을 것 같았다.

"혼자 마시고 싶군."

여자가 자리에서 일어섰다. 그나마 치고 빠질 때는 아는 것 같았다. 여자가 가자 다시 신이 난 바텐더가 그에게 위스키를 따랐다.

"여자들은 귀찮은 존재들인 것 같아요."

"……."

"예쁘기만 하면 다 되는 줄 알고 아무 때나 들이대고……."

아무래도 방금 전의 여자를 두고 한 말 같았다.

"그런가? 아닐 수도 있지."

"죄송하지만 실연당하셨습니까?"

"아니, 실연은 무슨."

"그럼?"

"잘 모르겠어. 그냥 나로 하여금 자꾸 움직이게 만드는 여자가 있지. 묘한 이름의 정말로 묘한 여자야."

"아름다우신가 봅니다."

"아름답다? 아름답다기보다 내 영혼을 사로잡았다고 해야 하나?"

"영혼을 사로잡다? 멋있네요."

바텐더가 봐도 심장이 조이게 멋진 이 남자를 사로잡은 여인은 도대체 어떤 여자일지 너무나 궁금했다. 남자는 한동안 그렇게 바텐더의 마음을 쥐락펴락하며 술잔을 기울였다.

제3장 초령(初靈)

다음날 어린 아들의 하교 시간에 맞추어 집을 방문한 그들이었다. 묘가 초인종을 눌렀다.

딩동!

"누구세요?"

"경찰입니다."

문을 열고 그들을 조심스럽게 보는 여자는 경찰이라는 얘기에 신분증 확인도 하지 않고 문을 열어주었다.

"무슨 소식이라도 있나요?"

묘는 무의식적으로 엄마의 얼굴을 살폈다. 그냥 보통의 엄마였다. 딸을 잃고 많이 수척해진 모습이었다. 얼마나 울었는지 눈은 빨갛게 충혈이 되어 있었다.

그런데 왜 아들이 여우령인 줄 알면서도 가만히 있을까? 혹시 무서워서 반항하지 못하고 당하는 것이라면 얼마든지 도와줄 생각이었다. 한참을 쳐다봤는지 엄마가 묘를 이상한 눈으로 봤다.

"어, 아직 없습니다."

"그래요?"

"좀 들어가도 될까요?"

조금은 머뭇거렸지만 실종 학생의 엄마는 그들을 안으로 들어오게 했다.

"네. 들어오세요."

실종된 학생의 엄마가 길을 비켜주었다. 묘는 집 안에 들어서면서부터 제일 싫어하는 여우령의 피 냄새를 맡았다. 속이 메슥거릴 정도의 강한 냄새였다.

그런데 갑자기 엄마가 스프레이를 뿌리기 시작했다. 어제 국제건설에서 맡은 시나몬 향이었다. 이 향을 뿌리자 거짓말처럼 피 냄새가 나지 않았다.

"시나몬 향을 좋아하시나 봐요?"

"제가 좋아하는 게 아니라 아들이 좋아해요."

엄마는 아들의 얘기가 나오자 얼굴 가득 미소를 지었다.

"학교 갔나 봐요?"

"올 시간이 돼서 뿌려놓는 거예요. 좋아하거든요."

묘는 이 사람이 여우령을 무서워하는 것이 아님을 직감했다. 그러면 뭘까? 알 수가 없었다.

"친척들은 없으신가요?"

"없어요. 모두 미국으로 이민을 갔거든요. 왜 그러시죠?"

"혹시 친척집에 간 게 아닌가 해서요."

"제가 친척집에 간 것도 몰라서 신고를 했을까 봐요?"

묘는 아이가 올 때까지 이 집에 있기로 마음을 먹었기 때문에 어떻게든 아이가 학교에서 올 때까지는 시간을 벌어야 해서 정신 나간 질문도 막 하고 있었다.

"따님 방을 좀 볼 수 있을까요?"

"왜요?"

엄마는 매우 당황하는 기색이 역력했다.

"단서라도 찾을까 해서요."

"이미 보고 갔고, 이제는 다 치웠습니다."

엄마의 말은 단호했다.

"따님을 포기하신 건가요? 아이 방을 치우시기에는 너무 이른 것 아닐까요?"

"열흘이 넘었어요. 가출할 아이도 아니구요. 무슨 사달이 나도 벌써 난 거죠."

차가웠다. 이해가 되지 않을 만큼 딸의 죽음을 확실하게 믿고 있었다.

"아드님은?"

묘가 은근히 묻자 엄마는 대답을 피했다.

"늦게 오나요?"

"왜요?"

신경질적이었다.

"그냥……."

"그만 가주세요. 저희 너무 힘듭니다. 이미 조사받을 때 다 말했고요."

"죄송합니다."

"제발 나가주세요."

그때, 밖에서 누군가 들어오는 소리가 들렸다.

"엄마!"

아들이 들어왔다. 3학년쯤 되어 보이는 귀여운 아이가 미소를 가득 짓고는 엄마에게 와서 안겼다. 묘의 눈에는 어마어마하게 큰 여우 광으로 둘러싸여 있는 아이가 보였다.

"엄마, 누구야?"

"돌아가 주세요."

"이름이 뭐니?"

"도훈."

그들이 누군지 모르는 것 같았다. 아이처럼 천진난만한 미소를 짓자 수 오빠의 표정이 흔들렸다. 묘가 나설 차례였다.

"도훈아, 누나 어디에 있는지 아니?"

"몰라, 누나가 집에 안 와."

순진한 표정으로 말하는 아이를 아무도 의심하지 않는 것 같았다. 아빠의 기를 빨고 있는 모습을 본 나무 오빠조차도 눈빛이 흔들리고 있을 만큼 아이는 순수해 보였다.

"네가 먹지는 않은 것 같고 누구한테 누나를 줬어?"

그녀의 황당한 질문에 아이의 엄마가 발끈하며 말을 막았다.

"이봐요, 애한테 왜 그래요?"

엄마가 둘 사이의 말을 막으며 아이를 감싸 안았다. 정말로 눈물겨운 광경이었다.

"아이를 사랑하는 건 알겠지만 이 애는 아이가 아니에요."

짝!

엄마의 손이 매섭게 묘의 얼굴을 때렸다.

"나가. 안 그러면 경찰을 부르겠어."

경찰이라고 말을 하고 들어왔는데도 엄마가 경찰을 부르겠다고 하니 정신이 없기는 한 모양이었다. 엄마는 자식을 지키기 위해 필사적이었다.

"아주머니께서 이렇게 이 아이를 보호하신다고 해도 이 아인 아주머니에게 감사하는 마음이 없어요."

"엄마, 무서워."

아이로 변신한 초령의 가증스런 연기가 시작되었다. 묘에게는 얼마나 그가 가증스럽게 구는지 다 들리고 있었다.

'엄마는 무슨. 아들만 좋아해서 딸이야 죽든지 말든지 상관없는 불쌍한 인간.'

필사적으로 자신이 감싸고 있는 녀석이 딸을 죽였다는 걸 아는 게 분명했다. 이해가 되지 않는 묘였다. 나무 오빠는 녀석을 감싸고 있는 엄마가 너무나 안쓰러운 것 같았고 수 오빠는 녀석이 기를 빨아들이는 것을 보지 못했기 때문에 둘 다 불쌍해하고 있는 것 같았다. 엄마를 녀석에게서 떼어놓아야 했다.

"엄마~"

녀석이 가증 섞인 목소리로 엄마를 흔들고 있었다.

'빨리 내보내 버려.'

"어머니, 도훈이만이 자식은 아니잖아요."

"나한테 이젠 도훈이뿐이야."

"남편도 있으시잖아요."

"난 남편이 없어."

"새남편이 있으시잖아요."

엄마는 지금 정신이 없었다.

'그건 내 밥이야. 아빠가 아니라.'

"그래, 나도 알아. 네 밥인 거."

'내 생각을 읽는군. 영매(靈媒)인가?'

"내가 신경이 쓰이기는 하는구나?"

'경찰이 영매라……'

초령은 그녀가 누구인지는 모르는 것 같았다. 단순히 경찰인데 영매의 능력이 있는 줄 아는 것 같았다.

"엄마, 저 누나 이상해. 나가라고 해."

"당장 나가."

"못 나갑니다."

"뭐?"

묘가 소리를 질렀다.

"아주머니께서 보호하고 있는 건 아이가 아닙니다. 초령이에요. 사람들의 기를 빨아들이는. 앞으로 몇 명이 죽을지 아무도 몰라요."

"……"

엄마가 초령이 사람의 기를 빨아 먹는다는 말에 멈칫했다.

"제발 정신 좀 차리세요."

"아니야."

"아니에요. 똑바로 보세요. 아주머니 신랑의 기를 빨아들이는데 왜 그대로 두세요?"

'그건 자기가 나에게 구해준 밥이거든. 궁금하지?'

"그래 궁금해!"

묘가 더 이상 참지 못하고 소리를 쳤다.

"그래, 궁금해 죽겠어."

나무와 수는 묘의 원맨쇼를 멍하게 보고 있었다. 이렇게 묘가 비정상으로 보인 적이 있었나 하는 생각이 들었다. 항상 이쯤 되면 여우령이 그 모습을 보이는데 오늘은 까딱도 안 했다. 그냥 겁먹은 아이일 뿐이었다.

"묘야!"

나무가 묘를 불러도 소용이 없었다.

'내가 그렇게 쉽게 모습을 보일 거라고는 생각하지 마.'

"그렇게 생각 안 해. 쉬운 상대면 내가 더 재미가 없지."

수는 일단은 이 자리에서 철수를 하고 기회가 될 때 다시 와야 한다고 생각을 했다. 그리고 나무 형에게 눈치를 주었다. 그러자 나무가 묘에게 다가갔다.

"가자."

"싫어."

"우리가 이번에는 잘못 안 것 같아."

수도 한마디 거들었다.

"아니야."

묘가 화가 나서 소리를 질렀다. 그리고는 급기야 일을 저질렀다. 여우령으로부터 보호할 사람들의 부적을 새기기 위해 가지고 다니는 칼을 꺼낸 묘는 재빠른 동작으로 엄마를 잡고 목에 칼을 겨누었다. 나무보다 빨랐다.

"가까이 오면 너의 먹이 공급책을 죽여 버리겠어."

"묘야!"

"아직 어려서 아무나 잡아서 데리고 올 힘이 없다는 걸 생각을 못했네."

'뭐?'

아이가 가만히 서서 미동도 하지 않고 생각으로만 말하고 있었다.

"왜 힘쓰기 힘든 어린아이의 몸에 들어갔는지 이제야 알았어. 누나 때문이었어. 열여덟이 되면 12령에게 제물로 바치려고 순결한 누나를 옆에서 감시하고 있었던 거야. 맞지?"

'똑똑해. 그런데 그걸 누가 알까?'

맞는 말이었다. 초령이 변하지 않자 오빠들도 묘의 행동을 이상하게 보는 것 같았다.

"안 믿어도 상관없어. 어떻게 누나를 바칠 수가 있지?"

'누나가 아니지. 그냥 제물은 제물일 뿐이야.'

"아줌마, 당신 아들이 누나는 제물일 뿐 아무것도 아니라네. 그리고 당신도 곧 기를 빨아 먹을 거라고 하는데."

"흑, 흑, 흑."

아줌마가 울기 시작했다.

"딸한테 미안한 마음은 들어?"

"흑~"

"당신의 이상한 사랑 때문에 딸은 죽었고 남편은 죽어가고 있어. 미안하지도 않아? 그리고 당신도 죽일 거라고 하는데……."

묘는 초령이 하지도 않은 말을 마구 쏟아내고 있었다. 처음에는 콧방귀도 안 뀌며 열심히 겁먹은 연기를 하던 녀석이 엄마의 표정이 변하자 슬슬 본색을 드러내고 있었다.

"서연아, 미안하다."

엄마가 갑자기 딸의 이름을 부르며 용서를 빌고 있었다.

"나는 네가 제물이 될 거라고는 몰랐어. 다 아픈 동생 때문이라고 생각했는데……."

"……."

"당신은 잘 몰라요. 우리 아들은 정신병이 있어요. 어린 나이에 정신 착란증은 믿어지지 않겠지만 가끔 무서울 정도로 이상한 소리를 하긴 하지만 당신이 말하는 괴물은 아니에요."

'내가 정신병이라고?'

"정신병이요?"

"네. 친아빠도 아이의 병 때문에 속을 너무 끓이다가 시름시름 앓다가 죽었어요. 그냥 아픈 아이 건드리지 말고 돌아가 주세요."

"그 아픈 아이가 아줌마가 죽기를 바라요."

"알아요. 진작에 죽어줬어야 하는데 내 대신 딸이 죽었어요."

조금씩 아줌마를 아들이 있는 쪽으로 끌고 온 묘는 아줌마를 놓고는 아이에게 달려들었다. 그녀의 예상 밖의 행동에 당황한 초령은 본색을 슬슬 드러내기 시작했다. 묘의 칼이 아이의 팔을 찔렀다.

"윽!"

전혀 아이의 목소리가 아닌 소리가 나오자 나무와 수가 달려들 준비를 하고 있었다.

"히히, 미친년. 죽기를 자초하는구나."

갑자기 초령이 빠른 속도로 벽을 타고 천장으로 기어오르더니 천장의 모서리에 붙어 아래를 내려다보고 있었다. 영화 속의 악령을 보는 듯했다. 수많은 여우령을 보았지만 이렇게 벽에 붙어 박쥐 같은 모습을 하고 있는 여우령은 처음이었다.

"캬~ 아악~ 뭐가 그리 너희들을 이곳으로 불러들였는지는 모르겠지만 떠나라."

초령이 경고했다.

"아니, 안 가."

"너희들이 떠나지 않는다면 이 여자는 죽는다."

"아무리 하찮은 미물이라도 자기를 키워준 은인은 아는 법. 너는 지옥의 타는 불도 아깝구나."

묘가 지지 않고 말했다. 이때 수가 물로 활을 만들어 초령에게 쏘자 활은 초령의 팔을 관통했다.

"캬~ 아악~"

귀를 찢는 듯한 소리를 내며 바닥으로 떨어진 초령이 베란다 창문을 뚫고는 옥상으로 기어올라 갔다. 이를 쫓으러 오빠들이 달려나갔다. 나무가 위로 올라갈 수 있도록 수가 나무를 이끌어주었다. 이럴 때는 영락없이 명콤비였다. 엄마는 묘의 다리를 잡고 늘어졌다.

"제발, 죽이지 말아요. 내 아들."

"초령은 괴물이지 아들이 아닙니다."

엄마가 눈물을 흘리며 묘의 발을 잡고 매달렸다. 묘가 자리에 앉아 엄마를 위로했다.

"정성껏 키우신 것은 알지만 초령은 아드님의 몸을 빌린 것이지 결코 아드님이 아닙니다. 아시겠습니까?"

"아니에요. 우리 아이는 아플 뿐이에요."

모정(母情)이 너무나 지나친 엄마였다.

"따님은요?"

"우리 아들이 그런 게 아니에요."

"어디 있는지 아시죠?"

"더 큰 분이 우리 딸을 보고 싶다고 하셨대요."

"누가요?"

"도훈이가 그랬어요."

"따님의 행방은 저희가 찾아드릴게요."

"도훈이는 건들지 말아줘요. 불쌍한 아이예요."

미안한 마음은 들었지만 어쩔 수 없었다. 정신을 못 차리니 정신을 차리게 만들 수밖에.

퍽!

목에 있는 급소를 치자 엄마가 기절을 했다.

"똥인지 된장인지 모르시니까 어쩔 수가 없네요."

그렇게 말하며 여우령이 근처에 못 오도록 머리에 부적을 새겨 넣었다.

"너무 고마워는 마세요."

부적을 새긴 후에 엄마를 거실에 누이고는 묘는 옥상으로 올라 가는 비상구로 향했다. 다행히 태양이 지고 있었다. 그러면 오빠들의 힘도 더 세지기 시작한다. 그리고 초령의 힘도 달빛을 받아 더욱 세질 것이다.

서당 개 삼 년이면 풍월을 읊는다고 했는데 지금 묘가 그런 것 같았다.

쾅, 쾅, 빡!

싸움 잘하는 오빠들과 같이 다니다 보니 이젠 문을 발로 차서 여는 것쯤은 식은 죽 먹기였다.

옥상의 상황은 정말 가관이 아니었다. SF 블록버스터를 4D로 감상하는 기분이었다. 지는 석양 때문에 옥상이 잘 안 보이기에 망정이지 물 화살이 왔다 갔다 하질 않나 보검이 빛을 받아 레이저를 쏘는 듯이 반짝거리질 않나 근래에는 거의 없었던 싸움이었다. 누가 핸드폰으로 찍기라도 한다면 골치가 좀 아플 것 같았다.

"오빠, 여기서는 더 이상은 곤란해. 산으로 끌고 가!"

나무가 팔을 줄기로 만들어 초령을 꽁꽁 묶었다. 그리고 수가 물길로 옮기려는데 갑자기 묘가 수를 멈추게 했다.

"잠깐만."

집에서 금강산으로 통하는 길을 만들었던 것처럼 커다란 구멍을 만들었다. 공간의 통로를 만드는 방법을 묘 스스로 터득한 것이었다.

"대단한데, 우리 묘."

"얼른, 힘들어."

모두들 금강산의 어느 자락에 떨어졌다. 구룡폭포 근처는 아니었다. 떨어지면서 나무의 줄기가 풀렸다.

"히히히, 오늘 너희들은 제삿날이다."

힘든 기색 하나 없이 생생한 아이의 모습이었다. 그래서 오빠들이 공격하기를 망설인 것 같았다.

"이제는 이 살가죽이 필요가 없겠지?"

정신 나간 녀석이 스스로 싸움을 편하게 해준다고 하니 마다할 상황이 아니었다.

"캬아악!"

요란한 소리를 내며 여린 살갗을 뚫고 초령이 나왔다. 8척에 가까운 여우령들이 대부분이었지만 지금 이 초령은 9척에 가까웠다. 오빠들에 비해 너무나 거대했다.

"드디어 본모습을 드러내는구나."

"히히히, 저긴 너무 좁았거든."

"한마디를 안 지는구나. 애들은 말대꾸를 하면 못 써!"

수가 물로 활모양을 만들어 쏘았다. 아까와는 다르게 빠른 속도로 활을 피한 초령은 빠른 스피드로 나무를 쓰러뜨리고 곧바로 수의 목을 잡았다.

"건방진 놈."

나무가 보검을 들고 빠르게 초령을 향해 돌진을 했다. 그를 모를 초령이 아니었다. 수를 방패 삼자 얼른 칼을 치우는 나무였다.

"히히히, 이 녀석을 죽이진 못하는군."

수를 쥔 손에 힘을 더 주자 오빠의 얼굴에 핏기가 사라지고 있었다. 녀석의 정신을 돌려야 했다.

"도대체 누나는 어디에 있지?"

"궁금한가?"

"그래."

"죽기 전에 아는 것도 나쁘지는 않겠지."

"어디에 있지?"

"12령님께 바쳤지. 지난 보름달이 뜨는 날에 순결한 처녀의 간을 바치기 위해 11년을 기다렸지. 작은 몸뚱이에 갇혀서."

딸은 이미 죽은 것이다. 이제 더 이상은 용서할 수가 없었다.

"그렇게도 12령이 되고 싶었어? 누나를 바칠 만큼?"

"어리군. 정을 주며 길러야 잘 크거든."

묘는 너무나 화가 난 나머지 자신의 위험은 생각도 하지 않고 초령에게 달려들었다.

"죽어~"

초령은 너무나도 가벼운 먼지를 털어버리듯이 칼을 들고 달려
드는 묘를 한 손으로 쳐냈다.

"묘!"

퍽!

묘는 소나무에 등을 부딪치고는 아래로 떨어졌다.

"아아악~"

나무가 괴성을 지르더니 갑자기 거대한 소나무로 변하기 시작
했다. 다리는 땅에 뿌리를 박고 팔은 거대한 줄기로 변해 수의 목
을 움켜쥐고 있는 초령의 몸을 감았다. 그리고 뱀이 먹이를 옥죄
듯이 점점 초령의 몸에 힘을 가하자 견디지 못한 초령이 수를 놓
아주었다.

"너의 12령은 어디에 있느냐?"

힘을 주고 있는 나무가 초령에게 물었다.

"히히히, 모른다."

나무가 힘을 더 주자 온몸이 곧 터질 듯이 감고 있는 줄기 사이
로 살이 삐져나왔다.

"으윽~"

"이래도 모른다고 할 테냐?"

"죽어도 말 못한다. 그분은 지금보다 더 위대해질 것이다. 내가

12령이 못 되고 죽는 것이 한스럽다."

나무가 더 이상은 안 되겠는지 초령의 입을 벌려 찢었다. 일반 여우령보다 더 큰 불길을 만들며 그렇게 초령이 사라졌다.

"12령의 힘이 더욱 강해지고 있는 것 같아."

묘가 걱정스럽게 말했다.

그리고는 초령의 재를 여우 주머니에 담았다. 일반 여우령보다 많은 양이었다.

"괜찮아, 둘 다?"

나무가 걱정스럽게 물었다.

"응."

"그런데 어떻게 천공(天孔)을 만들었어?"

"아까는 사람들에게 싸우는 모습을 들킬까 봐 임기응변으로 생각해 낸 건데 되더라고."

"대단해."

"근데 갈 때도 원하는 곳에 갈지가 걱정이야."

묘의 말에 오빠들의 얼굴이 사색이 되었다.

"농담이야."

묘가 집중을 하자 다시 천공이 생겼다. 그곳을 통과하자 그들의 정원이었다.

"거봐, 잘하지?"

나무가 머리를 쓰다듬어 주었다.

"잘했어."

수가 갑자기 나갈 차비를 하고 있었다.

"어디에 가려고?"

"카페에. 오늘은 가봐야 할 것 같아."

오늘은 카페의 한 달 정산을 하는 날이었다. 아무리 힘이 들어도 오늘 가지 않으면 수지 씨에게 혼이 나기 때문이었다.

"나도 경찰서에 가봐야 될 것 같아."

"왜?"

"아무래도 최근 일어난 다른 실종 사건들과 연관이 있어 보여서."

"그럼 나도."

묘가 따라나서려 하자 모두들 집에서 쉬라는 눈치였다.

"나도 갈래."

"안 돼, 쉬어."

"왜?"

오빠들의 뒤를 졸졸 따라가는 묘였다. 그 남자가 사무실에 오라고 했던 말이 떠올랐다. 하지만 묘는 남자가 오라고 해서 오고 가라고 해서 가는 그런 여자가 아니었다.

"수 오빠, 카페에 갈 거야. 같이 가."

서초동에서도 조금 오래된 복도식 아파트에 검은색 옷을 입은 남자들이 일렬로 서서 누군가를 맞이하고 있었다. 어떻게 보면 조직의 보스같이 남자는 검은 양복의 사람들 사이를 지나 복도 끝의 집으로 향했다.

오십이 넘은 나이에도 큰 키에 탄탄한 몸은 옆에 서 있는 경호원들조차 감탄하는 몸매였다. 하지만 남자의 날카로운 눈빛이 주위 사람들을 얼어붙게 만들고 있었다. 집의 문을 열고 벌써부터 손님을 맞이하는 주인은 긴장을 했는지 입꼬리가 떨리고 있었다.

"오셨습니까, 회장님!"

국제건설 회장이 일개 과장 집을 이례적으로 방문했다. 초상이 나도 조화만을 보내는데 이상하게 과장 딸의 실종에 회장이 위로차 방문한 것이었다.

집으로 대꾸 없이 성큼 들어온 남자는 날카로운 눈빛으로 어수선한 거실을 살펴보았다.

"부인, 따님 때문에 걱정이 많으시겠습니다."

남자가 위로의 뜻으로 여자의 어깨에 손을 올리자마자 불꽃같은 스파크가 일었다.

"어억!"

깜짝 놀란 남자는 여자의 어깨에서 손을 떼었다. 이건 분명 산천지령의 부적이었다. 사람들의 눈에는 보이지 않을 테지만 지금 일어난 불꽃이면 여우령들은 내상을 입고도 남았다.

"괜찮으십니까?"

수행비서가 그의 행동이 이상했는지 괜찮은지 물었다.

"괜찮아. 정전기에 놀랐네. 그나저나 문 과장의 심려가 제일 크 겠군."

"아닙니다. 집사람이 요즘 넋이 나가서……."

"딸이 행방불명인데 당연한 일 아닌가?"

"감사합니다. 이렇게 누추한 곳까지 회장님께서 직접 와주시 고."

"아니네. 그런데 꼬마가 하나 더 있다고 하지 않았나?"

회장이 일개 과장에게 아들이 있다는 것까지 알고 있다는 게 너 무나 감격스러운 문 과장이었다.

"아직 학원에서 안 온 모양입니다."

남자는 집 안 곳곳의 분위기를 살피더니 넋을 놓고 있는 여자에 게 물었다.

"누가 낮에 다녀갔습니까?"

멍하게 소파에 앉아 있는 아내를 문 과장이 큰 소리로 불렀다.

"여보!"

"경찰이요."

눈에 초점조차 없이 멍하게 있던 여자가 겨우 말을 했다.

"경찰?"

이건 경찰이 아니라 산천지령의 졸개들이 다녀간 게 분명했다. 골치 아픈 녀석들이었다.

"여보!"

"아니야. 부인 좀 편하게 쉬도록 해드리게. 나도 이만 가야겠네."

"죄송합니다. 지금 집에 손님을 대접할 정신이 있는 사람이 없습니다."

"내 걱정 말고 부인이나 신경 쓰게."

남자가 문 과장의 어깨를 툭툭 치고는 밖으로 나갔다. 산천지령의 부적이 점점 힘이 세지고 있었다. 금강 산천지령에게 7령이 희생되었다. 지금 그는 12개의 구슬 중에 5개를 갖고 있었다.

12령의 대장이 죽고 하나의 구슬이 사라진 후에 그는 12령들을 하나씩 죽이며 5개의 구슬을 모았다. 이제 막강해진 자신의 힘으로 나머지 구슬들을 차지할 생각이었다. 그래서 11초령을 만들었으나 오늘 그는 하나를 잃었다.

"원통하다."

그가 강해질 동안 상대도 강해진 것 같았다. 하루빨리 계획을 서둘러야 했다.

카페에 오랜만에 오니 기분이 좋았다. 집에서 걸어서 5분 거리에 있는데도 수의 카페에는 잘 와지지가 않았다. 뭐 주인인 수조차도 카페에 잘 나가지 않았다.

수의 취향대로 숲을 연상시키는 카페였다. 중간중간 나무가 심어져 있었고 발밑으로는 시냇물이 흐르고 사람들은 징검다리를 건너서 테이블로 이동했다. 시냇물에는 고기들이 있어서 앉아서 커피를 마시면 꼭 숲 속에 있는 것 같았다.

카페에는 음악 대신 흐르는 물소리와 숲의 자연의 소리가 흘러 숲 속 분위기를 더욱더 만끽할 수 있었다.

"묘, 왔어요?"

수지였다. 작고 날씬한 몸은 남자라면 안아주고 싶을 만큼 보호 본능을 일으켰고 얼굴도 너무나 여성스럽게 생겼다. 말씨는 어찌 나 차분한지 조선시대의 여인 같았다.

하지만 그녀는 강한 여자였다. 카페 운영에는 관심이 없는 수 대신 적자로 허덕이던 카페를 지역의 명소로 바꾼 게 수지였다. 말수가 적고 수줍음도 많았지만 그녀는 일에 있어서는 누구보다 강한 여자였다.

"네, 잘 지내시죠?"

"그럼요. 아메리카노 드릴까요?"

"네."

수지가 주문을 받고 카운터로 가자 입이 귀에 걸린 수가 연신 미소를 지으며 커피를 만들고 있었다. 뺀질이 수가 유일하게 말을 듣는 사람이 수지였다.

"저렇게 좋을까?"

수지가 커피를 가지고 왔다. 수지를 보며 행복해하는 수를 보니 까 묘는 수지에게 작은 선물을 하고 싶었다. 수 오빠는 300년 전에 사랑하는 사람을 잃었었다. 지금 수지를 사랑하는 줄은 모르겠지만 은근히 좋아하는 눈치였다.

그래서 묘는 그녀에게 여우령으로부터 보호를 받을 수 있는 부적을 새겨주고 싶었다. 까칠한 묘였지만 오빠에게 잘하는 수지가 고마웠다.

"잠깐만 앉아보세요."

"왜요?"

"내가 수지 씨에게 선물을 주고 싶어서요."

"뭔데요?"

"몸에 좋은 수지침인데 머리에 놓을 거예요."

"아니요. 저는 침이 무서워요."

수지가 당황하는 기색이 역력했다. 그러자 커피를 뽑고 있던 수가 그들이 있는 자리로 달려나왔다.

"뭐야?"

"그냥 머리에 수지침 좀 놔주려고. 오빠도 이 수지침이 효과가 만점인 거 알잖아?"

눈치 빠른 수가 얼른 그녀의 옆에 앉으며 괜찮으니까 맞으라고 권했다.

"저 이런 거 무서워요."

"내가 잡아줄게요."

팔불출이 따로 없었다. 둘 다 서로를 좋아하면서도 바보같이 표

현을 안 하고 있었다. 수가 수지의 손을 잡자 수지의 얼굴이 홍당
무가 되었다.

"이렇게 나한테 기대요."

수가 수지의 머리를 자신의 가슴에 안았다. 묘는 속으로 이 두
앙증맞은 커플을 보며 웃음을 참았다.

"가만히 있어요."

이렇게 말을 안 해도 수와 수지는 그대로 얼어붙은 사람들 같았
다.

"금방 끝나요."

칼끝에 잉크를 묻혀 기를 모아 한 점씩 열두 점을 정확한 위치
에 새겨 넣었다. 새길 동안 수지와 수는 가관이 아니었다. 다 새겼
는데도 떨어질 줄 모르는 두 사람을 보며 장난기가 발동한 묘였
다.

"자요? 다 새겼는데……."

말이 떨어지기가 무섭게 수가 일어나 카운터로 향했다. 수지도
일어나려고 하자 묘가 말렸다.

"잠깐 앉아 있다가 가요. 바로 움직이면 어지러워요."

"네."

얼굴이 빨개져 있는 수지를 보니 수가 왜 좋아하는지 알 것 같
았다. 300년 만에 찾아온 작은 행복을 묘는 지켜주고 싶었다.

탕!

화가 났다. 자신에게 쓸데없이 불만 지펴놓고 여자는 오늘 그의 사무실에 오지 않았다. 하루 종일 시계만 보며 실없는 놈처럼 웃고 있었다. 차 안에서의 뜨거웠던 시간들이 떠오르자 그는 불끈 솟아오른 자신의 남성을 죽이기 위해 생애 처음으로 자신의 사무실 개인 화장실에서 마스터베이션을 했다.

"기가 막히는군."

혹시나 하는 생각에 그는 하루 종일 묘와 만날 저녁을 생각하고 있었다. 하지만 결국 그는 김칫국을 사발로 마신 꼴이 되었다. 떡 줄 사람은 생각도 안 하는데 말이다.

분명히 그가 오라고 했고 그녀는 올 상황이었다. 뭐가 문제였을까? 혹시 그 소도둑놈같이 생긴 오빠가 묘를 못 오게 한 것일 수도 있었다.

"그래, 그놈이 그랬을 거야."

이제는 스스로 시나리오를 써서 자신의 상한 자존심을 달래고 있었다.

"나무 사설 탐정소라고 했던가?"

그는 인터넷으로 나무 사설 탐정소를 검색하기에 이르렀다. 하지만 나무 사설 탐정소는 어디에도 없었다. 혹시나 하는 마음에 나무라고 시작하는 모든 이름을 찾아내서 전화번호부까지 뒤져보았으나 역시나 없는 곳이었다. 이 정도면 중증의 집착이었다.

하지만 그는 묘를 보지 않으면 안 될 것 같았다. 마치 상사병에 걸린 사람처럼 하루 종일 미열에 시달리는가 하면 심장이 평상시보다 빠르게 뛰었다.

처음 클럽에서 보고 난 후에도 생각이 많이 나던 사람이었는데 어제 키스 후에는 그의 머릿속 전체를 묘가 차지하고 있었다.

그의 번쩍이는 은빛 로렉스가 9시를 가리키고 있었다. 그녀는 오지 않을 모양이었다. 사람을 이렇게 애타게 기다린 경험이 없는 그는 처음으로 느낀 이런 더러운 기분이 적응되지 않았다. 한마디로 그는 까인 것이었다.

"김 기사, 가지."

늦게 퇴근하는 것도 짜증이 났지만 지금 사장의 표정이 김 기사는 더 짜증이 났다. 뭔가 안 좋은 일이 있는 듯 사장의 얼굴 전체에 제발 건드리지 말라고 쓰여 있었다.

"네. 집으로 모실까요?"

"……."

국제건설 사장들만 모신 지 8년째였다. 서른둘의 어린 나이였지만 그는 운전으로는 잔뼈가 굵은 사람이었다. 운전병일 때는 장성의 차를 몰았던 그였다.

제대할 무렵 장군님이 국제건설에 추천장을 써주셔서 처음 이곳에 오게 되었을 만큼 그는 운전도 잘하고 윗사람들의 비위도 잘 맞추는 사람이었다.

"그럼, 술 한잔하기 딱 좋은 장소로 모실까요?"

이번에 둘째를 낳은 그는 돈이 필요했다. 이렇게 시간 외로 근무를 하면 수당이 따로 나왔고 또 술을 드신 후에 기분이 좋으신 사장님들이 과외 돈을 주셨기 때문에 그는 일부러 모시는 사장님들의 기분이 안 좋아 보일 때면 넌지시 운을 띄우기도 했다.

"그냥 집으로 가지."

이번에 모시게 된 사장에게 과외 돈을 기대하기는 힘들 것 같았다. 김 기사는 한숨을 쉬며 시동을 걸어 차를 출발시켰다.

오늘따라 서울의 야경이 그의 눈에 들어왔다. 뉴욕의 화려한 밤거리도 그의 시선을 사로잡지 못했는데 서울의 밤거리는 향수같이 그의 눈을 아련하게 만들고 있었다.

평소에는 주변 것에 별로 신경을 쓰지 않는 호였다. 회사와 집, 거래처, 공항, 그가 가는 장소의 전부였다. 국제건설에 입사하면서 그는 위만 보고 달려왔었다. 그리고 뉴욕 지사에서 오랜 세월을 국제건설만을 생각하며 살았다.

그렇게 일에만 매달리다 보니 자연히 주변 것에는 무신경했던 그였다. 하지만 오늘은 이상하게 거리를 보게 되었다. 사람들의 모습에서 활력이 느껴졌다. 하지만 호의 마음은 공허하기 이를 데가 없었다.

여자들이 지나갈 때면 그는 유심히 쳐다보았다. 어제의 우연처럼 혹시나 거리에 서 있는 그녀를 볼까 하는 기대 때문이었다.

"어제 같은 행운은 힘들겠지……."

그도 알았다. 어제 묘를 만난 건 행운이었다는 것을 말이다.

"후~"

한숨이 절로 나왔다.

창밖에 거리에는 그를 약 올리듯 많은 연인들이 다정하게 거닐고 있었다. 모두들 행복해 보였고 호는 묘한 질투를 느꼈다. 그로서는 한 번도 가져 보지 못한 행복을 그들은 가지고 있는 것 같았다.

거리의 사람들과 길가의 상점들을 쳐다보고 있는 호의 눈길을 끄는 카페가 있었다. 'Cafe Dosa'라는 간판이 눈에 들어왔고 바깥에서 보면 화원으로 착각할 정도로 실내에 꽉 찬 나무들이 그의 눈길을 사로잡았다. 바깥에서 보니 사람들로 가득 차 있었다.

"예쁘죠. 요즘 이 근처에서 제일 유명한 카페입니다."

김 기사가 그의 시선이 향하고 있는 곳에 대해 말해주고 있었다.

"바닥이 시냇물이 흐르는 것처럼 인테리어가 되어 있어서 신기했습니다. 징검다리도 있는데 구경할 만합니다."

"가봤나?"

"네."

그가 다시 카페를 보다 얼른 시선을 돌렸다.

"중증이군."

피식 웃음이 나왔다. 아무리 처음 여자에게 이 같은 관심을 갖는

다지만 아무 여자나 다 같아 보이면 이건 문제였다. 때마침 차가 신호에 걸려 있어 그는 한 번 더 그 여자를 보았다. 묘가 맞았다. 여자친구와 수다를 떠는지 연신 웃으며 이야기를 나누고 있었다.

"옆의 카페에 차 좀 대주게."

"네."

김 기사는 영문도 모르고 차를 카페 앞 도로에 댔다. 호는 차 안에서 묘를 보았다. 예쁜 얼굴에 뭐가 그리 좋은지 미소가 한가득이었다. 예뻤다. 머그잔을 입으로 가져가 커피를 마시는 모습까지도 호는 넋을 잃고 보고 있었다.

다시 열이 나는 것 같았다. 묘를 보고 있으니까 더더욱 그녀를 원하는 몸이 그를 강하게 압박하고 있었다. 차에서 내려 그녀에게 가고 싶은 마음과 이렇게 행복해하는 그녀를 보고 싶은 마음이 그 안에서 싸우고 있었다.

오늘은 그녀의 행복을 멀리서 바라보는 걸로 만족하기로 결론을 내린 호는 한참을 그렇게 차 안에서 묘를 바라보았다. 설레는 마음으로.

제4장 **너에게 빠져들다**

"실장님, 어제 안 가셨죠?"

어제 초령을 잡느라 오전부터 오후까지 외근 처리를 한 묘였다. 사장이 취임을 하거나 말거나 관심이 없었지만 꼭 이렇게 가야 한다는 게 묘는 싫었다.

작업대의 설계도면을 뚫어지게 보고 있던 묘는 김 대리가 하는 얘기를 한 귀로 듣고 한 귀로 흘리는 중이었다.

"어제 사장단 취임식이 있었잖아요."

"그런데?"

귀찮게 자꾸 말을 거는 김 대리가 짜증이 나서 묘가 고개를 들어 그를 매섭게 쳐다보았다.

"나 일하는 거 안 보여? 가기 싫어서 안 갔어, 왜?"

"실장님, 지금 이사님이 화가 많이 나셨어요."

"그 영감이 왜?"

"그 일로 전무님한테 완전 깨지셨나 봐요."

"할 일들도 어지간히 없네. 그 수많은 팀 중에 실장 하나 안 갔다고 깨지는 게 말이 돼?"

"사장님이 디자인 2팀 실장이 누구냐고 콕 찍으셨대요."

"왜?"

"그저께 미리 한 바퀴 도시다가 실장님이 회의하시는 게 인상적이셨다나 뭐라나. 우리 완전 깨지고 있을 때 보신 거죠 뭐."

"……."

그 회의 때 어땠는지 누구보다 잘 기억하는 묘였다. 한마디로 찍힌 거였다. 그가 아직도 자리에 안 가고 있는 게 더 마음에 안 드는 묘였다.

"김 대리, 일 안 해?"

"저기 지금 이사실로 오시라는데요?"

"아악! 야! 그럼 그 말만 하면 됐지 뭐가 그렇게 사설이 길어."

"죄송합니다."

김 대리는 고양이 앞에 쥐처럼 벌벌 떨고 있었다. 묘는 신경질적으로 자리에서 일어나 이사실로 향했다.

엘리베이터를 기다리고 있던 묘는 웅성이는 소리가 나는 디자인 1팀 쪽을 보았다. 높은 사람이 왔는지 모두들 서서 정신없이 인사를 하고 있었다.

"뭐지?"

별 관심이 없는 묘는 엘리베이터가 오자 얼른 탔다.

"잠깐만요."

남자의 다급한 목소리가 들렸지만 묘는 닫힘 버튼을 눌렀다. 하지만 남자의 동작이 더 빨랐다.

"안녕하십니까?"

사장실의 강 비서였다. 그녀를 보자마자 강 비서는 회사의 모든 직원들이 그녀와 마주치면 짓는 아주 흔한 표정을 지었다. 똥 씹은 표정. 모두들 그녀를 경계했다. 그녀의 너무나 출중한 실력과 그 실력보다 더한 싸가지가 모두를 질리게 만들고 있었기 때문이었다.

"안녕하세요."

그렇게 무덤덤하게 인사를 하던 그녀의 얼굴이 순간적으로 굳었다. 강 비서 뒤로 들어온 남자 때문이었다. 남자도 묘를 보는 순간 표정이 굳었다.

그였다. 그녀는 그가 왜 강 비서와 있는지 궁금했다. 지난번에 그는 분명히 회사에 첫 출근을 했다고 했다. 그럼 그가 이번에 취임한 사장이라는 결론이 나왔다. 하지만 사장이라고 하기에 그는 너무나 젊었다.

묘가 입모양으로 누구냐고 묻자 강 비서가 이때다 싶었는지 큰
소리로 말했다.

"아, 임원진 중에서 유일하게 취임식에 참석을 안 한 사람이 묘
실장님이셨어요?"

강 비서가 한번 해보겠다고 덤비는 중이었다.

"요즘은 상 한 번 받으면 모두들 아래위도 모르고 기가 세져서
원."

강 비서가 그녀를 대놓고 까고 있었다. 그녀의 아름다운 에메랄
드색 눈동자가 짙은 초록색으로 변하고 그녀의 긴 속눈썹이 파르
르 떨리는 게 강 비서의 눈에 보였다. 이렇게 되면 그녀가 한마디
를 할 전조 신호였다.

"강 비서님은 상 타봤어요? 개근상 말고."

엘리베이터 문이 열리자 묘가 한마디 했다. 가만히 당하고만 있
을 묘가 아니었다.

"재수가 없으려니까."

아주 작은 소리로 그렇지만 상대방이 들리게 말하고는 엘리베
이터에서 내리는 그녀였다.

"뭐, 뭐요?"

강 비서가 발끈하자 천연덕스럽게 말했다.

"혼잣말이에요. 신경 쓰지 마세요."

그녀가 엘리베이터를 쳐다보자 웃음을 참고 있는 그와 얼굴이

벌겋게 달아오른 강 비서가 있었다.

이사실에서 죽지 않을 만큼의 잔소리를 듣고 나온 묘는 기분이 최악인 상태였다.

"된장. 재수 옴 붙은 날이네."

그녀가 자신의 책상에 앉으며 중얼거리자 디자인실의 식구들 누구도 감히 그녀를 건드리지 못하고 있었다.

"분명히 봤어."

묘의 목소리에 날이 서 있었다. 그도 그럴 것이 하루 종일 일진이 안 좋은 날을 보내고 집에 왔는데 오빠들은 그녀의 얘기에 귀도 기울이지 않았다.

집 안의 분위기가 안 좋았다. 나무는 아예 등을 돌리고 앉아 창밖만을 바라보고 있었다. 묘는 이에 아랑곳하지 않고 나무의 뒤통수에 대고 끊임없이 얘기를 하고 있었다. 그런 둘의 모습을 수는 불안한 듯이 쳐다봤다.

"내가 회사 안으로 들어가는 여우령을 봤어. 여우 광이 다른 여우령들과는 차원이 달랐다고."

"……."

"맞다. 이번에 잡은 초령과 비슷했어."

묘는 자신이 본 여우령에 대해 끊임없이 이야기를 하고 있었지만 나무는 웬일인지 묘의 말에 들은 척도 하지 않았다.

"나무 오빠!"

화가 나는 묘였다. 자신이 이렇게까지 이야기를 하고 있는데 듣지도 않는 나무가 야속했다.

"형!"

수도 이런 형의 눈치를 보며 조심스럽게 그를 불렀다. 그러자 30분이 넘도록 창밖만을 보던 나무가 등을 돌렸다.

"난 그 자식이 싫다. 국제건설에 그 자식이 있다는 것 자체가 싫어."

나무의 한쪽 눈썹이 올라갔다. 나무가 화가 났을 때 짓는 버릇과 같은 표정이었다.

"마음에 안 들어. 특히 묘를 바라보는 눈빛이 마음에 안 들어."

나무의 목소리가 점점 커지고 있었다.

"건방져 보이기는 했지만 그래도 잘생기긴 했지."

"그래서 더 마음에 안 들어."

기가 막힌 묘였다. 자신의 마음이 들키기라도 한 것처럼 묘는 더 오버를 해서 화를 냈다.

"지금 여우령을 잡아야 하는 게 우선 아니야?"

수가 묘의 옆으로 와서 묘의 어깨를 잡았다.

"이번에는 그럼 묘는 빠져."

나무가 말을 하자 수가 어이가 없다는 듯이 말을 했다.

"그럼, 여우령은 어떻게 찾을 건데?"

"내가 찾으면 돼."

나무가 으르렁거렸다.

"난 그 남자한테 관심 없어. 그냥 여우령 사냥에만 신경을 쓰고 싶어."

묘의 얼굴을 한참이나 못 미더운 표정으로 쳐다보던 나무가 말했다.

"너, 정말 그 녀석한테 관심 없어?"

"어."

"형, 묘가 관심이 없다잖아. 그리고 잘생긴 놈한테 관심 좀 가지면 어때서, 안 그래?"

"야!"

"알았어."

나무가 묘의 앞에 무릎을 꿇고 앉아 묘의 양팔을 붙잡고 자신을 보게 했다.

"내가 걱정을 하는 건 묘야. 너를 친동생이라고 생각하기 때문이야."

화가 난 묘는 나무와 시선조차 마주치지 않고 있었다.

"지난번에 그 자식의 차에서 내린 너의 눈빛은 마치 여우에게 홀려 있는 사람 같았어."

"형, 그 정돈 아니었어."

"대답해 봐. 너 정말 아니야?"

묘는 자신이 그에게 흔들렸다고 말하고 싶지는 않았다. 자존심이 그걸 허락하지 않고 있었다.

"아니야. 그날은 여우령을 잡지 못하고 온 게 마음에 걸려서 그랬을 뿐이야."

"형, 이번에는 형이 너무 예민했어."

나무가 묘의 팔을 놓고 자리에서 일어나 창밖을 다시 봤다.

"불길해. 이런 느낌이 한번 든 적이 있었어."

나무의 음성이 가늘게 떨리고 있었다.

"300년 전에 말야, 나는 참견하지 말았어야 하는 일에 참견을 했지. 그때 나는 의협심에 불타는 사람이었어. 길을 가다가 우연히 여인을 겁탈하고 있는 사내를 보고는 단칼에 그를 제압하고 여자를 구했어. 여자를 돌려보내고 나는 그를 포도청에 넘겼어. 모두들 나의 그런 의로운 행동을 칭찬해 주었어."

그가 긴 한숨을 내쉬었다.

"기분 좋게 집에 간 나는 너무나 어여쁜 나의 부인을 부르며 들어갔지. 하지만 아무런 대답이 없었어. 기분이 이상한 내가 막 방문을 열려는 순간 포도청에 있어야 할 그 사내가 방에서 나왔어. 입 주위에 온통 피가 묻어서. 그리고는 웃으면서 눈 깜짝할 사이에 사라졌지. 난 사랑하는 아내와 4살 된 아이를 잃었어."

나무의 눈에서 눈물이 흘렀다.

"미친놈처럼 그 녀석이 사라진 쪽으로 향해 달려갔어. 삼 일 밤낮을 산속을 헤매고 다녔지."

그는 흐르는 눈물을 닦으려고 하지도 않았다.

"결국은 그놈을 만났어. 나를 비웃더군. 쓸데없이 남의 일에 끼어드는 게 아니라고 충고까지 하면서 말야. 나는 정신없이 칼을 휘둘렀지만 사람이 아닌 녀석을 당해낼 수가 없었어."

"형!"

"지금 그때의 느낌이 들어. 불길한."

묘는 울고 있는 나무의 느낌을 고스란히 느꼈다. 300년을 동생처럼 보살폈던 묘였다. 그들은 서로를 친형제처럼 아꼈다.

"그래도 잡아야겠어?"

"……."

"이번 일은 포기하자, 묘야."

"……."

묘는 더 이상 나무의 말을 거스를 수가 없었다. 나무는 반대하는 이유가 분명히 있었다. 그걸 무시할 수는 없었다.

그로부터 일주일이 흘렀다. 모두들 각자의 일에 빠져 잠시 여우령의 일을 잊고 있었다. 수는 '카페 도사'에 매일같이 착실하게 출근을 했고 나무는 요즘 무슨 일인지 서초 경찰서에서 매일같이 숙식을 하고 있었다.

다른 날보다 일찍 퇴근을 한 묘는 오빠들이 없는 집 안에서 이리 뒹굴 저리 뒹굴 하며 시간을 보내고 있었다. 그녀가 지루해하던 차에 약장 서랍 하나가 조용히 열리더니 그 속에서 김 서방이 주변을 살폈다. 아마도 바닥에서 뒹굴고 있는 그녀를 못 본 게 틀림이 없었다.

김 서방이 이번에는 아줌마로 둔갑을 하더니 또 밖으로 나갈 준비를 하고 있었다.

"어이, 어딜 또 가시나?"

오래된 약장에 붙어 있는 김 서방은 매번 묘에게 걸렸다. 요즘은 바람이 났는지 자꾸 바깥으로 돌아다녔다.

"아, 아니야."

말을 또 더듬었다.

"요즘에도 사람으로 변해서 사람들 놀래키고 다녀?"

"……."

대답을 못하는 걸로 봐서는 그러는 것 같았다. 취객들이 표적이었다. 가끔 길거리에 신발을 가지런히 벗어놓고 자기 집 안방처럼 자고 있는 사람들은 다 도깨비의 장난에 놀아난 사람들이었다.

"너 나가면 약장 치워 버린다."

날이 갈수록 까칠해지는 묘의 눈치를 보느라 도깨비 김 서방도 힘이 들었다. 그럴 때는 여우령 얘기를 해주는 게 상책이라는 걸 누구보다 잘 아는 김 서방이었다. 언제나 김 서방이 정보를 주기 바로 전, 이때가 지루하게 길다고 생각하는 묘였다.

"……."

한참을 말없이 입을 쭉 내밀고 있는 김 서방이었다.

"여보세요?"

평상시 같으면 확 한 대 쳐버렸을 그녀였지만 오늘은 왠지 김 서방의 비위를 맞춰주고 싶었다.

"저기……."

망설임이 가득한 목소리였다.

"네, 말씀하세요."

묘가 놀리듯이 존댓말을 썼다. 둔갑을 하기 전에는 묘의 허리 정도밖에 안 오는 작은 키의 도깨비가 둔갑을 하자 키가 제법 큰 중년의 아줌마로 변해 묘와 비슷한 눈높이를 하고 있었다.

그때, 묘의 눈앞에 파리가 보였다. 묘는 자신도 모르게 고양이 처럼 손으로 파리를 잡으려 했다. 눈앞에서 파리가 자꾸 왔다 갔 다 하며 그녀를 놀리고 있었다.

"저기, 말을 하면 비밀은 보장돼?"

"그게 어떤 종류냐에 따라 다르긴 한데, 일단 말해봐."

연신 파리를 쫓으며 묘가 말했다.

"사람이 사라졌어."

"누가 실종된 거야?"

"그게, 몰라."

"장난해?"

파리를 잡던 손을 멈춘 묘의 언성이 조금 높아졌다.

"모르는 사람인데 눈앞에서 사라지는 걸 봤어. 정말 순식간에 없어졌어."

김 서방이 자신이 알고 있는 걸 마구 뱉어냈다.

"사라진 사람은 모르는데 납치한 여우령은 어디 있는지 알아."

"그게 어딘데?"

"국제건설."

"국제건설?"

순간 건성으로 듣던 묘가 정색을 하고 도깨비 김 서방의 멱살을 잡았다.

"어떻게 눈 깜짝할 사이에 사람을 납치했다는 거야?"

"요즘 잘 가서 노는 노래방이 있는데 다른 김 서방이 예쁜 여자라며 보여줬어. 교복을 입었는데 예쁘더라고. 그 교복을 입은 여학생이 지나가고 바로 뒤에 그 남자가 지나갔어."

묘는 뭔가 이상한 기운을 느꼈다. 여학생?

"아무 생각 없이 노래방으로 들어가려고 하는데 그 남자가 여학생을 안더니 빛의 속도로 그 자리에서 사라져 버렸어."

"빛의 속도라……."

"그렇게 빠른 건 여우령뿐이야."

그건 김 서방의 말이 맞았다. 그런 스피드를 가진 건 여우령뿐이었다.

"여우령이 여자를 죽이는 건 봤는데 여우령이 납치를 하는 건 처음 봤어."

"확실해? 국제건설 다니는 거?"

"응. 다른 김 서방이 그 여우령 안다고 했어. 네모난 박스에서도 봤대."

"TV에 나왔다고?"

"응. 요즘 국제건설에서 우리나라에서 제일 좋은 여자 고등학교를 세우잖아. 거기 짓는 사람인 것 같다던데……."

"여학교?"

"응. 우리나라 상위 1% 여자아이들을 대상으로 전액 학비 지원에 기숙사도 있고. 좋은지 요즘 뉴스에서 난리야."

묘는 털이 곤두서는 느낌이었다. 불길한 느낌이 자꾸 들었다.

"그 회사 다니는 나도 모르는 사실을 도깨비가 어떻게 더 잘 아는 거야?"

"너는 왕따잖아."

"야!"

"난 거짓말 못해."

자꾸만 약을 올리는 김 서방 때문에 빈정이 상한 묘였다.

"고마워. 도움이 많이 됐어."

"약장 치울 거야?"

"너 하는 거 봐서."

김 서방은 묘가 얄미운지 등을 돌리고 나갈 차비를 하는 묘를 두 눈으로 흘겼다.

"눈동자 똑바로 해."

묘가 뒤에도 눈이 달렸는지 김 서방에게 차갑게 한마디를 남기자 놀란 김 서방이 걸음아 나 살려라 하며 빠르게 밖으로 나갔다.

묘는 국제건설로 향했다. 오빠들에게 말을 안 하고 가는 건 조금 마음에 걸리긴 했지만 묘도 분명한 이유가 있었다. 지난번에 본 여우령과 오늘 들은 여우령이 모두 국제건설에 다니고 있었다. 오빠들이 도와주지 않는다면 혼자라도 가서 그녀의 말이 맞음을 증명해야 했다.

끼이익~!

이래서 오빠들이 그녀에게 운전대를 맡기지 않았다. 불같은 성격답게 운전 또한 과격한 그녀였다. 늦은 퇴근을 하던 사람들이 그녀의 브레이크 밟는 소리에 깜짝 놀라 가던 길을 멈추고 그녀의 차를 쳐다보는 게 그녀의 눈에 띄었다.

"가던 길이나 가라."

붉은색 페라리와 그녀의 운전 실력은 모두의 시선을 끌기에 충분했다. 뭐 평소에는 나무의 차를 타고 다녔지만 오늘은 어쩔 수 없는 상황이었다. 차 안에서 건물 안을 보려고 하니 제대로 보일 리가 없었다. 시간을 보니 9시가 넘어가고 있어서 건물 안에서 나오는 사람들이 그리 많지 않았다.

"에라, 모르겠다."

묘는 차에서 날씬한 몸을 고양이가 기지개 켜듯이 나른하게 펴면서 내렸다. 지나가던 사람들이 연예인을 쳐다보듯이 그녀를 쳐다보았다.

검은색 미니스커트에 검은색 블라우스를 입고 검은색 킬 힐을 신은 그녀는 검은 고양이 한 마리를 연상시켰다. 자신도 모르게 엉덩이를 흔들고 걷는 그녀를 보느라 길 가던 남자들이 정신을 못 차리고 있었다.

오늘은 다행히 지난번 그녀를 막아섰던 경비는 아니었다.

"무슨 일로 오셨습니까?"

"디자인 2팀 묘 실장인데 고호 사장님의 심부름으로 왔는데요."

지난번에 혹시나 해서 검색을 해봤는데 그가 국제건설의 신임 사장으로 부임한 게 맞았다. 엘리베이터에서 본 후에 일주일이 지나도록 그에게서는 연락이 없었다. 그날 차 안에서의 일은 그에게 별일이 아니었던 모양이었다.

인터넷 검색 창에 뜰 정도로 그는 유명 인사였지만 그녀는 잘 알지 못했다. 뭐 살짝 이름 좀 빌리는 건데 그도 용서해 주리라고 생각했다.

"네?"

"핸드폰을 놓고 가셨다고 해서요. 급하시다고 저에게 대신 가져오라고 하셨어요."

"시간이 너무 늦어서 곤란할 것 같습니다."

"그럼 저도 곤란해서요, 어쩐다……."

묘는 정말로 곤란하다는 표정을 지어 보이고 있었다. 경비는 사십대 정도로 젊었다. 그리고 그는 이렇게 아름다운 여자를 처음 본다는 표정으로 그녀를 바라보고 있었다.

"그럼, 같이 올라가면 안 될까요?"

"그래도 규정상……."

"부탁드려요. 가서 제가 고 사장님께 잘 말할게요."

그의 눈에도 여자는 범상치 않아 보였다. 사장의 애인이기라도 하다면 밉보여선 안 되는 상황이었다. 계약직의 서러움이었다. 한참을 망설이다가 같이 근무하는 경비에게 말을 하고는 그녀와 함께 사장의 사무실로 향했다.

퇴근 후에 회사 내부를 보고 싶은 묘였다. 지난번에도 퇴근 후에 여우령이 들어가는 것을 보았다. 뭔가가 분명히 있었다. 여우령을 찾기는 힘들겠지만 뭔가 단서를 찾을 수 있지 않을까 하는 한 가닥 희망을 가지고 그녀는 건물 안으로 들어갔다.

건물 안은 청소를 하시는 분들이 바쁘게 움직이고 있었다. 기계를 타고 바닥 청소를 하시는 분들과 긴 청소 봉을 가지고 높은 곳의 먼지를 정리하시는 분들로 분주했다.

묘가 주변을 매의 눈으로 스캔을 하는 동안 얼핏 여우 광이 보였다.

"앗!"

"괜찮으세요?"

"죄송해요. 다리를 삐끗한 것 같아요."

그녀는 이렇게 말하며 여우 광이 있는 곳을 보았다. 청소하는 사람들 중에 하나였다. 그녀가 처음 이곳에 왔을 때 봤던 여우 광이었다. 다리가 삔 척하며 은근히 경비원에게 기댄 묘는 청소하는 사람들에 대해 물었다.

"이 시간에 청소를 하나 봐요?"

"소리가 제법 시끄러워서 퇴근 후의 시간에 하죠."

"매일요?"

"네. 새벽까지 하는데 모두들 열심히 하죠."

"그렇게 보여요."

"괜찮으세요?"

"많이 삔 것 같진 않아요. 걸을 만해요."

말은 그렇게 하면서도 묘는 여전히 경비원에게 기대 있었다. 그리고 은근히 그의 귀에 대고 물었다.

"저기, 기계로 청소하시는 남자분은 누구예요?"

"아, 김 반장요?"

"김 반장?"

"여기 청소하시는 분들 중에 제일 오래됐어요. 말없이 일만 하는 사람이죠."

"네."

이때 엘리베이터가 내려왔다.

"35층에는 저도 처음 올라가 보네요."

묘가 사실대로 말했다. 뭐 특별히 그녀가 사장실에 올라갈 일이 없어서 대부분은 10층 아래서 활동을 하는 그녀였다.

"34층부터는 중역진들의 사무실이라 저희들은 잘 못 올라가요."

"네."

갑자기 심장이 두근거렸다. 엘리베이터가 유리로 되어 있어서 사무실의 풍경이 보였다. 대부분 불이 꺼져 있었지만 몇몇 군데는 아직도 불이 켜져 있었다. 특히 30층을 넘어서자 사람들이 그대로 근무를 하고 있었다.

"퇴근들을 안 했네요."

"30층부터는 기획실하고 회사의 중요한 업무를 처리하는 곳이라 12시 이전에 가는 사람들이 없어요."

"아~"

띵!

드디어 35층에 도착했다. 그녀의 심장도 쿵 하고 내려앉았다. 이제 경비원을 속이고 대충 내려가는 일만 남은 것이다. 35층은 사장 전용의 공간인 것 같았다. 넓은 사장실과 각방으로 회의실들이 있었다.

"와, 멋지네요."

자신도 모르게 감탄사가 나왔다.

경비원이 사장실을 열다 말고 기겁을 했다.

"아이고머니."

"왜요?"

묘가 달려가 그를 부축했다. 그리고 사무실 안을 보고는 경비가 그토록 놀란 이유를 알았다.

"어머, 사장님이 계셨네요."

얄밉게 그가 서류를 정리하고 있었다. 묘를 보고 그도 당황한 눈치였다.

"아니, 저한테 핸드폰을 가지고 오라고 시키시더니 여기 계셨네요."

뭔가 이상한 낌새를 느꼈는지 경비가 그녀의 팔을 잡았다.

"내가 핸드폰 가지고 오라고 시킨 거 맞아요. 내려가 봐요."

"네?"

경비는 미심쩍은지 가지 않고 서 있었다.

"묘, 미안 내가 먼저 와버렸군."

"뭘요, 그럴 수도 있죠."

그녀는 아카데미 연기상을 받을 정도로 훌륭한 연기력을 뽐내고 있었다. 경비는 그제야 모자를 벗고 인사를 하고는 방을 나갔다.

묘가 서 있는데도 그는 여전히 서류를 보고 있었다.

"있을 줄 몰랐어요."

"거짓말을 한 이유는?"

"회사에 한번 들어와 보고 싶었어요."

"산업 스파이 같진 않은데, 왜지?"

여전히 그녀에게 시선을 두지 않고 그는 하던 일을 하면서 얘기를 하고 있었다.

"내가 찾는 게 여기 있어요."

"뭐지?"

"……"

"나에게 말한다면 도와줄 수도 있어."

묘가 그에게 천천히 다가가 그가 일을 하고 있는 책상 모서리에 힙을 얹었다.

"여우령, 내가 찾고 있는 거예요."

그가 서류에서 그녀에게로 시선을 옮겼다.

"여우령?"

"네."

"부업으로 귀신을 잡는다?"

"아니요. 여우령만 잡아요."

"여우령이라……"

그가 한숨을 쉬더니 계속 서류를 보고 있었다. 묘는 자신도 모르게 그의 서류를 덮었다. 서류 앞에는 '국제 여자 외국어 고등학교'라고 쓰여 있었다.

"뭐 하는 짓이야!"

묘의 행동이 어지간히 기분이 나빴는지 그가 묘의 손목을 잡았다.

"버릇없이 구는 건 용서 안 해."

묘는 그의 기에 눌리고 싶지 않았다. 그에게 잡힌 손목을 빼려고 애를 쓰며 그녀는 그를 노려봤다.

"폭력적인 건 용서 못해요."

위험한 공기가 둘을 감싸고 있었다. 여전히 그녀의 손을 잡고 앞에 서 있는 남자의 눈에는 알 수 없는 적개심이 뿜어져 나오고 있었다. 그와 처음으로 눈이 마주쳤을 때도 이런 식의 눈빛은 아니었었다. 그는 지금 몹시 화가 나 있는 것 같았다.

그녀가 집중을 하면 모두의 생각이 읽혔다. 하지만 그녀는 이상하게 그의 생각을 읽을 수가 없었다. 이게 더 위험하다는 걸 그녀는 오늘 처음으로 느꼈다.

'생각이 읽히질 않아.'

그녀의 눈빛이 흔들리고 있었고 그는 그런 묘의 눈을 바라보고 있었다.

"원래 그렇게 불쌍한 고양이처럼 굴어서 남자들을 유혹하나?"

"불쌍한 고양이가 아니라 매력적인 고양이죠."

그녀는 불안했지만 이 남자에게는 이상한 오기 같은 게 생겼다. 절대로 밀리면 안 된다는.

"왜, 내가 오라고 했을 때 안 왔지?"

"내가 오라고 해서 오고 가라고 해서 가는 사람이 아니거든요."

그의 얼굴이 위험하리만치 가까이 다가왔다. 숨결이 느껴질 만큼.

"오늘까지 세 번째군. 나에게 도움을 받은 게……."

"알아요. 그것도 모르는 철부지는 아니니까."

"고맙다고 하는 게 먼저가 아닐까?"

"고맙다고 하기 전에 당신이 다 망치고 있거든요?"

여자의 숨결이 느껴질 정도로 가까운 거리였다. 화를 내고 있는 이 여자를 지금 그는 그 어떤 것보다도 갖고 싶었다. 자꾸 여자를 볼 때마다 불끈불끈 일어서는 자신의 페니스도 마음에 들지 않았고 미친 듯이 뛰는 자신의 심장도 뽑아버리고 싶었다.

이성은 아니라고 얘기를 하는데 자꾸 몸은 그녀에게 향하고 있었다. 여우령이라는 그가 금기시하며 살아왔던 단어를 듣고 난 이 순간에도 그는 온몸으로 그녀의 숨결을 느끼고 있었다.

"당신?"

"그래요, 당신."

한마디도 지지 않는 여자는 별로 좋아하지 않는 그였지만 이 여자는 자꾸 눈에 들어왔다. 그녀의 삐죽거리는 붉은 입술을 삼키고 싶은 마음을 참기란 쉬운 일이 아니었다. 그에게 말대꾸를 할 때마다 그녀는 자꾸 혀로 마른 입술을 적시고 있었다. 그녀의 무의식적인 행동에 그의 애간장은 타들어가고 있었다.

"오빠라고 부를 줄 알았는데……."

그녀에게 자꾸만 말을 걸게 됐다. 자신의 이런 욕망을 다른 곳으로 돌리고 싶어서는 아니었다. 그녀의 조그만 붉은 입술이 움직일 때마다 그는 묘한 자극을 받고 있었다.

"오빠라고 부르기엔 내 팔목이 너무 아파서요."

그녀가 여전히 그의 손에 잡혀 있는 손목을 바라보며 얘기했다. 그가 그녀에게서 시선을 떼지 않고 손목을 자신의 입술로 가져갔다.

달콤한 살맛이 났다. 이건 순전히 그녀의 책임이었다. 그는 오늘 그녀를 건드리지 않을 생각이었다. 건드리면 그동안 쌓였던, 아니, 지금도 애타게 바라는 일을 끝까지 해버릴 것 같다는 생각이 들어서였다.

갖고 싶다는 생각은 굴뚝같았지만 실행에 옮길 생각은 아니었다. 하지만 이제는 멈출 수가 없을 것 같았다. 입술에서 느껴지는 그녀의 살맛이 수컷 여우의 본성을 일깨웠다.

다음에 무엇을 할지 알고 있는 묘였지만 그의 시선에 사로잡혀 꼼짝도 할 수가 없었다.

그의 입술이 그녀의 손목의 맥박이 가장 요동치고 있는 곳으로 내려왔다. 파란색의 가는 핏줄이 오늘은 마치 심장이 된 듯 세차게 뛰고 있었다. 그냥 입술만 가볍게 댔는데도 그녀의 온몸에 소름이 돋았다.

"지금 뭐 하는 거예요?"

"뭐 하는 걸로 보이나?"

그의 눈동자가 점점 더 칠흑 같은 검은색으로 변하고 있었다. 음침하고 섹시하게 그 속에 무언가를 담고 있는지 알 수 없는 표정과 함께 그는 그녀의 심장을 더욱더 세차게 뛰게 하고 있었다.

"그만 놔줘요."

"왜?"

그가 이번에는 팔목을 혀로 핥았다. 자극적이었다. 인간의 혀가 주는 부드러움은 고양이의 까칠한 혀와는 다른 따뜻함을 가지고 있었다. 부드러운 그 감촉에 묘는 몸을 나른하게 폈다.

그가 팔목을 따라 점점 위로 올라오고 있었다. 부드러운 그 입술의 느낌이 묘의 생각을 마비시키고 있었다. 그가 겨드랑이 근처 가장 예민하고 말랑한 곳에 다다라서는 입술로 힘껏 빨았다. 가슴의 유두를 빨 때처럼 빨아들여 그곳에 붉은 자국을 남겼다.

생소한 느낌에 그녀의 아랫배가 찌릿했다.

"뭐 하는 거예요?"

저항이라기보다 다음을 기대하는 말투로 묘는 그에게 물었다.

"……."

그는 답하는 대신에 행동으로 자신이 뭘 할지를 말하고 있었다. 그의 입술이 이제는 그녀의 목으로 옮겨져 왔다. 강한 남자의 향이 그녀를 자극하고 있었다. 이렇게 가까운 거리에서 남자와의 친밀한 행동을 나누는 건 300년이 넘게 살면서 그가 처음이었다.

이렇게 그에게 선을 넘는 행동을 허락하는 자신도 이해가 되지 않았고 이렇게 그녀만 보면 덤벼드는 그도 이해가 안 되기는 마찬가지였다.

그래도 목을 타고 내려오는 그의 입술의 감촉이 너무나 좋았다. 고양이 주인이 쓰다듬어 줄 때의 기분 같은 것이 이런 걸까라는 생각이 드는 묘였다. 누워서 배를 드러내 놓고 싶은 심정이었다.

그가 두 손으로 그녀의 얼굴을 감싸더니 그녀의 입술을 삼켜 버렸다. 예상하고 있었지만 이렇게 그의 입술의 맛을 느끼자 온몸이 환호성을 지르고 있었다. 좋았다.

"음~"

자신도 모르게 신음을 내뱉은 그녀의 팔은 이미 그의 목에 가 있었다. 양손으로 그의 목을 감싸고는 더 깊이 키스를 받아들이고 있는 묘였다. 발정난 암고양이가 어떨는지 짐작이 가고도 남았다. 그에게서 떨어지고 싶지가 않은 묘였다.

그의 혀를 열렬히 빨아들이는 것도 모자라 아랫입술까지 물어뜯고 있는 묘였다.

"으응~"

고양이의 소리가 입안에서 맴돌고 있었다. 이런 본능적인 행동을 할 때는 고양이의 본성이 나오고 있는 묘였다. 그녀의 적극적인 행동에 그가 흥분을 했는지 책상 위의 서류를 한 손으로 밀어버리고는 그녀를 책상 위로 눕혔다. 그의 손이 그녀의 치마 속으로 들어와서 레이스 팬티를 가볍게 찢어버렸다.

"아!"

그녀의 작은 비명에도 그의 거친 손길은 계속되었다. 그가 묘의 하얀 허벅지를 쓰다듬는가 싶더니 그녀의 다리를 잡아끌어 내렸다. 그리고 자신의 중심과 그녀의 중심이 마주하게 자리를 잡았다. 그리고 바지의 지퍼를 내리고는 거대한 물건을 끄집어냈다. 묘가 놀랄 사이도 없이 그가 자신의 페니스를 묘에게 가져갔다.

"잠깐만요."

그녀가 그를 저지했지만 극도로 흥분한 그를 말리기에는 이미 늦었다. 단단한 봉 같은 그의 페니스가 이미 촉촉하게 젖어 있는 그녀의 질 앞에서 문을 거칠게 열고 있었다. 아무에게도 허락하지 않은 은밀한 장소였다.

"고호 씨~"

자신도 모르게 그의 이름이 나오고 있었다. 두려웠다. 괜한 오기에 그를 불 지른 자신의 잘못도 있었지만 이 남자의 짐승 같은 눈빛이 그녀를 제대로 저항하지도 못하게 만들고 있었다.

연한 살갗이 벌어지며 색다른 고통을 그녀에게 주고 있었다. 분명히 고통만 느껴져야 하는데 뭐라고 설명할 수 없는 묘한 자극이 그녀로 하여금 살을 찢는 고통을 견딜 수 있게 하고 있었다.

그의 페니스가 그녀의 좁은 문을 통과할 때의 고통으로 봐서 그녀는 처녀였다. 서른 살의 처녀라는 게 좀처럼 믿어지지는 않았지만 그는 또 다른 만족감을 느끼고 있었다. 그가 처음이었다. 하지만 그의 페니스는 그녀의 질이 축축이 젖었음에도 고통을 호소하고 있었다.

이 앙큼한 여자는 알면 알수록 새로웠다. 마치 양파같이 벗기면 벗길수록 새로운 자극으로 그를 자극했다.

그녀의 질의 조임이 그를 미치게 하고 있었다. 너무나 좋아서 빠져나오고 싶지 않았다. 들어갈 때의 고통보다 그 안에서 그녀가 주는 극도의 쾌락에 그는 정신을 놓을 것 같았다.

"아파, 아프다고요."

그녀가 앙칼지게 말하고 있었다. 화가 났다. 이렇게 인간의 쾌락에 자신이 빠져들지 묘는 상상도 하지 못했었다. 그녀의 고통을 알았는지 그가 페니스를 빼려고 하자 더 짜증이 나는 묘였다.

"뺄 거면서 왜 아프게 넣은 거예요?"

자신도 모르게 진심이 튀어나오고 말았다.

"이제 시작이야."

그랬다. 뺀 게 아니었다. 더 거칠게 뺐다가 넣었다를 반복하고 있는 그였다.

퍽퍽퍽!

요란하게 살 부딪치는 소리가 사무실에 울리고 있었다.

"왜, 처음이라고 얘기하지 않았지?"

그가 계속 피스톤 운동을 하면서 묘에게 물었다.

"아~ 아파. 말할 기회를 안 줬으니까."

"……."

"말했으면 안 했을까요?"

"아니."

"아~"

그의 거친 피스톤 운동이 그녀의 자궁 안을 헤집어놓고 있었다.

"처음 봤을 때부터 이러고 싶었어."

"여우령하고 싸울 때부터요?"

그녀가 그의 가슴을 두 손으로 잡았다.

"아니, 그전에 클럽 안에서부터……."

그녀가 땀을 흘리며 열심히 허리를 움직이고 있는 그를 봤다.

"당신이었군요? 2층에서 날 안았던 사람이……."

그였다. 그녀를 뒤에서 안았던 향기가 좋았던 그 남자가 호였다는 게 묘는 믿어지지가 않았다. 그의 얼굴을 보지 못했지만 그의 체취와 터치는 상당히 마음에 들었다. 떨어지기 아쉬울 만큼, 그런데 그 남자가 지금 그녀를 차지한 남자라니 기분이 묘했다.

"널 본 순간부터 이렇게 될 줄 알았어."

그가 묘를 일으켜 앉히고는 페니스를 그녀의 질에 넣은 채 그녀의 입술을 먹어버렸다.

"음~ 미칠 것 같아."

그가 그녀의 입술에 자신의 입술을 마주 댄 채 말하고 있었다.

"한번 가지고 나면 끝날 줄 알았는데 널 더 먹고 싶어졌어."

그가 그녀의 블라우스 단추를 풀고 있었다. 검은색 블라우스가 활짝 열리자 그 속에는 검은색 브래지어에 감싸인 매력적인 하얀 가슴이 그의 시선을 사로잡았다.

"이제부터 시작이야."

그녀가 그 뜻을 알기도 전에 그는 그녀의 몸을 가리고 있는 모든 옷을 벗기고는 자신도 똑같이 벗었다. 그리고 그는 그녀를 안아 들고는 자신의 통 유리창에 그녀를 세웠다. 도심의 도로에 자동차 불빛이 거대한 크리스마스트리를 연상시키게 빛을 발하고 있었다.

"다른 사람이 봐요."

"아니, 안 보여."

그녀가 걸친 것이라고는 높은 검은색 하이힐뿐이었다.

그의 맨살의 느낌이 그녀의 등 뒤로 꽉 차올랐다. 그의 페니스가 그녀의 힙을 찌르고 있었고 그의 양손은 그녀의 가슴을 주무르고 있었다. 그의 입술이 그녀의 뒷목을 점령하고 자유자재로 움직였다. 그의 입술이 그녀의 등을 타고 내려오자 묘는 부르르 몸을 떨었다.

"아, 기분이 이상해요."

그가 그녀의 등 뒤에서 자신의 페니스를 그녀의 질에 넣었다. 처음처럼 아프지는 않았지만 후배위가 처음인 그녀는 새로운 자세에 어쩔 줄을 몰라 하고 있었다.

그녀는 중심을 잡기 위해 손바닥을 쫙 펴서 유리를 잡고 있었다. 뒤에서 그녀의 허리를 양손으로 잡고 있는 그의 공격이 시작되었다. 앞에서 하는 느낌과는 상상이 안 될 정도로 지금의 자세가 그녀를 미치게 만들고 있었다.

"아흐~"

유리창을 뚫고 나갈 듯이 그가 세차게 그녀를 몰아붙이고 있었다. 처음엔 낯설고 아프기만 했는데 지금은 그가 더 깊이 자신에게 들어올 수만 있다면 영혼이라도 팔고 싶은 심정이었다. 이렇게 자신의 온몸을 지배할 수 있는 강렬함이 있다는 게 묘는 너무나 신기했다.

그도 흥분했는지 으르렁거리는 소리를 내고 있었다. 누가 소리만 듣는다면 화가 제대로 난 짐승의 소리로 들릴 정도로 그는 제대로 짐승의 포효 소리를 내고 있었다.

처음부터 부드러움이라고는 없던 그의 피스톤 운동이 정점에 치닫고 있었다.

퍽퍽퍽.

그의 거친 호흡과 함께 살 부딪치는 소리가 사무실을 울리고 있었다. 민망한 소리지만 지금은 그 어떤 소리보다도 묘를 흥분시키는 소리였다. 그가 점차 속도를 내더니 그녀의 등에 그의 분신을 뿌렸다. 서 있을 힘조차 없는 그녀는 유리창에 기대어 섰다. 그가 개인 샤워실로 그녀를 안내해 주었다.

그의 흔적들을 물줄기로 씻어내며 그녀는 알 수 없는 불안감을 느꼈다.

"뭐지?"

불안했다. 단순히 처음 하는 섹스 때문만이 아니었다. 마치 잃어버린 짝을 찾은 느낌인데 그게 오히려 더 불안했다. 그는 인간이었다. 300년을 떠돌이 령(靈)으로 살아온 자신과는 다른 존재였다. 아무리 사람의 몸을 하고 있지만 그녀는 어떻게 보면 정령과도 같은 존재였다. 그런데 인간과 관계를 맺은 것이다.

예전에 도깨비들이 이런 말을 한 적이 있었다. 인간과 정령은 하나가 될 수 없다고. 사랑을 나누는 동안 인간의 기를 정령들이 빨아들여 인간은 젊음을 잃게 된다고 말했었다. 하지만 인간과 정령이 자신의 짝을 만났을 때는 오히려 정령의 힘이 약해진다고 했다.

묘는 인간도 그렇다고 정령도 아니었다. 그런데 짝을 만난 것이다. 그 순간 묘는 그가 자신에게 기를 빨렸을까 봐 걱정이 되어 샤워를 하다 말고 그에게 뛰쳐나왔다. 그는 옷을 입지 않은 자연의 상태로 창가에 서서 담배를 피우고 있었다.

"고호!"

그가 그녀를 돌아봤다. 머리서부터 발끝까지 멀쩡했다. 다행이었다. 그가 담배를 끄고 그녀의 앞으로 다가왔다. 물방울이 그녀의 몸을 타고 흘러내렸다. 갑자기 그녀는 그의 몸을 안았다. 기를 빨려 쪼글쪼글 할아버지가 되었으면 어쩌나 샤워실에 있는 짧은 시간 동안 많은 생각이 오갔었다.

"다행이에요."

"뭐가?"

그녀가 그의 목에 입술을 누르고 있었다. 그의 단단한 몸이 그녀를 안고 있자 이제는 안도하는 마음에서 다시 몸이 뜨거워졌다. 그녀의 호흡이 점차 거칠어지고 있었다.

쿵쿵쿵.

심장 소리도 커져서 그녀가 지금 흥분해 있음을 말해주고 있었지만 그의 심장은 그녀를 밀어낼 만큼 강하게 뛰고 있었다. 묘는 다시 한 번 확인을 하고 싶었다. 그녀에게서 기를 빨리지 않은 남자가 있다는 걸 말이다. 그의 남성이 그녀의 물음에 답이라도 하듯이 그녀의 배를 찌르고 있었다.

"한 여자와 하룻밤에 세 번이라……. 그것도 나쁘지 않군."

그가 그녀를 들어 올려 그의 물건을 바로 넣었다. 그녀는 그의

몸에 매달려 있었다. 그는 마치 묘가 가벼운 인형인 듯 안아 들고
는 마음껏 그녀를 가졌다. 그녀는 알싸한 고통이 아래서부터 전해
져 왔지만 그의 페니스가 주는 황홀함에 고통을 잊은 지 오래였다.

  거울을 통해 그녀는 그가 만들어놓은 붉은 점들을 보았다. 그리
고 손을 들어 자신의 몸 위에 얹자 오렌지빛이 그녀를 감싸더니
다시금 하얀 피부로 만들었다. 그녀의 능력이 날이 갈수록 강해지
고 있었다.
  샤워실에서 구두만 손에 들고 나온 그녀의 모습에 그가 넋을 잃
고 한참을 바라보았다.
  "또 나를 흥분시킬 셈인가?"
  "아니요. 옷이 여기에 있어서 그냥 나왔을 뿐이에요."
  그는 아무 일도 없었다는 듯이 깔끔하게 옷을 입고 있었다.
  "가지. 나도 퇴근을 할 생각이었거든."
  "왜, 대답을 안 해주죠?"
  "뭘?"
  "여우령."
  "그냥 당신이 잊었으면 좋겠군. 위험해."
  "이건 내 일이에요."
  그가 그녀를 안았다.
  "이젠 나의 일이기도 해."

그의 눈 안에는 묘가 가득했다.

묘는 눈을 들어 그를 보았다. 그는 여전히 잘생긴 상태로 멀쩡히 그녀 앞에 있었고 그녀가 지금 간다고 해서 변할 것 같지는 않았다. 세 번의 사랑을 나누었지만 아직도 활력이 넘쳐 보였다.

생각할수록 신기한 구석이 많은 인간이었다. 여우령도 죽이는 능력자에 그녀와 사랑을 나눌 수 있는 강인함까지. 인정하고 싶지는 않지만 그는 묘의 짝이었다. 앞으로 이 사람과의 인연이 길게 이어질 것이라는 생각이 묘에게 들었다. 묘는 자신의 인연을 만난 것이었다.

제5장 국제 여자 외국어 고등학교

회의실에 긴장감이 감돌고 있었다. 어느 때보다 이사들의 인상이 좋지 않았다. 최태호 회장의 독재가 날이 갈수록 이사들의 심기를 불편하게 하고 있었다.

물론 그가 국제건설을 설립하고 오늘날까지 완벽하게 이끌어가고 있었기 때문에 그가 고집하는 일에는 무조건 찬성을 했지만 이번 일은 그들로서는 도저히 이해가 가지 않았다.

"회장님, 학교 설립은 찬성합니다. 사회발전에도 기여를 할 수 있고 기업 이미지도 좋아지니 그만한 게 없고 장기적으로 봤을 때 인력 양성에도 도움이 되니 저로서도 찬성이지만 여학교는 저희 건설업에는 맞지 않아 보입니다."

사사건건 반대를 하는 유 이사의 말에 최태호 회장의 표정이 좋지 않았다.

　"유 이사님 의견에 저도 동감합니다. 이건 말이 안 돼요. 여학교라니 나중에 여자들을 건설현장에 투입시킬 것도 아니고 기술고등학교라면 모를까."

　유 이사와 합이 잘 맞는 정 이사가 유 이사 편을 들고 나섰다.

　"저도 기술고등학교를 설립한다면 찬성이지만 여학교 건립은 반대입니다."

　이사들의 반대의 목소리가 높았다. 사실 맞는 말이었다. 건설회사에서 여학교를 세운다는 건 먼지가 많은 도로가에 꽃을 심는 일과 별반 다를 바가 없었다. 이사들이 거품을 무는 것도 당연한 일이었다.

　회사의 주식의 절반 이상이 회장의 것이기에 결국 이사회는 있으나 마나 했지만 언제나 형식과 절차를 중요시하는 회장 덕에 이런 안건들이 나오면 입 아프게 떠들고는 결국 회장이 자기 뜻대로 결론을 내리는데 박수를 쳐주어야만 하는 그들이었다. 최태호 회장의 옆에서 그를 보좌한 지도 오래되었지만 확실히 카리스마 하나는 끝내주는 사람이라고 호는 생각했다.

　이사들의 소리를 한참을 듣던 회장이 호를 보며 물었다.

　"고 사장의 의견은?"

　예상한 바였다. 그래서 며칠 전부터 여학교가 생기므로 해서 얻을 수 있는 긍정정인 효과에 대해 밤을 새며 연구를 했었다. 그도 이 일에는 반대였지만 회장이 무슨 이유에선지 몹시도 바라는 것 같았다. 그가 모셔오는 동안 가장 어이없는 일이자 회장이 가장 원하는 일이었다.

"네, 제 생각으로는 생각보다 회사에 굉장한 이득을 줄 것 같습니다."

"그래."

회장의 얼굴에 화색이 돌았고 이사들의 얼굴에 먹구름이 끼고 있었다.

"물론 이사님들의 걱정이 무엇인지 알고 있습니다. 저희는 건설업이 주종이고 남자들의 회사나 마찬가지입니다. 모든 건설업들의 한계인 건 맞습니다. 하지만 국제건설이라는 회사를 놓고 볼 때 저희는 건설만으로 국한된 회사가 아닙니다."

호에게 모든 시선이 쏠려 있었다. 50대의 회장과 30대의 사장이었다. 다른 그룹에 비해 굉장히 젊은 회장단이었다. 그것도 모자라 그들의 외모는 언제나 화제에 올랐다. 잘생긴 외모 덕에 팬클럽까지 있는 그들이었다.

그리고 그건 이사들에게는 눈엣가시였다. 하지만 이사들을 더 짜증나게 하는 건 그들의 뛰어난 능력이었다.

"건설만으로 볼 때는 기술학교를 짓는 것이 올바른 선택이지만 기업 홍보적인 측면으로 볼 때는 남학교보다는 여학교가 훨씬 효과가 있다고 봅니다."

"뭐가 효과적이라는 겁니까?"

유 이사가 또 끼어들었다. 최 회장의 시선이 유 이사에게서 떠날 줄을 몰랐다.

"단순히 생각하시니까 요점을 모르시는 거 아닙니까?"

호가 보란 듯이 쏴붙였다. 유 이사는 육십이 넘은 나이에 회사를 위한 생각보다는 반대를 위한 반대만을 고집하는 황소고집의 소유자였다.

"뭐야?"

"여기는 회의실입니다. 제가 이사님께 반말을 들어야 할 이유가 없습니다."

단호했다. 유 이사가 그 기에 눌려 입을 다물었다.

"본론부터 말씀드리자면 회장님의 생각은 다른 기업의 허를 찌르는 발상의 전환 같은 겁니다."

모두들 이 어린 사장이 대놓고 아부를 하고 있다는 표정들이었지만 호의 카리스마에 눌려 제대로 대꾸조차 못하고 있었다.

"저희 회사의 연간 광고비가 얼마인지 아십니까? 유 이사님?"

"글쎄요. 기업 이미지 광고비가 얼마인지 알아야 합니까?"

"국제건설의 기업 이미지 광고비가 연간 300억이 넘게 들어가고 있습니다."

"뭐가 이렇게 많이 들어갑니까?"

이사들이 웅성거리고 있었다.

"아파트 광고가 가장 많은 비중을 차지하고 있고 조선소나 기타 백화점, 면세점 등의 이미지 광고비도 많은 비중을 차지하고 있습니다. 이처럼 기업의 이미지가 중요한 시점에서 학교가 뭐 그리 대단하냐고 생각하실 수도 있겠지만 사실 굉장한 파급효과가 있습니다."

"……."

호가 말을 할수록 이사들의 표정이 변하고 있었다. 그럴듯한 얘기였다.

"하나고하면 하나금융을 북일고하면 한화를 민사고하면 파스퇴르를 생각하는 게 사람들입니다. 지금 파스퇴르가 민사고를 놓았어도 아직도 사람들의 기억에는 그렇게 남아 있는 겁니다. 국제건설하면 떠오르는 게 없지 않습니까?"

"그건 좋은 생각이지만 굳이 여자 학교일 필요가 없지 않습니까?"

"기술학교는 이슈가 되지 않습니다. 물론 그게 당연한 것이지만 기업의 사회투자는 반드시 이득이 있어야 합니다. 그게 광고적인 효과라면 더욱 빠른 효과를 볼 수 있을 겁니다."

"남성적인 기업에서 여자 인재를 육성한다면 다른 사람들이 볼 때 기업이 온전히 사회 환원의 목적이라 생각할 겁니다. 요즘은 좋은 일을 하고도 욕을 먹는데 목적 자체가 순수해 보인다면 결과도 좋겠지요. 티 안 나는 일은 굳이 할 필요가 없다는 게 제 생각입니다."

"설득력이 약해요."

끝까지 유 이사가 깐족거렸다.

"기업 광고 하나를 내리고 학교에 투자를 해도 무방하다고 저는 생각합니다. 일 년에 30억 정도만 지원해도 학교는 분명히 잘 운영될 겁니다."

"누가 보내려고 할까요? 명문고들도 많은데……."

"그건 어떤 시스템으로 가야 할지를 정하면 될 것이고 오늘은 가부만 결정하면 될 것 같습니다."

호가 이사들의 말을 잘랐다. 어차피 결론은 정해져 있었다. 그는 언제나 일석이조의 효과를 얻을 수 있는 이런 이사회가 자주 열렸으면 좋겠다고 생각했다. 이사회가 한번 있고 나면 호는 회장의 오른팔의 자리를 확고히 다질 수 있었기 때문이었다.

"하하하, 역시 하나의 주제를 드리면 언제나 열띤 토론의 장이 열리니 보는 내내 흐뭇했습니다. 기업은 젊은 피들이 이끌어 나가야 혁신적인 발전이 있는 것 같습니다. 거기다 이사분들의 노련함이 어우러지니 더없이 좋은 결과가 나왔습니다."

역시 최 회장이었다. 들어는 주되 자신이 하고자 하는 일은 끝까지 밀어붙이는 스타일이었다.

"국제 여자 외국어 고등학교는 우리 국제그룹의 기업 이미지에

일조를 할 겁니다. 여러분들께서 많은 부분에 신경을 써주셔야 합니다. 자녀분들도 보내시고요. 물론 공부를 잘해야겠지만 말입니다."

회장의 말에 아무도 반론을 제기하지 않았다. 회의실에서 나오는 길에 최 회장이 호의 어깨를 토닥였다. 말없는 그의 행동에는 많은 의미가 들어 있었다.

자식이 없는 그에게 호는 자식 같은 존재였다. 그는 지금 호랑이 새끼를 키우고 있는지 꿈에도 생각지 못할 것이었다. 아직은 서로의 존재를 알지 못하는 그들이었다. 12령이 회장인지도 12령과 인간 사이에서 태어난 호에 대해서도 서로가 모르고 있었다.

─꿈의 기업인 국제건설에서 꿈의 학교를 설립 추진 중에 있다. 국제건설 홍보실의 보도 자료에 따르면 2016년 새 학기부터 운영될 국제 여자 외국어 고등학교는 전원 기숙사 생활은 물론 전원 장학금 지급을 기본으로 하고 있다. 교사의 90%가 외국인으로 학생 전원은 국내 대학이 아닌 외국의 대학 지원을 기본으로 한다. 글로벌 인재 양성을 목표로 하는…….

"그만."

나무 오빠가 신문을 읽고 있는 묘에게 말했다.

"왜 그렇게 국제건설 일에 집착을 하지?"

"여우령이 그곳에 있다는 것도 알고 그들이 학교를 설립하는 게 무슨 뜻이겠어? 질 좋은 간을 공급받겠다는 거잖아. 통조림 공장처럼."

묘는 자신을 멍하게 바라보고 있는 오빠들을 보며 말이 좀 심했다는 생각을 했다.

"여우령이 그렇게 한다면 그 많은 학생들이 다 희생이 되는 건데 300년이 훨씬 더 넘는 시간을 우리처럼 사람들의 눈에 띄지 않으려 애쓴 그들인데 한순간에 탄로 나는 짓을 하려고 할까?"

나무의 말이 옳기는 했지만 묘의 촉이 그들은 충분히 그런 짓을 하고도 남는다고 말해주고 있었다.

"왜 내 말을 안 들어주는 거야?"

묘가 화가 나서 나무에게 따져 물었다.

"이번엔 감이 좋지 않아. 그 안에 얼마나 많은 여우령이 있을지는 모르지만 다른 곳부터 처리하자."

"여기가 중요하다고."

"묘야, 이번에는 형의 말을 듣자."

수 오빠가 달래봤지만 묘의 마음은 이미 상처를 받았다.

"아무리 그 사람이 싫어도 우리 일은 여우령을 잡는 거잖아."

묘가 자리를 박차고 나갔다. 아무리 생각을 해도 나무 오빠를 이해할 수가 없었다.

나무 오빠의 고집 때문에 묘는 결국 국제건설의 여우령을 포기했다. 그녀는 볼 수만 있었지 잡을 수는 없으니 당연히 포기하는 수밖에 없었다.

회사 일이 끝나고 지금은 수 오빠의 커피숍에서 아르바이트를 하고 있었다. 날로 불어나는 손님 때문에 눈코 뜰 새 없이 바쁜 카페 도사에 일손도 필요했고 집에 와서 나무와 으르렁거리는 게 보기 싫다고 수가 묘를 밤에 아르바이트생으로 고용한 것이다. 모두들 날카로우니 당분간은 휴식을 취하자는 수의 의견 때문이었다.

수지 씨와 이런저런 얘기도 나누고 오가는 손님들도 보면서 조용히 지내는 묘였다. 하지만 그것도 잠시 요즘 묘의 일상을 흔드는 그가 매일 출근 도장을 찍고 있었다.

"어서 오세요."

그였다.

"카라멜 마끼아또 2잔."

자신의 운전기사와 자기가 먹을 커피 두 잔을 요 며칠째 사서 가는 그였다.

"8,000원입니다."

계산을 하고 수지 씨가 커피를 만드는 동안 그는 묘를 타는 듯한 시선으로 바라만 보고는 커피가 다 되면 그것만을 가지고 사라졌다. 보고 싶었다, 어떻게 지내냐 등의 안부도 없이 그는 그렇게 매일 그녀의 애간장만을 녹인 채 자리를 떴다.

뒤늦은 밀당도 아니고 끝까지 간 사이에 그가 하는 짓이 어이가 없었다. 묘는 먼저 말을 걸고 싶지는 않았지만 답답하게 구는 그가 이해가 되지 않았다. 오늘 그가 온다면 왜 그러냐고 꼭 물어볼 생각이었다. 양반은 못 되는지 그가 카페로 들어오고 있었다.

깔끔한 네이비색 슈트를 입은 그는 잡지책에서 튀어나온 듯했다. 300살이나 어린 남자에게 시선을 빼앗기는 것도 웃긴데 그녀는 그의 벗은 몸이 얼마나 훌륭한지도 알았다.

"된장!"

욕을 부르는 얼굴이었다. 차가운 표정의 그를 다른 여자들이 본다면 멋있다고 하겠지만 묘의 입장에서는 웃기는 일이었다. 뭐가 불만인지 도통 알 수가 없었다. 그리고 어떻게 그녀가 일하는 카페를 알게 됐는지도 궁금했다.

"어서 오세요."

오늘따라 그녀의 목소리도 냉기가 가득했다.

"카라멜 마끼아또 2잔."

"8,000원입니다."

그가 카드를 꺼내 그녀에게 주었다. 계산을 마친 그녀가 그를 쏘아봤다. 다른 때 같으면 그의 시선을 피해 다른 곳을 봤겠지만 일주일 동안이나 참았으니 오늘은 꼭 이유를 알아야겠다는 생각을 한 묘였다.

"수지 씨, 나 잠깐만 볼일 좀 보고 올게요."

커피를 만들던 수지가 알았다고 대답을 했다. 수는 수지가 재고 정리를 시켜 며칠째 창고 신세였다. 안 그랬으면 지금 이 남자의 멱살을 잡고도 남았을 것이다.

"잠깐 얘기 좀 해요."

그녀가 그에게 말을 하고 밖으로 나가자 그가 그녀의 뒤를 쫓아 나왔다. 바깥공기가 시원하게 그녀의 볼을 감쌌다.

"이봐요, 도대체 왜 그러는 거예요?"

그녀가 화를 내며 그를 쏘아보자 그가 갑자기 픽 하며 웃었다.

"지금 이게 웃겨요?"

그가 갑자기 그녀의 손목을 잡더니 건물의 뒤쪽으로 그녀를 데리고 갔다. 아니, 끌고 갔다.

"뭐 하는 거예요?"

건물 뒤쪽은 인적이 드문 으슥한 곳이었다. 그가 그녀의 허리를 잡아 자신에게로 끌어당겼다. 묘의 얼굴이 그의 가슴에 닿았다.

"내가 왜 매일 이곳에 미친놈처럼 온다고 생각하나?"

그의 거친 심장 소리가 그녀의 귓가를 자극하고 있었다. 마치 100m 달리기를 하고 온 사람처럼 그의 심장 소리는 격렬했다.

"느껴지나?"

그가 그녀의 손을 들어 자신의 심장 위에 올려놓았다.

"확인을 해야만 했어."

그녀가 그를 올려다보았다. 남자의 눈빛이 흔들리고 있었다. 정말로 고민이 많았던 것 같았다.

"묘를 처음 봤을 때부터 이 녀석은 이렇게 뛰더군."

"……."

"그냥 그러다 말겠지, 라고 생각했는데 두 번째도 세 번째도 똑같았지."

그가 자신의 심장 위에 있는 묘의 손을 잡았다.

"그리고 널 갖고 나면 정말로 뒤도 안 돌아보고 잊을 줄 알았는데 그게 그렇게 안 되더군."

"도대체 왜 이러는데요?"

"나도 그 이유를 잘 모르겠어. 여자를 안고 싶어서 미친놈처럼 사무실에서 안은 적은 한 번도 없었어. 그리고 그 여자가 보고 싶어서 매일 얼굴이라도 보려고 이렇게 찾아다닌 것도 처음이야."

"얼굴 보려고 온 거였어요?"

"싱겁다고 생각하겠지만 그래."

그가 그녀의 얼굴을 양손으로 감쌌다.

"첫날은 그냥 잘 있는지 확인차 온 거고."

"둘째 날은?"

"둘째 날은 날 의식은 하고 있는지 확인차."

"셋째 날은?"

"셋째 날은 다른 놈들이 혹시나 눈독을 들이고 있지나 않은지 확인차."

"넷째 날은?"

"그냥 보고 싶었어."

그가 그녀의 입술에 자신의 입술을 가져왔다. 너무나 부드러운 입맞춤에 그녀는 눈물이 날 것 같았다. 무뚝뚝할 것만 같았던 그가 그녀가 보고 싶어서 이렇게 매일 왔다고 고백하고 있었다.

그녀가 양팔을 그의 목에 감고 발뒤꿈치를 들어 그의 키스에 화답을 하고 있었다. 둘의 혀가 뜨겁게 얽히고 있었다.

키스가 깊어질수록 그의 페니스가 그녀의 배를 누르고 있었다. 그런 그의 반응이 그녀 또한 흥분시키고 있었다. 그가 묘의 혀를 깊이 빨아들였다.

묘의 이성이 날아가 버렸다. 여기가 어딘지도 잊고 그녀 또한 그에게 대담하게 반응을 하고 있었다.

그의 손이 그녀의 가슴을 움켜쥐었다. 더 이상의 몸짓을 했다가는 끝까지 갈 기세였다. 브레이크를 묘가 걸었다.

"그만해요."

그도 여기가 어디라는 걸 그제야 인식을 했는지 그녀의 가슴에서 손을 거두었다. 그녀가 이번에는 그의 얼굴을 두 손으로 감쌌다.

"당신을 보면 이상하게 두근거려요."

그가 그녀를 짙은 눈으로 보고 있었다.

"하지만 잘 모르겠어요. 내가 남자가 처음이라서 떨리는지 정말 당신이 나의 짝인지 아직은 잘 모르겠어요."

"나를 보면 두근거린다?"

"네, 두근거려요. 그런데 그게 뭣 때문인지 내가 알 때까지 기다려 줄래요?"

"그러지."

"고마워요. 들어가요. 커피 다 식겠어요."

묘가 먼저 카페 안으로 들어오고 그가 그 뒤를 따랐다. 그런데 하필이면 수가 카운터를 지키고 있었다.

"오올, 이 수상한 냄새는 뭐지?"

수의 표정이 좋지가 않았다.

"잠깐 할 말이 있어서 나갔을 뿐이야. 신경 쓰지 마."

그녀가 커피 두 잔을 그에게 주었다.

"다행히 식지는 않았네요. 안녕히 가세요."

그가 살짝 고개를 숙여 인사를 하고는 카페를 나섰다.

"저치하고 무슨 짓을 하고 온 거야?"

"얘기."

"얘기만 했는데 저치 입술에 네 립스틱이 묻어?"

수지가 수의 옆구리를 꼬집었다.

"아야!"

"저기 손님 주문받으세요, 사장님."

"넌 오늘 수지 씨 때문에 산 줄 알아."

"내 일에 간섭하지 마."

신경질이 난 묘가 앞치마를 집어 던지더니 창고로 들어가 버렸다. 그녀의 뒤를 수지가 좇아왔다.

"오빠가 걱정이 돼서 그러는 거니까 이해해요."

"알아요, 고마워요."

수지 씨는 그녀의 옆에 앉아 한참을 같이 있어줬다.

"사랑하는 건 쉬운 일이 아닌 것 같아요. 특히 다른 사람들이 싫어하는 사람을 사랑한다면요."

자신의 얘기를 하듯이 수지의 말에 슬픔이 묻어났다. 오빠 얘기는 아닌 것 같았다.

"힘내요. 이만 일어날게요. 투덜이 사장님한테 혼날 것 같아요."

그녀가 일어서자 묘가 수지에게 말했다.

"고마워요."

"뭘요. 언제나 나는 묘 편이에요."

그녀가 창고가 환해질 만큼 화사하게 웃고는 나갔다. 좋은 사람이었다. 오빠들이 이유 없이 그에게 적개심을 드러내는 게 묘는 싫었다. 그냥 자신을 내버려 두면 알아서 할 텐데 너무 어린아이 취급을 하는 오빠들이 미웠다.

그녀는 자신도 모르게 입술을 손가락으로 쓸었다. 그의 온기가 느껴지는 것 같았다. 자신의 짝이 드디어 나타난 것일까? 기쁨보다는 걱정이 앞서는 묘였다.

　며칠째 대낮에 햇볕을 받고 돌아다녔더니 몸이 늘어지는 나무였다. 강력계 구석에 있는 긴 의자에 누워 눈을 감고 있었다. 몸도 늘어지고 단서조차 없이 완전범죄를 저지른 범인을 생각하니 머리가 복잡했다.

　"아직도야?"

　강력계 앞의 의자에 길게 누워 눈을 감고 있는 나무를 보고 강력계 반장이 한마디를 했다. 그의 목소리에 나무가 벌떡 자리에서 일어났다.

　"그러니까 좀 알려줘요, 반장님."

　"뭘, 네가 찾아야지."

　"도통 감이 안 와요. 증거 하나 없고요. 깨끗해도 너무 깨끗해."

　"그게 더 이상하지. 너무 깔끔한 게."

　"답답하시네. 그러니까 묻잖아요. 좀 도와달라고."

　벌써 희생자가 넷이나 됐다. 사람들이 동요할까 봐 현재는 언론에도 흘리지 않고 있었다. 노숙자가 넷이 죽었다. 가족도 연고도 없는 사람들이기에 모두가 쉬쉬하고 있는 사건이라고 조 형사가 말해주었다.

　조 형사는 이번에 발령받아 온 형산데 말수가 별로 없는 조용한 사람이었다. 굳이 이번 사건을 맡겠다고 우겨서 같이 조사를 하는데 도움이 안 되는 사람이었다.

"누가 나무 좀 데려다가 장작을 패든지 좀 해. 저 녀석 저럴 때 짜증나니까."

평소에 술은 모두 나무가 샀다. 웬만해선 안 친한 형사가 없었다. 모두가 그를 성격 좋은 동네 형이나 동생으로 생각했다. 성격 좋기로 유명한 나무였지만 가끔은 형사 반장에게 투정을 부리기도 했다.

"반장님!"

"아, 진짜 왜 이래?"

"좀 특이한 케이스라 궁금해서 그러는데 너무하는 거 아니에요?"

"왜 그래, 진드기처럼."

"지금까지 안 거 다 기자실 가서 불어버릴 거예요."

"김 형사, 나무 좀 처리해 봐."

손가락으로 브이를 만들며 그는 김 형사의 책상으로 갔다.

"되게 비싸게 구네."

나무가 구시렁거리자 김 형사가 웬일로 반장 편을 들었다.

"들어서 별로 기분 좋을 게 없는 사건이에요, 형님."

"왜?"

"아니, 시체에 장기가 없는데 들어서 좋을 게 뭐있어요. 맨날 이런 종류의 사건만 맡으려고 하니까 반장님이 조금 쉬운 사건 주려고 저러시는 거 아니에요."

"이왕 맡을 사건이면 화끈한 게 좋잖아."

"하여튼 형은 못 말려요."

김 형사가 고개를 흔들었다. 그리고 국과수에서 넘어온 자료를 나무에게 설명해 주었다.

"피의자의 사망추정 시각은 사후 경직 상태나 시반, 각막혼탁 상태, 강막건조 상태 등을 미루어볼 때 14일 자정 전후가 될 것 같다고 했고요. 직접 사인은 교살이라네요. 여기 사진 보이시죠. 목이 졸린 흔적이 역력하죠. 근데 얼마나 치밀한 놈인지 증거가 하나도 없대요. 깨끗하대요. 죽인 다음에 장기를 꺼낸 거죠."

"너도 내가 이 사건 맡는 게 싫어?"

"아뇨. 나는 형이 이 사건 맡아줘서 완전 좋은데. 난 이런 종류는 정말 싫더라고요."

"흉기는?"

"흉기는 짐승의 발톱같이 날카로운 건데 짐승이 그런 것 같지는 않고, 살인 도구가 뭔지 국과수에서도 아직 밝히지 못한 것 같아요."

나무는 익숙한 모습의 시체를 보았다. 다들 남자들이었고 노숙자들이었다. 대부분 여우령들은 깨끗한 처녀를 범행 대상으로 삼았고 18살의 숫처녀가 아니더라도 대부분은 아름다운 아가씨였다. 이상했다.

"이렇게 끔찍한데 그렇게 알고 싶어요? 몇 날 며칠을 뚫어지게 본 거예요?"

"취미야."

"위험해요. 너무 깊이 이런 일에 빠져들면."

"어쨌든 고마워. 귀찮게 안 할게. 김 형사 일이나 해."

"노숙자들을 범행 대상으로 삼았다면 종로의 파고다공원이나 종묘공원, 아니면 서울역에도 많은데 노숙자들이라야 손으로 꼽는 서초동에서 왜 그랬을까요?"

나무의 머릿속이 김 형사만큼이나 복잡해지고 있었다.

"뭐지, 도대체 이 느낌은?"

불길한 느낌이 나무를 사로잡고 있었다.

오랜만에 나무의 호출로 모두들 한자리에 모였다. 나무와 묘는 여전히 어색했지만 수가 중간 역할을 잘하고 있어서 많이 부드러워진 상황이었다.

"아무리 생각을 해봐도 여우령의 짓인데 노숙자를 건드렸다는 게 이상해."

"나도 그렇게 생각이 들기는 해."

"나도."

모두의 생각이 모처럼 맞아떨어졌다.

"그런데 이 석연치 않은 일을 어디서부터 해야 할지 잘 모르겠어."

나무의 솔직한 말이었다. 언제나 묘의 지시대로 움직이는 그들이었다. 묘가 도깨비를 통해서 얻은 정보로 그들은 움직였다. 이번처럼 나무 혼자서 사건을 가지고 온 적은 처음 있는 일이었다.

"일단은 사건 현장부터 가보는 게 좋을 것 같아."

모두들 처음 시체가 발견된 오래된 건물의 주차장으로 갔다. 사람들이 오가지 않는 곳이 서초동에 있다는 게 신기할 정도로 이 폐주차장은 정말로 인적이 없었다. 노란색 폴리스라인이 살인의 흔적을 말해주고 있었다.

네 명이 같은 장소에서 발견됐다는 얘기는 다섯 번째도 이쪽에서 발견될 수 있다는 얘기가 된다. 빨리 여우령을 잡지 않으면 안 그래도 불쌍한 노숙자들의 희생을 막을 방법이 없었다.

"어때?"

나무가 묘에게 전반적인 분위기를 보라고 얘기하고 있었다. 영의 눈을 가진 묘였다. 이곳은 영의 기운이 이상하게도 느껴지지 않았다.

묘가 영혼들의 움직임을 볼 때는 그녀의 눈동자가 고양이의 눈동자로 변했다. 에메랄드빛의 눈동자의 동그란 동공이 고양이의 동공처럼 긴 타원형으로 변하면 그녀는 영의 세계를 볼 수가 있었다.

"보이는 게 있어?"

"아니, 이상할 정도로 조용해."

"그럴 리가 없잖아. 여우령이 한 짓이라면 분명히 증거가 있을 거야."

그때였다. 멀리서 한 남자가 그들이 있는 곳으로 걸어오고 있었다. 얼른 몸을 숨긴 그들은 남자의 행동을 유심히 지켜보고 있었다.

남자는 모자를 쿡 눌러쓰고는 너무나 자연스럽게 폴리스라인을 넘어 그들이 있는 안으로 들어왔다. 묘와 오빠들은 바깥을 지키고 있는 두 명의 경찰들을 따돌리고 왔는데 남자는 인사를 하며 그곳으로 들어왔다.

"뭐지?"

주차장 안에 들어온 남자는 뭔가를 줍더니 경찰처럼 비닐백 안에 그것을 담았다. 그리고 조용히 그곳을 빠져나가고 있었다.

묘와 오빠들은 뒷길로 돌아서 순찰하는 경찰들이 있는 곳으로 갔다. 나무 오빠가 안면이 있는 경찰에게 가서 물었다.

"형석아, 방금 저 안에서 나온 사람은 누구야?"

"아, 조 형사님요? 이번에 강력계에 발령받으신 분요. 너무 여려서 이번 사건을 잘 처리할지 모르겠네요."

"조 형사?"

가깝지 않은 거리여서 정확히 누구인 줄은 몰랐지만 조 형사라니 좀 놀라웠다. 이번 사건은 조 형사도 나무도 맡겠다고 조르긴 했지만 조 형사는 그다지 적극적이지는 않았다. 아마도 발령받고 처음 큰 사건이라 의욕을 보이나 보다 정도로 생각은 했지만 분명이 담당인 나무를 제쳐 두고 혼자서 수사를 한다는 게 마음에 들지는 않았다.

"짬밥에 밀려서 이번 사건 울며 겨자 먹기로 본인이 맡는다고 얘기했다는데요? 안됐어요."

어이가 없는 나무였다. 거기다 뭐, 이 사건을 울며 겨자 먹기로 맡았다고 하니 어이가 없었다. 조 형사가 앞뒤가 다른 사람이라는 걸 느낀 나무는 서에 가서 조 형사에게 한마디를 해야겠다고 결심을 했다.

모두의 시선이 조 형사가 사라진 방향으로 향했다.

나무는 이해할 수가 없었다. 경찰서에서는 이렇게까지 열심히 하지 않는 조 형사였다. 뭔가 이상한 느낌이 들었다.

"고 사장님 오셨습니다."

보기에도 고급스러운 일식집에 회장과 단둘이 저녁식사를 하게 된 호였다. 이사회 이후로 회장이 호를 더욱더 신뢰하고 있었다.

"고 사장 왔나?"

"네."

"앉지."

같은 남자가 봐도 회장은 나이에 맞지 않게 탄탄한 몸과 잘생긴 얼굴을 가지고 있었다. 학교를 졸업하고 10년이 넘게 모신 분이었지만 처음 만났을 때 모습과 변함이 없었다.

아버지의 유언대로 그는 이곳에 입사를 했다. 그리고 정말로 필요할 때 회장에게 아버지의 존재를 말하면 도와줄 것이라고 말씀하셨다. 도움을 안 받을 수 있다면 알리지 말라는 말씀도 함께하셨다. 아무래도 회장도 여우령에 관련이 있는 것 같기는 했다.

"지난번 이사회 때 자네의 앞을 내다보는 안목에 감동했네."

회장의 칭찬은 끝이 없었다. 여자 학교를 꼭 만들고 싶기는 한 모양이었다.

"회장님의 뜻에 따랐을 뿐입니다."

"나는 학교가 지어지면 일선에서 물러나 학교장으로 지낼 생각이네. 그래서 도심보다는 민사고처럼 교외의 자연 속에 학교를 짓고 싶네."

"차라리 신도시 쪽으로 해서 학부모들을 유입시키는 것이 더 이로울 텐데요."

"나는 영리 목적의 학교는 싫다네."

"네, 무슨 말씀이신지 알겠습니다."

호가 최 회장의 잔에 술을 따랐다. 잔이 채워지자 그가 미소를 지으며 술을 한번에 비웠다. 그리고 자신의 잔에 술을 채워 호에게 건넸다. 그만큼 둘 사이가 각별하다는 표시였다.

"내 편이 없어. 내가 지은 회산데도 편을 만들어야 하다니 너무

안타깝지 않나?"

"……."

"이럴 줄 알았으면 중소기업으로 만족할 걸 그랬어. 그러면 이 사들이고 뭐고 신경을 안 써도 될 것 아닌가?"

"모두가 회장님의 회사경영에 만족하고 있습니다."

"아니야, 내가 많이 부족하지."

오늘따라 회장이 어울리지 않게 부드러웠다.

"손님 도착하셨습니다."

"들여보내게."

호가 보기에도 상당한 미모를 가진 아가씨가 방으로 들어왔다.

"민지야, 인사드려라. 고 사장님이시다."

"안녕하세요, 최민지입니다."

"내 조카네."

최 사장은 가족이 없었다. 가족이 없다는 건 친조카가 없다는 뜻이었다.

"안녕하십니까? 고호입니다."

여자는 상당한 미인이었다. 어쩌면 조금은 비현실적인 외모를 가지고 있었다.

"내 하나뿐인 조카네. 난 가족이 없다네. 우리 민지는 그런 의미에서 매우 특별한 가족이지."

"……."

회장이 오늘은 도통 못 알아들을 소리만 하고 있었다.

"내가 어릴 때부터 키운 아이네. 세간의 이목을 끌까 봐 내 호적에는 입적시키지 않았지만 내 자식 같은 아이지, 어떤가?"

무슨 품평회도 아니고 회장은 여자의 미모에 그가 감탄하기를 바라고 있는 것 같았다.

"대단히 미인이십니다."

회장의 가려운 부분이 무엇인지 아는 호였다. 그리고 그와 친밀한 관계를 유지하는 것이 그의 인생에 나쁘지 않다는 걸 누구보다 잘 아는 호였다.

"잘 좀 봐주게."

"……."

회장은 그가 그녀를 아내로 받아들이기를 바라는 눈치였다. 자신은 이제 국제 여자 외국어 고등학교로 갈 것이고 회사를 맡길 만한 사람은 그뿐이라는 생각을 하는 것 같았다. 일이 좀 복잡하게 돌아가는 것 같았다.

제6장 사라지는 사람들

[요즘 밤거리를 다니는 여학생들은 조심을 해야 할 것 같습니다. 지금 다섯 명이 원인 모르게 실종이 된 상탠데요, 서로 다른 곳에 아무런 연관이 없는 여학생들이라서 경찰이 사건의 혼선을 빚고 있는 상태입니다.

마포의 한 뒷골목입니다. 인적이 드문 이곳에서 18살 이 모 양이 갑자기 사라졌는데요……]

틱~!

TV의 전원을 묘가 껐다. 모두의 얼굴에 그늘이 지어지고 있었다. 이제는 대놓고 여학생들이 사라지고 있었다. 지난번 김 서방이 알려준 여학생도 이 중에 포함이 돼 있었다. 무슨 일이 지금 일어나고 있는 것일까? 한 달 사이에 벌써 다섯 명이 사라졌다.

이렇게 방송에 나올 일들을 벌일 그들이 아니었다. 뭔가 꿍꿍이가 있어 보였다. 이렇게 매스컴을 타서 좋을 게 하나도 없는 그들인데 왜일지 묘는 너무나 궁금했다. 여우령의 여우구슬을 못 찾은 지도 오랜 세월이 지났다. 산천지령님을 뵐 면복도 점점 사라지고 있었다.

"노숙자의 죽음과 여학생들의 실종은 연관성이 없어 보여."

"도대체 뭐지?"

나무의 다리가 점점 나무처럼 바닥과 같은 모습으로 변하고 있었다. 생각 없이 집중을 하고 있을 때 그는 주변의 사물로 몸을 자꾸 변화시키는 버릇이 있었다.

"오빠!"

묘가 소리치자 나무는 얼른 사람의 모습으로 돌아왔다.

"자꾸 그러면 안 돼. 사람들이 보면 어쩌려고 그래?"

"미안. 자꾸 서초동 사건이 신경이 쓰여서 말이야."

며칠이 지나도록 사건의 진전이 없었다. 설상가상으로 주차장의 주인이 불미스런 사건이 일어나 신경이 쓰였는지 헐값에 땅을 팔아 지금 그곳에는 빌딩이 들어설 예정이었다.

또 다른 사건이 이곳에서 일어나기는 힘들 것 같았다. 새로운 건물 공사가 들어가기 전까지는 경찰들이 그 앞에 24시간 교대근무를 하며 현장을 보존하고 있었다.

"일단은 다시 가보자. 공사하기 전까지는 근처에서 지켜보는 게 나을 것 같아."

"알았어."

모두들 나무의 차에 앉아 주차장을 보고 있었다. 묘는 두 눈을 감고 주변의 소리에 귀를 기울이고 있었다. 혹시 여우령들의 소리가 들릴 수도 있기 때문이었다.

벌써 새벽 2시를 넘기고 있었다. 경찰들이 오늘따라 차 안에서 나오지 않고 있었다. 자는 것 같았다. 밤을 새는 건 인간들에게는 쉬운 일이 아닌 것 같았다.

그때였다. 검은색 그랜저가 주차장을 향해 들어오고 있었다. 그리고 조 형사가 차에서 어떤 남자와 같이 내렸다. 남자는 한눈에 봐도 노숙자 같았다.

"뭐지?"

차 안의 모두가 놀란 얼굴을 하고 있었다. 노숙자의 손에는 소주병과 안주가 들려 있었다. 얼마나 술을 먹였는지 몸도 못 가누는 것 같았다.

주차장의 음침한 곳으로 노숙자를 데리고 간 조 형사가 남자의 목을 끈으로 졸랐다. 그리고 남자를 바르게 눕히더니 방역업체 사람들이 입는 것 같은 비닐로 된 우주복을 입고는 손에 엑스맨의 울버린 같은 쇠가 박힌 장갑을 끼웠다.

그리고 조용히 앉아서 뭔가를 말하고 있었다.

"오~ 위대하신 여우령이여. 당신을 찬양합니다."

무슨 귀신 씻나락 까먹는 소리도 아니고 이건 아니었다. 여우령의 신봉자라니 놀라운 일이었다.

"오빠, 조 형사가 여우령의 신봉자였어."

"일단은 말려야 할 것 같아. 저러다가 저 사람 죽겠어."

"이미 죽었어. 영혼이 빠져나갔어. 조금 전에."

묘가 말했다.

수가 밖으로 나가려고 하고 있었다. 그때였다. 어디선가 여우광이 나타나고 있었다. 그리고는 그가 사람을 죽이기를 바라고 있는 것처럼 푸른 불빛은 그의 옆에 있었다.

조 형사가 끼고 있던 장갑을 들어 누워 있는 남자의 가슴에 꽂았고 마치 여우령을 흉내 내는 것처럼 그의 몸에서 장기를 꺼냈다. 그러자 옆에 있던 여우 광이 조 형사의 손에 들린 장기를 먹고 있었다.

"이런 것 본 적 있어?"

"아니."

정말 생소한 장면이었다. 마치 키우는 애완견에게 먹이를 주고 있는 듯한 모습이었다. 여우 광은 다른 여우령처럼 인간의 육체로 둔갑하지 못하는 것 같았다. 요즘은 300년 동안 그들이 보지 못한 형태의 여우령들이 계속해서 나타나고 있었다.

묘는 눈을 떼지 못하고 조 형사를 바라봤다. 여우 광에게 인간의 장기를 주고 있는 그의 얼굴에는 미소가 지어지고 있었다. 소름이 끼쳤다.

"이제 나가야 될 것 같아."

나무가 차에서 먼저 내렸다. 그리고 빛의 속도로 움직여 조 형사의 앞에 섰다. 그리고 그를 잡았다.

"이거 놔~"

그가 나무를 거칠게 밀었다. 왜소한 체격의 그에게서 괴력이 나오고 있었다.

"조 형사, 정신 차려."

나무가 그간 같이 근무한 정을 생각해서 정신을 차리게 하고 있었지만 그의 눈빛은 미친 사람의 것처럼 눈동자가 뒤집어져 있었다. 오빠의 눈에는 여우령이 보이지 않았지만 이상하게도 그 여우 광은 수와 나무에게도 보이는 것 같았다. 아마 조 형사에게 보이는 이치와 마찬가지인 것 같았다.

이번에는 묘의 차례였다. 남자의 몸속으로 들어가려는 여우 광을 간신히 잡은 묘였다. 묘에게는 영혼이 하나의 육체처럼 손에 잡혔다.

"너는 왜 인간으로 둔갑을 하지 않았지?"

"나는 12령으로부터 버림을 받았다."

"왜?"

"나는 여학교를 짓는 것에 반대를 했으니까. 나는 여우령들의 힘을 세상에 알리는 걸 원치 않는다. 예전처럼 조용히 우리들의 세계를 원할 뿐이었다."

"너는 왜 사람을 죽이지?"

"인간을 먹는 것은 여우령의 숙명, 어쩔 수 없는 먹이사슬이다."

"조 형사는 왜 이용을 했어?"

"이놈은 힘을 원했다. 절대적인 여우령의 힘을 말이다. 나는 육체를 만들기 위해 이자가 필요했고 이자는 나의 힘을 필요로 했다. 그리고 살인의 희열을 아는 놈이었다."

"여학교를 왜 짓는 거지?"

"네가 아는 그대로다. 앞으로 피바람이 불 것이다. 부모들의 통곡 소리가 사방에 울려 퍼질 것이다."

여우 광이 묘의 손아귀에서 빠져나가려 몸부림을 치고 있었다. 묘는 더 듣고 싶은 말이 있었지만 할 수 없이 여우 광의 입에 손을 넣어 둘로 찢었다. 여우 광이 사라지자 조 형사가 눈이 시뻘게져서 나무에게 달려들었다.

"용서 못해, 나의 여우령을 죽이다니."

진짜로 미친 녀석이었다.

퍽!

나무가 그의 얼굴을 주먹으로 내려쳤다.

"용서는 내가 못하겠다, 새끼야."

"빨리 가서 경찰들 좀 깨워봐라."

수의 말에 묘는 경찰에게 달려갔다. 차 안의 경찰들은 약에 취해 있었다.

"이봐요, 정신 좀 차려봐요."

숨을 쉬는 걸로 봐서는 죽은 것 같지는 않았다. 박카스 병이 두 개가 있는 걸로 봐서 수면제를 먹은 것 같았다.

"죽지는 않았어."

눈이 풀린 경찰들을 대신해서 나무가 경찰차 안의 무전기로 상황을 알렸다.

"오늘 수고했어. 수야, 묘 좀 데리고 집으로 가. 경찰들이 오면 상황이 귀찮아져."

"알았어."

나무의 차 키를 받은 수가 묘를 데리고 집으로 떠나자마자 경광등을 번쩍이며 경찰차들이 몰려들고 있었다.

"최 반장님, 한턱 쏴야 합니다."

"그래, 그래도 조 형사가 그랬다는 게 믿어지지가 않아."

"미친놈 흉내를 내는 걸 보니까 형사라 다른 것 같아요. 저런 놈은 봐주면 안 돼요."

"제정신이 아닌 것 같긴 해. 여우령이 어쩌고 또 자네 여동생이 여우령을 죽였다는 둥 도통 알아들을 수가 없는 소리만 하니 원."

"일단 경찰서로 빨리 가셔야겠는데요. 다들 기다리고 있는 것 같은데······."

"여하튼 수고했어. 나 형사는 서에 안 들어가?"

"저도 가야죠. 조서를 꾸며야 할 것 아닙니까."

"가자고. 일이 끝이 없어."

최 반장의 차에 같이 탄 나무는 어떻게 잡았냐는 최 반장의 질
문에 답을 하느라 진땀을 빼고 있었다. 언제나 대충 둘러대기는
했지만 이번에는 눈치 빠른 최 반장이라 조금 애를 먹고 있었다.

"아이, 힘들어요. 그만 좀 물어요. 내가 죽였어요?"

"아니, 그게 아니라 어떻게 감을 잡았는지 궁금해서."

"몰라요!"

밤새 여우 광이 했던 말을 생각하느라 뜬눈으로 밤을 새운 묘가
날카로워질 대로 날카로워 아침부터 디자인실은 시베리아 벌판처
럼 싸늘했다.

"실장님."

"왜?"

김 대리를 쳐다보자 움찔하는 그의 특유의 행동에 묘는 웃음을
터트릴 뻔했다.

"쫄기는, 뭔데?"

"이사실에서 다른 작업보다 이게 시급하다고 해서 왔는데요."

"줘봐."

김 대리가 서류를 묘에게 넘겼다. 서류에는 '국제 여자 외국어 고등학교 기숙사 도면' 이라고 쓰여 있는 도면과 내부 인테리어를 해달라는 지시사항이 적혀 있었다.

탁!

김 대리가 경기를 하듯이 한 발짝 물러섰다.

"바쁜데 이건 좀 심하죠?"

김 대리는 누구보다 묘의 일하는 스타일을 알기 때문에 아파트 실내 인테리어에 정신이 없는 이때에 위에서 내려온 돈 안 되는 일에 뚜껑이 열린 것이 분명하다고 생각했다.

"그래서 디자인 1팀으로 넘기려고 했는데 회장님이 우리 회사의 최고의 실력자이신 실장님을 콕 찍으셨다고 하던데요."

묘가 갑자기 소리 나게 일어나 신경질적으로 서류를 집더니 디자인실을 나섰다. 엘리베이터를 탄 묘는 사장실이 있는 층을 눌렀다. 이렇게 학교가 지어지는 것을 손 놓고 볼 수만은 없었다.

엘리베이터에서 내리자 우리 회사의 미인들로만 구성된 비서진들이 화사하게 웃으며 그녀를 맞이했다.

"사장님 좀 뵈려구요."

"실장님, 지금 사장님과 비서실장님 미팅 중이십니다."

"급한 일이에요."

비서는 사납기로 유명한 그녀를 건드리고 싶지 않아 인터폰으로 사장에게 그녀가 왔음을 알렸다.

"들어오시랍니다."

묘가 사무실로 들어가자 짜증나는 강 비서가 그녀를 못마땅하다는 듯이 쳐다보고 있었다.

"안녕하십니까?"

"급한 일이라고?"

"네."

"잠깐만 앉아서 기다리지."

"네."

그녀는 그가 정면으로 보이는 소파에 앉았다. 강 비서의 설명을 들으며 그는 서류에 사인을 하기에 바빴다. 일하는 남자가 멋있다는 생각이 처음 들게 하는 남자였다. 얼마나 시간이 흘렀을까. 얄미운 강 비서가 서류 꾸러미를 들고 사무실을 나갔다.

"그래, 무슨 일로 디자인 실장님께서 직접 찾아오셨나?"

"죄송합니다. 바쁘신데."

"급한 일이라는 게 뭐지?"

그가 담배 하나를 꺼내 입에 물고는 자신의 의자에 기댔다.

"국제 여자 외국어 고등학교 기숙사를 디자인하라고 지시사항이 내려왔습니다."

"그런데?"

"저는 도안을 할 수가 없습니다."

"왜지?"

"……."

"신도시 아파트하고 겹쳐서 힘든가?"

"아닙니다."

"그럼?"

"여우령."

"여우령?"

그녀의 입에서 여우령이라는 단어가 나오자 그의 얼굴이 눈에 띄게 굳었다.

"왜 자꾸 여우령에 대한 얘기를 하는 거지?"

그의 말에 그날 밤의 일이 떠오르자 자신도 모르게 묘의 얼굴이 달아올랐다.

"왜 자꾸 대답을 피하는 거죠?"

"알아서 좋을 게 없으니까."

그의 말은 단호했다.

"여우령을 어떻게 알았지?"

"난 여우령을 볼 수 있어요. 그리고 그들의 생각 또한 읽을 수가 있죠. 하지만 난 당신처럼 그들을 물리칠 수는 없어요. 그건 오빠들의 몫이죠."

"내가 참견하지 말았어야 하는 일에 참견을 했어."

"아니요. 저의 목숨의 은인이잖아요. 다른 사람들이 위험해요."

"……."

"사람들이 죽는다고요."

"사람들은 언젠가는 죽어."

너무나 냉정한 말투였다. 그녀를 열정적으로 안았던 남자가 아니었다. 차가운 사람이었다. 마치 심장이 없는 듯한.

"국제 여자 외국어 고등학교의 학생들이 위험해요."

"……"

그가 담배에 불을 붙였다. 그녀의 얘기가 듣기 싫은 것 같았다.

"여우령들은 18살 처녀의 신선한 간만을 먹어요."

그가 담배 연기를 뱉어냈다. 이런 상황만 아니었다면 굉장히 멋있다고 생각했을 만큼 그는 지금 담배를 피우는 것 자체만으로도 그녀의 심장을 두근거리게 했다.

"왜 내가 이런 얘기를 들어줄 거라고 생각하지?"

"당신은 그럴 능력이 있으니까요. 그리고 나를 도와준 당신의 다른 모습도 아니까요."

"뭔가 오해를 하는 것 같군. 난 남들의 일에는 관심이 없어."

"그때는 왜 나를 도왔죠?"

"그래서 분명히 후회한다고 했을 텐데. 그런 후회는 한 번으로 족해."

그는 또다시 그녀의 심장을 두근거리게 만드는 모습으로 담배를 피우고 있었다. 정신을 차리기 위해 묘가 머리를 흔들었다. 현혹되어서는 안 되는 상황이었다.

"부탁이에요. 당신이 반대만 해주면 학교 건립에 제동이 걸리는 건 사실이잖아요."

"왜 국제 여자 외국어 고등학교와 여우령이 관련이 있는지 이유를 대봐."

"제 느낌이 그래요."

그가 어이가 없다는 듯이 그녀를 보고는 급기야 웃음을 터트렸다.

"하하하, 느낌이라……."

"이상하게 들리겠지만 지금은 그래요."

"당신의 느낌 때문에 유능한 인재들이 좋은 교육을 받을 권리를 박탈당하는 거야."

"회사에 여우령들이 있어요. 현재까지는 두 명이고요. 더 많을 수도 있어요."

"그럼 그들만 잡아."

"제발."

그녀는 답답함이 몰려들었다. 이 학교가 통조림 공장이라고 말할 만한 증거는 딱히 없었다. 그녀의 불안한 마음과 지금 그녀가 잡았던 초령보다 강력한 12령이 이곳에 있을 것 같다는 추측뿐이었다.

그의 말대로 그녀가 본 여우령만 잡으면 일이 쉽겠지만 더 큰 화근을 찾아 없애지 않으면 많은 사람들이 그녀처럼 가족을 잃게 될 것이다.

"오래전에 아버지와 오빠가 여우령들에 의해 돌아가셨어요. 제가 집으로 갔을 때는 이미 참혹한 모습이 지나간 뒤였어요. 얼마나 한이 맺히셨는지 마당에 피가 지워지지가 않더라고요. 그때 다짐했어요. 죽어서도 이 원수를 갚겠다고."

그랬다. 그녀가 고양이의 모습으로 집에 갔을 때는 이미 장례가 치러진 다음이었다. 전과 다를 바 없이 정돈이 된 집에는 아무도 살지 않았다. 마당에는 아버지의 피인지 오라비의 피인지 모를 핏자국이 지워지지 않은 채 그대로 있었다.

그녀는 몇 날 며칠을 그렇게 집에서 슬피 울었었다. 다른 사람들이 이런 고통을 받는 것도 싫었지만 그런 여우령이 강한 힘을 갖는다는 게 그녀는 참을 수가 없었다.

"그래서 복수를 하겠다는 건가?"

그가 담배를 길게 빨더니 재떨이에 담배를 비벼 껐다.

"이미 이사회에서 승인이 난 문제야. 내가 결과를 번복시킬 수는 없어."

그의 말이 맞았지만 그녀는 지금 지푸라기라도 잡고 싶은 심정이었다.

"한번 말이라도 해보면 안 되는 건가요?"

그녀도 안다. 지금은 번복할 수 없다는 것을. 하지만 이렇게라도 안 하면 안 되는 상황이었다. 만약에 학교가 지어지면 여학생들이 희생되기 시작할 것이다. 무엇보다 처음부터 희생자가 생기지 않는 것이 제일 중요했다.

"제가 회장님을 만나뵐 수 있게 도와주세요."

"소용없어. 회장님은 은퇴하시고 그 학교의 이사장님이 되시는 게 소원이시니까."

난감한 상황이었다.

"내가 만약에 아이들의 안전을 책임진다고 약속을 하면 나에게 뭘 해줄 수 있지?"

"네?"

그가 지금 그녀에게 딜을 제안하고 있었다.

"학교 건립만 막을 수만 있다면 뭐든지 할게요."

"뭐든지?"

"네."

그가 그녀 쪽으로 몸을 빼고 적극적인 자세를 취했다.

"나는 아까도 말했듯이 승인된 사항을 번복할 수는 없어. 하지만 아이들의 안전을 위해 경비업체와 CCTV는 확실하게 해줄 수 있어."

"부족해요. 그렇다고 여우령을 이길 수 없다는 걸 당신이 더 잘 알잖아요."

"만약에 그런 상황이 벌어지거나 건설되는 도중에 증거가 잡힌다면 중단을 시킬 수는 있어."

"증거를 찾는다면요?"

"그래, 증거."

"알았어요. 나에게 원하는 게 뭐죠?"

그가 그녀의 눈을 바라보며 말했다.

"결혼."

"네?"

"결혼."

기가 막혔다. 장난을 하는 것도 아니고 갑자기 결혼이라니 묘는 너무나 황당했다.

"사장님?"

"여태까지 당신이라고 하더니 갑자기 사장님이 됐군."

"농담할 때가 아니에요."

"나도 농담이 아니야."

그의 얼굴은 진지했다.

"사실은 회장님께서 갑자기 자기 조카를 소개해 주더군. 뻔한 일이지. 결혼을 하라는 말씀이셨어."

순간적으로 묘는 남자친구에게 이런 얘기를 듣는 여자처럼 얼굴이 달아오르고 있었다.

"……"

"얼굴도 상당한 미인이고 성품도 좋아 보이더군."

그가 그 여자를 칭찬하자 묘는 더 이상 참을 수가 없었다.

"그럼, 결혼하겠다고 하지 그랬어요?"

묘가 화를 내자 그는 오히려 미소를 지었다.

"아니, 나는 회장의 손에 놀아나고 싶지 않아. 그래서 애프터도 신청하지 않았지."

그의 말에 안도의 숨을 내쉬는 자신을 보며 묘는 적지 않게 당황을 했다.

"그게 결혼과 무슨 상관이죠?"

"나는 회장님의 뜻을 특별한 이유가 없이 거스를 수가 없어. 소개해 준 사람이 조카라는 건 가족이 없으신 회장님께서 이 회사를 나에게 맡기신다는 얘기나 마찬가지야."

"……."

"그런 후에 국제 여자 외국어 고등학교의 이사장으로 회사의 일선에서는 물러나실 생각이셨던 거지. 하지만 내가 결혼할 사람이 있다면 상황이 달라지겠지."

"그래서 나와 결혼을 하겠다는 거예요?"

"서로가 필요한 상황이니까."

"왜 나죠?"

"우리가 서로에게 끌리고 있으니까."

"끌려요?"

끌린다는 말로는 부족했다. 묘는 300년을 살아오면서 산천지령의 말을 제외하고는 누구의 말도 듣지를 않았다. 오빠들도 가끔 그런 그녀의 성격 때문에 힘들어하곤 했다.

"시간을 줘야 하나?"

"조건이 더 있어요. 아이들이 위험한 상황이 되면 당신도 여우령을 없애는 데 도움을 줘야 해요. 오빠들도 잘하겠지만 우리 편이 많을수록 좋은 거니까."

"좋아."

"좋아요. 결혼을 하기로 하죠. 결혼식만 하면 되는 건가요?"

"회장님을 너무 우습게 보지 마."

"그럼요?"

"같은 집에서 부부처럼 살아야지."

그는 진짜 부부로서의 생활을 원했다.

"당신은 나에 대해 모르는 게 너무 많아요."

"그건 묘도 마찬가지지."

그가 그녀의 눈을 똑바로 보고 있었다. 이렇게 이 남자는 묘를 다루는 방법을 알고 있었다.

"이 사실을 오빠들이 알면 난리가 나겠군."

"당신을 별로 좋아하지는 않아요."

"알아."

"잘 설득해 볼게요."

지금으로서는 그를 같은 편으로 만들겠다는 생각뿐이었다.

"학교가 위험하지 않다고 판단이 되는 때 묘가 원하면 바로 이

혼서류에 도장을 찍어주지."

"알았어요."

그녀가 자리에서 일어났다. 너무 오랜 시간을 이곳에서 있었던 것 같았다.

"너무 자리를 오래 비웠어요."

그녀가 자리에서 일어나자 그도 다시 자신의 책상으로 가려는지 일어섰다.

"묘!"

그가 돌아서는 그녀를 불러 세웠다. 그리고 그녀가 몸을 돌리기도 전에 그녀를 감싸 안았다.

"계약을 했으면 도장을 찍어야지."

무슨 소리인지 이해하기도 전에 그가 그녀의 입술에 자신의 입술로 도장을 찍었다. 그와 있으면 마무리가 항상 이런 식인 게 마음에 들지 않았지만 언제나 그녀도 그의 입술에 열렬한 반응을 보이고 있었다.

그의 입술이 그녀에게서 멀어져 갔다.

"언제나 묘만 보면 이러는 내가 싫어."

"……."

"왜 자꾸 이렇게 되는지는 살다 보면 알게 되겠지."

묘는 그의 말에 기분이 나빴지만 아무런 대꾸도 하고 싶지 않았다. 그 대신 그의 입술에 묻어 있는 그녀의 립스틱을 손으로 닦아주었다.

"너무 티 내지는 말구요."

묘는 뒤를 돌아 사장실을 나왔다. 아니나 다를까, 강 비서가 묘를 안 좋은 시선으로 바라보고 있었다. 정말 기분 나쁜 녀석이었다.

사무실에 돌아온 묘는 기숙사의 인테리어 설계를 김 대리에게 맡겼다. 실력도 그만하면 괜찮았고 무엇보다 자신은 '국제 여자 외국어 고등학교'라는 단어만 들어도 경기가 날 지경이었다.

"결혼이라……."

머리가 복잡했다. 아무리 가짜 결혼이지만 몇 년간은 그와 살아야 하는 위장 결혼이었다.

"아악~!"

그녀가 머리를 쥐어뜯으며 괴성을 지르자 가뜩이나 불쌍한 디자인 2팀의 팀원들이 책상에 머리를 박고 있었다. 실장님의 히스테리가 날이 갈수록 더하자 일도 배우는 게 좋지만 부서를 옮겨야하는 게 아닌가 하고 모두들 고민들을 하고 있었다.

"수야, 묘가 지금 뭐라고 하는 거니?"

나무의 표정이 정말로 가관이었다.

"결혼."

"누구랑 한다고?"

"고호."

"고호가 누구야? 설마 내가 생각하고 있는 그놈은 아니겠지?"

"맞아."

"수야, 지금 묘가 제정신이 아니야. 산천지령님께 말씀드려야지 안 되겠다."

"그냥 위장 결혼이야."

"뭐?"

이번에는 수도 놀란 눈치였다.

"얘가 지금 뭐라고 얘기하는 거야?"

"잘 들어, 오빠. 나 그 사람이랑 결혼해. 위장 결혼이고 국제 여자 외국어 고등학교가 안전할 때가 되면 이혼할 거야."

"너는 평범한 사람이 아니야. 그 자식도 알고 있어?"

"아니."

"그러면 어떻게 하려고?"

"그 사람도 평범하지 않아."

"뭐?"

"지난번 클럽에서 우리가 놓친 여우령 기억해?"

"그래."

"그때 여우령을 놓친 게 아니고 그 사람이 죽였어."

"점점 거짓말만 늘어서. 그런다고 결혼은 승낙 못해."

"내 말 사실이야. 나의 능력과 오빠들의 능력을 고루 갖춘 사람이야. 나도 처음이야. 그런 사람을 만난 건."

"그래서 신기해서 결혼하는 거야?"

나무 오빠가 못마땅한 마음을 그대로 드러내고 있었다.

"그런 게 아니야. 회사에 점점 여우령들이 나타나고 만약 생각대로 여우령의 계획하에 진짜 여학교가 신축이 된다면 뒷일은 감당할 수가 없어."

"그렇다고 확실하지도 않은 일에 그 녀석과 결혼을, 그것도 위장 결혼을 하겠다는 널 가만히 둘 수도 없는 노릇이야."

"지난번의 여우 광도 분명히 자신이 그 학교 건립을 반대했기 때문에 사람의 둔갑술을 못 부리도록 12령에게 당했다고 했어."

"……"

"그럼 확실한 거 아니야?"

그때였다. 갑자기 베란다에 천공이 생기더니 산천지령의 모습이 보였다. 언제나 따뜻한 광을 발하시며 나타나시는 분이셨다. 묘의 마음이 따뜻한 빛으로 차는 것 같았다.

"산천지령님."

모두가 고개를 숙여 그를 영접했다. 산천지령님께서 몸소 이곳에 오신 적이 처음이라 모두들 놀라는 눈치였다.

"그간 평안하셨습니까?"

"오냐. 지난번보다 많이 야위었구나."

산천지령님께서 묘의 머리를 쓰다듬어 주셨다. 언제나 주인이 쓰다듬듯이 따스한 손길이었다. 묘는 그런 그의 손길이 좋았다.

"나무와 수도 얼굴이 안 좋구나. 우리 묘가 또 속을 썩이는 모양이지?"

"아닙니다."

묘가 고개를 저었다.

"맞습니다. 묘 때문에 머리가 아픕니다."

나무의 말에 묘가 눈을 흘겨보았다.

"나무야, 묘에게도 생각이 있지 않겠느냐. 한번 믿어보거라."

"아시고 계시는군요."

"허허허. 내가 무엇을 안다는 말이냐? 나는 그냥 너희들을 믿는다."

"묘가 결혼하고자 하는 녀석은 묘의 능력과 저희의 능력을 가진 자라고 합니다."

언제나 무심한 듯 묘와 나무, 수가 찾기 전에는 항상 묵묵히 지켜보고만 계시는 분이셨다. 이렇게 직접 그들이 있는 곳에 오시지 않으셔도 그분에게는 새들과 자연의 모든 것이 소식을 전해주었다. 그래서 세세한 것까지는 알지 못하셨지만 모든 것의 정보를 다 가지고 계시는 분이셨다.

"녀석은 인간과 여우령 사이에서 태어난 반인반령이니라."

가장 놀란 얼굴을 한 것은 묘였다. 그에게 이유가 있었다.

"불쌍한 영혼이니 묘가 잘해주려무나. 호는 묘의 영혼의 반려이니라."

"네?"

모두 다 한 음성으로 말했다.

"모든 것에는 하늘이 맺어준 짝이 있느니라. 나무에게도 수에게도 묘에게도."

"저의 영혼의 반려는 이미 여우령에 의해 죽었습니다."

나무의 말에 깊은 한숨이 느껴졌다.

"나무야, 너무 슬퍼하지는 말거라. 너의 인연 또한 돌고 도는 법. 너에게 옛날에 그러했듯이 반드시 다시 태어난 너의 짝을 다시 알아볼 것이다."

나무가 산천지령의 말에 죽은 부인과 아들이 생각이 났는지 흐느껴 울었다. 묘가 오빠의 어깨를 다독여 주었다. 피를 나누지는 않았지만 그들은 마음으로 맺어진 남매였다.

"묘야, 내가 너에게 그곳으로 들어가라 말했던 이유는 그곳이 여우령들의 우두머리가 있는 곳이기 때문이다."

"산천지령님."

모두의 시선이 성스러운 빛을 내뿜고 있는 산천지령에게 향했다.

"묘는 너희들 중에, 아니, 옥황상제를 제외하고 여우 광을 볼 수 있는 유일한 자니라. 간교한 여우들은 자신들의 모습을 잘 드러내지 않고 그 능력이 더할수록 사람을 해칠 때조차도 여우령의 모습으로 변하지 않는다."

"그 힘은 얼마나 큰 것입니까?"

"너희들의 힘만으로는 부족하다. 그래서 묘의 결혼을 반대하지 않는 것이다. 그를 잘 설득해서 너희에게 힘을 더하게 하여야 한다."

"그의 힘이 그렇게 강합니까?"

"아직은 쓰지 않았지만 그는 12령을 죽일 수 있는 힘을 가지고 있다."

"산천지령님보다 강합니까?"

묘의 당돌한 질문에 산천지령은 답하지 않았다. 다만 한 번도 느껴보지 못한 싸늘함이 가득한 웃음을 지으셨다.

"하하하, 우리 묘가 궁금한 것이 많구나."

"죄송합니다."

"아니다. 그를 사로잡아라. 그것이 묘가 앞으로 여우령을 잡기 위한 최대의 무기가 될 것이다."

"네, 산천지령님."

"나무, 수야, 너희들은 묘를 도와서 12령의 우두머리를 잡아야 한다. 그것이 너희들이 300년 동안 가슴속에 묻었던 복수를 하는 길이니라. 알겠느냐."

"네."

"내가 너희들의 아름다운 영혼을 천상으로 돌려보낼 때가 머지 않았구나. 사랑하는 이들의 원수를 갚을 절호의 기회가 왔구나."

갑자기 산천지령께서 6개의 구슬을 꺼내셨다. 공중에 떠 있는 여섯 개의 여우구슬은 아름다움 그 자체였다. 입에서 저도 모르게 감탄사가 나오고 있었다.

"와~"

여섯 개의 구슬에서 강한 빛이 나오더니 하나의 보검이 만들어 졌다.

"묘야, 너의 영혼의 반려에게 주어라. 12령의 우두머리를 없앨 때 도움이 될 것이다."

모두들 의아해하며 산천지령을 보고 있었다.

"이 검은 여우령의 피를 받은 인간만이 쓸 수 있는 검이니라. 12령과의 싸움이 있을 때 그에게 주어라."

보검이 묘의 앞에 놓여졌다.

"잘 듣거라. 12령이 처녀의 간을 하늘과 땅이 닿는 그날까지 다 취한다면 세상은 그의 것이 될 것이다. 너희들의 300년간의 노력 이 헛되지 않게 잘 막아야 할 것이야."

"네."

올 때와 마찬가지로 산천지령님께서 천공을 만들어 사라지셨 다. 모두들 묘가 받은 보검에 시선이 가 있었다. 부엌칼 크기의 작 은 보검이었다.

"이제 정말 큰일이 다가오는가 보구나."

나무가 긴 한숨을 내쉬었다.

하루 종일 산천지령님의 말로 머리가 복잡한 묘였다. 기숙사의 인테리어 도안을 멍하게 바라보고 있는 그녀를 위해 눈치 빠른 김 대리가 커피를 뽑아왔다.

"실장님, 피곤하신가 봐요. 이거 드세요."

그녀가 화를 내는 것보다 조용한 게 사무실 식구들은 더 불안한 것 같았다.

"고마워."

묘는 커피를 들고 직원 휴게실로 향했다. 잠깐 바람이라도 쐬야 할 것 같았다. 커피를 먹지 않는 그녀였지만 가끔 이 쓴 물이 정신을 번쩍 들게 할 때가 있었다.

직원 휴게실에 사람이 없었다. 이렇게 조용한 게 묘는 좋았다. 이런 조용함도 잠시 그녀의 뒤에서 익숙한 향이 났다. 향만으로도 아랫배가 찌릿한 걸 보면 그가 그녀의 반려는 맞긴 한 것 같았다.

익숙한 손이 그녀의 허리를 감았다. 처음에 클럽에서 만났을 때도 그가 그녀의 허리를 이렇게 감았었다. 허리 라인을 쓰다듬는 그의 손길이 좋았다.

"오늘은 내가 운이 좋은 걸로."

그가 그녀와 처음 만났을 때 그녀가 말한 걸 살짝 바꿔 말했다. 중저음의 그의 목소리가 그녀의 귓가를 간질이고 있었다.

"어쩐 일이세요."

"당신의 향기를 쫓아왔지."

"난 향수 안 뿌려요."

"나한테는 당신만의 향기가 나."

"무슨 향인데요?"

"페로몬 향수 통에서 바로 빠져나온 향이지."

산천지령님의 말을 듣고 그를 만나니 진짜 영혼의 반려 같다는 생각이 들었다. 만날 때마다 특별하기는 했지만 그런 말을 듣고 나니 확실한 생각이 들었다. 그를 사로잡아야 했다.

"오늘은 나긋나긋한 게 이상한데?"

"이상할 것 없어요. 결혼할 사인데 좀 더 친밀한 게 맞는 거죠."

"그렇군."

"갑작스러운 발표에 사람들이 많이 놀라겠어요."

"그렇겠지."

그의 손이 그녀의 가슴으로 올라오고 있었다. 묘는 그의 손길을 즐기고 있었다. 아니, 대담하게 몸을 돌려 그를 마주 봤다. 그리고 그의 입술에 살며시 입을 맞추었다.

"다음은 집에서 하는 걸로."

그리고 그에게서 몸을 돌려 휴게실을 빠져나왔다. 그의 낮은 웃음소리가 그녀의 귀를 자극하고 있었다.

제7장 위장 결혼

"신부 입장!"

화창한 날이었다. 구름 한 점 없이 맑은 하늘이 그들을 축복해 주고 있었다. 수백 명의 많은 하객들은 아름다운 신부의 자태에 넋을 놓고 있었다. 아름답다는 말로는 표현하기 힘든 매혹적인 신부의 모습이었다. 하얀 웨딩 베일로도 그녀의 아름다움을 가리기엔 부족했다.

그의 준비력은 실로 놀라웠다. 한 달도 안 돼서 모든 걸 완벽하게 준비한 그였다. 그녀는 정말로 몸만 들어가는 상황이었다. 예식장에 들어오는 순간까지 그의 손에 거치지 않은 것이 아무것도 없을 정도로 그는 그녀를 말 그대로 모셔왔다.

그가 미국에서 나오면서 준비한 것이 모두 새것이었기 때문에 숟가락만 들고 가면 되는 상황이기도 했지만 그녀의 옷에서 속옷까지 그는 빈틈없이 신혼집에 가득 채웠다.

나무 오빠의 손을 잡고 한 걸음 한 걸음을 내딛는 모습이 몹시도 비현실적이었다. 단순한 디자인의 드레스가 오히려 그녀의 아름다움을 부각시켜 주고 있었다.

묘는 눈을 들어 자신을 기다리고 있는 검은색 턱시도를 입은 그를 보았다. 베일 속에 가려진 자신의 얼굴이 안 보이기를 너무나 바라는 마음이었다. 신랑에게 한눈에 반한 신부의 모습을 하객들에게 들키기는 싫었다.

흰색 장미로 화사함이 가득한 카펫을 걷고 있는데 마치 꿈인 듯했다. 점점 가까워지는 신랑의 얼굴을 보니 꿈이 아닌 건 확실했지만 이 행복한 꿈에서 깰까 봐 묘는 걱정이었다.

이 모든 게 거짓이었지만 그래도 이 순간 묘는 행복했다. 주례 없이 서로 언약서를 읽으며 식은 마무리가 되었다.

"아름다워."

그가 그녀의 귀에 대고 속삭여 주었다. 오글거리는 말도 서슴없이 하는 그가 묘는 좋았다. 오늘이 진짜 결혼식이라면 얼마나 좋을까 라는 생각이 들었다.

결혼식이 끝나고 피로연을 하려는데 건물 뒤로 헬리콥터가 내려오는 소리가 났다.

"회장님이 오셨나 보군."

역시 회장은 스케일이 남달랐다. 예식을 축하하러 헬기까지 타고 온 걸 보면 대단한 사람임에는 틀림이 없었다.

그녀가 핑크색 드레스로 갈아입고 나오자 모두들 감탄사를 연발했다. 아름다운 그녀의 모습을 오빠들도 안타깝게 보고 있었다. 여우령도 중요했지만 굳이 위장 결혼까지 하는 건 오빠들도 탐탁지가 않았지만 묘가 원하는 일이었다. 그리고 산천지령의 말도 한몫했다.

"저기 회장님이 오신다."

여기저기서 수군거리는 소리가 들렸다.

"저 사람이 회장인가 봐."

수가 나무의 옆구리를 찌르며 식장 안으로 들어오는 남자를 가리켰다.

한마디로 빛이 나는 사람이었다.

"역시 굉장하다."

"……."

모두가 회장의 출현에 아이돌을 보는 듯이 흥분하고 있었다. 하지만 묘의 표정은 그들과 달랐다. 뭘 보고 그렇게 놀랐는지 놀랐을 때 고양이가 털을 세우는 것처럼 그녀가 예민하게 반응을 하고 있었다. 다른 사람들은 알 수 없는 미세한 차이를 300년을 함께한 오빠들은 느낄 수가 있었다.

"형, 묘가 이상한데……."

"……."

나무는 묘의 시선을 따라가고 있었다. 분명히 묘는 무슨 이유에선지 회장을 보고 놀라고 있었다. 놀랐다기보다 경계를 하고 있다는 것이 맞을 것 같았다.

묘는 자신이 300년 동안 보아온 그 어떤 여우령보다 센 영을 지금 보고 있었다. 오빠들의 힘만으로는 부족한 거대한 영혼의 에너지 그 자체였다. 그 사악한 기운이 지금 그녀를 떨리게 하고 있었다.

여우 광은 보통 푸른 빛깔을 띠는데 그의 광은 무섭도록 섬뜩한 핏빛이었다. 붉은색의 여우 광은 그를 더욱더 피에 굶주린 사악한 영으로 보이게 만들었다.

묘는 회장의 실물을 처음 보았다. 방송이나 신문에서만 보았을 뿐 직원들의 모임이나 큰 워크숍에는 아예 안 가는 묘였기 때문에 그를 직접 만날 기회가 없었다.

그녀가 디자인 대상을 받는 날에도 김 대리가 대신 상을 받으러 갔다. 그녀가 여우령을 잡으러 가느라 회사에 갑자기 병가를 냈기 때문이었다. 그러니 오늘이 그들의 첫 대면일 수밖에 없었다.

검은색의 슈트로 멋스럽게 입은 그는 영화에 나오는 잘생긴 악마 같았다. 그가 가까이 올수록 묘의 이마에서 식은땀이 흐르고 있었다.

"축하하네. 아름다운 신부를 차지했구만."

"감사합니다. 회의 때문에 못 오실 줄 알았습니다."

오늘 인천에서 국제회의가 있었다. 그 회의를 마치자마자 그가 헬기를 타고 결혼식에 온 것이었다.

"내가 아무리 자네를 사위로 놓쳤다고 해도 축하하는 마음은 변함이 없다네."

묘는 보았다. 그의 얼굴은 웃고 있었지만 그의 눈은 웃고 있지 않았다. 그런데 더욱 문제는 그의 생각을 읽을 수가 없었다. 그의 영의 강력한 힘이 그녀를 압도하고 있었다.

묘처럼 영혼을 볼 수 있는 그인데 이상하게도 회장의 모습은 보지 못하는 것 같았다. 그의 말대로 그는 위험에 처했을 때만 여우령을 볼 수 있다는 게 맞는 것 같았다.

회장의 눈이 묘의 전체를 꿰뚫어 보고 있는 듯했다. 칠흑같이 검은 눈동자 안에 묘가 가득 차 있었다. 마치 용서할 수 없는 듯한 눈빛이었다. 붉은빛으로 감싸인 그를 보고 있자니 묘의 눈이 어지러웠다.

"우리 고 사장 잘 부탁해요."

갑작스레 그가 손을 잡자 묘는 흠칫 놀랐다. 차가운 기운이 그녀의 전신을 감싸는 것 같았다.

"……."

"신부가 요즘 아가씨 같지 않게 부끄러움이 많군."

"아닙니다. 밝은 성격인데 오늘은 좀 긴장한 것 같습니다."

"첫눈에 반했다고?"

"네, 심장이 멈추는 줄 알았습니다."

"하하하. 젊은 사람이라 달라. 부럽구먼."

그는 그들에게서 떠날 생각을 안 하는 것 같았다.

"회장님? 학교 때문에 박 소장이 전화를 했습니다."

"왜?"

회장의 비서가 옆으로 살며시 다가와 국제 여자 외국어 고등학교에 대해서 말을 하고 있었다. 묘는 그의 말에 촉각을 곤두세우고 있었다. 그런 묘의 마음을 알았는지 호가 회장에게 물었다.

"무슨 문제라도?"

"아니야. 학교 옆에 내가 가끔 들를 별장을 만들려고 하는데 그일 때문에."

"정말로 내려가실 생각이십니까?"

"나중에. 은퇴 후에 그럴 생각이야."

"오래오래 회사에 계셔야 합니다."

"어허, 이 사람이 아부만 느는군."

"진심입니다."

회장은 그의 말이 기분이 좋았는지 연신 웃음을 터트렸다. 강렬한 햇빛을 너무나 오래 받아서인지 묘는 체력이 바닥났다. 이렇게 하루를 더 견딘다면 자신도 모르게 고양이로 변할 것만 같았다.

"아 참, 디자인 2팀 실장이라고 했나?"

"네."

"내 별장의 인테리어를 맡아줄 수 있겠나?"

"……"

"개인적인 부탁이네. 회사의 일과는 별개로 해주었으면 하는데, 싫은가?"

"아닙니다. 저는 영광입니다."

"이번에 상 받은 아파트의 실내 디자인이 나는 마음에 들었네. 그렇게 실용적이고 심플한 느낌이 좋아."

그는 그녀의 디자인에 대해서 알고 있는 것 같았다.

"그렇게 알고 부탁을 좀 하지."

"네."

묘의 목소리가 긴장으로 떨리고 있었다.

"자네 신부는 숫기가 없군."

묘를 보는 그의 눈은 온몸이 얼듯이 차가웠지만 말은 그녀가 아주 마음에 든다는 듯이 말을 하고 있었다.

"전화 통화 좀 하고 오겠네. 오늘을 즐기라고, 내가 아름다운 신부를 위해 쏘는 거니까."

야외 결혼식 뷔페를 회장이 계산을 했다고 했다. 많은 인원이라

꽤 거금이 나왔을 텐데 그가 자신의 부하직원을 위해 정말로 특별한 선물을 했다.

그가 사라지자 그녀의 안색이 변한 것을 안 호가 그녀에게 물었다.

"몸이 안 좋은가?"

"아니에요."

그가 차가운 물을 그녀에게 건넸다.

"오늘 긴장을 많이 했나 봐요."

그가 그녀의 등을 토닥여 주었다.

"조금만 참아. 모두들 아름다운 신부를 더 보고 싶어하니까."

"알았어요."

그가 손님들에게 인사를 하러 간 사이에 오빠들이 그녀에게 다가왔다.

"아까 회장을 보는데 얼굴색이 많이 안 좋아 보였어."

나무의 말에 묘가 조금 전에 나타난 회장의 모습에 대해 말해주었다.

"처음이야. 그렇게 강한 여우령은. 12령의 우두머리가 확실해."

말을 하면서도 떨고 있는 묘의 모습에 오빠들도 불안했다.

"빨리 호에게 알려야 하는 거 아니야?"

"아니, 그 사람은 모르는 것 같았어. 알면서 그렇게 친하게 굴 수는 없으니까."

"그럼 어떻게 할 거야?"

"조금 더 시간을 두고 설득해야지. 그가 나의 영혼의 반려가 맞다면 우리를 도와주겠지."

그때 호가 그들에게로 다가왔다.

"안녕하십니까?"

"그래, 이제 우리 묘가 자네의 사람이 되었으니 잘 부탁하겠네."

"네, 잘할 겁니다."

"그럼 다행이고."

아직까지도 껄끄러운 나무와 호였다. 중간에서 수가 둘에게 샴페인을 건네며 분위기를 풀려고 애를 쓰고 있었다.

"자, 우리가 이제 한 가족이 되었으니까 건배나 한번 합시다. 인상 좀 그만 쓰고, 형."

어수선했던 결혼식이 끝나고 묘는 그를 따라 신혼집으로 향했다. 너무나 바쁜 일정 때문에 신혼여행은 다음으로 미룬 그들이었다.

그의 집에는 결혼 준비를 하면서 딱 한 번 그녀의 짐을 옮길 때 와보고 지금이 두 번째였다. 그때도 느낀 것이지만 그녀와 오빠들이 사는 집보다 훨씬 큰 집이었다.

평창동의 산중턱에 있는 그의 집은 수영장이 있을 만큼 크고 좋앉다. 이 집에 다녀간 다음에 그녀는 오빠들에게 단독주택으로 이사를 하자고 조를 정도였다.

집으로 오는 내내 말이 없던 그였다. 마치 화가 난 사람 같은 그의 모습에 그녀 또한 말을 안 하고 있었다. 결혼식 때문에 피곤한 것이라 생각을 하자 그녀의 마음도 조금은 안심이 되었다.

차의 뒷좌석에 기대 눈을 감고 있는 호의 머릿속은 온통 묘에 대한 생각뿐이었다. 오늘 묘는 그의 심장을 송두리째 빼앗아갔다. 결혼식 때 묘의 모습은 그에게는 충격이었다. 세상의 그 무엇보다도 매혹적인 그녀였다.

삼십오 년 동안 그의 인생에서 가장 감격스러운 일이었다. 아름다웠다. 하얀 웨딩 베일이 그녀를 가리고 있었지만 그의 눈에는 아름다운 묘의 모습이 그대로 보였다.

그녀가 그에게로 걸어오는 동안 호는 자신이 이렇게나 가지고 싶었던 것이 있었나 생각을 했다. 어떻게 생각하면 말도 안 되는 제안을 한 그였다. 그녀의 복수심을 이용한 그였다. 회장의 제안은 어떻게 해서라도 거절을 했을 것이다. 굳이 그녀와의 결혼이 아니더라도 말이다.

지금 차 안에서 핑크색 드레스를 입고 있는 그녀를 덮치지 않으려고 그는 참고 또 참고 있었다. 물론 리무진의 차단막이 있었지만 한번 시작을 하면 끝을 보기 힘들 것 같았다. 그래도 첫날밤인데 그녀를 차 안에서 가질 수는 없는 노릇이었다.

"저기, 화났어요?"

묘의 생뚱맞은 말에 그는 하마터면 웃을 뻔했다.

"아니."

"그런데 왜 그래요?"

"아니야."

"왜 그러는데요?"

김 기사가 갑자기 웃음을 터트렸다.

"사모님, 사장님은 지금 참고 계시는 겁니다."

"네?"

"음, 음."

그의 말에 호는 헛기침을 했다.

"사장님, 5분이면 도착합니다."

김 기사가 놀리는 재미에 빠져 있는 동안 그는 고통 속에서 헤매고 있었다. 그녀가 걱정이 되었는지 손으로 그의 허벅지를 쓰다듬고 있었다. 5분이 마치 50년은 된 듯한 기분이었다. 그녀의 부드러운 터치는 집으로 오는 내내 계속되고 있었다.

"사장님, 사모님, 즐거운 밤 보내십시오."

김 기사의 말을 듣는 둥 마는 둥 그는 짐을 챙겨서 집으로 먼저 걸어가 버렸다.

"오늘 고생하셨어요."

그의 차가운 행동에 괜히 미안한 묘가 김 기사에게 대신 인사를 하는 소리가 들렸다. 그리고 그의 뒤를 따라오는 소리도 들렸다.

"당신, 도대체 뭣 때문……."

그녀가 집 안에 들어가자마자 그가 그녀를 안아 들고는 입을 맞추었다. 그의 입속으로 그녀의 말은 사라져 버렸다. 그녀가 그의 가슴을 때렸다. 아무래도 그가 말을 안 하고 있었던 것에 화가 난 것 같았다.

"묘가 옆에만 있어도 제정신이 아니야. 만지고 싶고 그리고 먹어버리고 싶어."

그가 격하게 말을 했다. 묘의 눈동자가 많은 것을 묻고 있었지만 지금 그는 여유롭지가 못했다. 급했다.

팡!

그가 침실 문을 세차게 걷어찼다. 그리고 그녀를 침대 앞에 세우고는 깊은 키스를 했다. 그녀의 입술을 마치 맛있는 음식을 먹을 때처럼 그는 게걸스럽게 먹어치우고 있었다. 그의 두 손은 고삐 풀린 망아지처럼 그녀의 드레스 위에서 열심히 이곳저곳을 어루만지고 있었다.

그의 손에 느껴지는 실크 느낌도 좋았지만 그는 그녀의 살결이 주는 느낌이 지금은 절실했다. 그녀의 옆구리에 있는 지퍼를 내리자 그녀의 핑크 드레스가 마치 뱀의 허물처럼 그녀의 몸에서 떨어져 나갔다.

그의 눈앞에 서 있는 묘는 아름다운 여신 같았다. 지금 묘는 두 손으로 가슴을 가리고 있었고 한 장의 팬티가 그녀가 걸친 전부였다. 흰색의 망사 팬티는 벗고 있는 것보다 더 자극적인 시각 효과를 만들어내고 있었다.

"당신 이상해요."

묘의 음성이 기대에 찬 듯 떨리고 있었다.

"나도 알아. 내가 지금 묘에 미쳐 있다는 걸."

그가 그녀를 다시 안고는 거칠게 그녀의 입술을 탐했다. 거친 그의 행동에 그녀의 입가에 피가 맺혔다. 그는 마치 뱀파이어처럼 그녀의 입술의 피를 빨았다.

"내가 아닌 것 같아."

그는 계속해서 그녀의 정신을 쏙 빼놓는 행동을 하며 끊임없이 속삭였다. 그녀를 자극하기 위한 말이라기보다 그의 심정을 뱉어내는 것 같은 말을 자신도 모르게 말하고 있었다.

그의 입술이 그녀의 목을 타고 내려오다 심하게 뛰고 있는 목에서 멈추었다. 그는 그녀의 빨리 뛰는 맥박에 입술을 가만히 대고 있었다. 그처럼 그녀의 심장도 타오르는 격정으로 인해 터질 듯이 뛰고 있었다. 기뻤다.

"묘~"

그의 입술이 제멋대로 움직여 자신도 모르게 묘를 불렀다.

"널 그대로 삼키고 싶어."

그의 손이 그녀의 가슴을 세차게 움켜쥐었다 놓자 묘의 입에서 신음 소리가 흘러나왔다. 흥분 상태인 그의 입술이 그녀의 유두를 단숨에 삼키고 세차게 빨았다. 그녀의 부드러운 가슴이 그를 쉴 새 없이 자극하고 있었다.

"아~"

그녀의 입에서 나오는 신음 소리가 그를 더욱더 흥분하게 만들고 있었다. 그의 손이 이번에는 그녀의 레이스 팬티 안으로 들어갔다. 처음 만지는 곳도 아닌데 그의 손에 잡힌 그녀의 터럭의 느낌은 경이로웠다. 그가 그녀의 레이스 팬티를 단숨에 찢어버리고는 그녀의 터럭에 입술을 가져다 대었다.

"그만."

그녀가 놀랐는지 그의 머리를 밀어냈다.

"보여줘."

그가 부드럽게 말하자 그녀는 잡고 있던 그의 머리를 놓았다. 그가 그녀의 다리 한쪽을 자신의 어깨 위로 걸치고는 그녀의 질의 입구에 더욱더 가까이 자신의 얼굴을 가져갔다.

"이건 싫어요."

"아니, 좋아할 거야."

그가 그녀의 여성을 한입 가득 물었다. 그리고 혀로 클리토리스를 찾아 자극하기 시작했다. 그녀의 손이 다시 그의 머리카락을 잡고 있었다.

"이상해요."

그는 한 번도 여자의 것을 빨아본 적이 없었다. 그렇게 할 마음이 없었다. 그냥 여자들은 그의 배설의 수단이었지 그가 즐겁게 공을 들이는 것이 아니었다. 하지만 묘는 달랐다. 묘는 정말로 즐겁게 해주고 싶었다. 그녀가 쾌락에 들떠 울부짖을 때까지 그는 그녀를 탐하고 싶었다.

그의 자극으로 촉촉이 젖은 묘의 질 속으로 그가 혀를 밀어 넣었다. 손가락을 넣을 때와는 느낌이 달랐다. 조금 더 그녀 가까이에 있다는 느낌이 들자 그는 더욱 세게 자신의 혀를 그녀 안으로 밀어 넣었다.

"그만해요, 제발."

"싫은가?"

"아니, 이상하단 말이에요."

"하하하. 싫지는 않은가 보군."

그가 몸을 일으켜 자신의 옷 위로 그녀의 손을 가져다 댔다.

"벗겨."

그녀는 흥분에 들떠 빨갛게 된 얼굴로 그의 재킷을 벗겨냈다. 그리고 와이셔츠의 단추를 하나씩 풀고 있었다. 손이 떨리는지 자꾸 헛손질을 하는 그녀를 보자 장난기가 발동되었다. 그가 손가락을 그녀의 질 속에 밀어 넣어 그녀의 질 벽을 긁어대자 그녀는 더욱더 단추를 제대로 풀지 못하고 있었다.

"당신, 너무해요."

"빨리 벗겨야 당신 안으로 들어갈 수 있어."

자신의 입에서 끊임없이 이런 자극적인 말이 나오는 건 다 그녀
때문이었다.

"아~ 못하겠어요."

그의 자극에 그녀의 이성이 날아가 버린 듯했다. 그녀가 단추를
반쯤 풀다 말고 그의 목에 팔을 감고는 그의 입술을 찾았다.

"안 돼."

그가 얄밉게 입술을 피하더니 그녀의 손을 자신의 와이셔츠 단
추 쪽으로 끌어 내렸다. 그리고 마치 벌을 주듯이 손가락 두 개를
그녀의 질에 삽입한 그였다. 그녀의 애액이 그의 손을 적시고 있
었다. 그녀는 풀린 듯한 눈동자로 그의 셔츠 단추를 다 풀었고 바
지까지 벗기는 데 성공했다.

"나빠요, 당신."

그가 그녀를 침대에 누이고는 자신도 옷을 다 벗어 던지고 그녀
의 몸을 덮었다.

"묘, 당신은 너무 자극적이야."

"당신은 너무 못됐어요."

"아니, 난 지금 당신에게 미쳐 있는 거야."

그가 그녀의 촉촉이 젖은 질에 자신의 페니스를 거칠게 밀어 넣
었다.

"악!"

그녀가 비명을 질렀지만 그에게 지금 묘를 배려할 여유가 없었다. 타이트한 그녀의 질이 그의 페니스를 잡고 놓아주지를 않았다. 그동안의 섹스가 무색할 정도로 그는 극한의 쾌락을 경험하고 있었다.

"제길."

그의 입에서 욕설이 튀어나올 뻔했다. 진정 나오고 싶지 않았다. 그런 자신이 미쳤다는 생각이 들 정도로 그의 몸은 그녀를 강하게 원하고 있었다. 그의 피스톤 운동이 정점을 치닫고 있었다. 그녀의 가는 몸이 그의 반동에 의해 강하게 움직이고 있었다.

"미안, 도저히 참을 수가 없어."

그녀의 몸 안으로 그의 작은 분신들이 흘러들어 갔다. 여자의 몸 안에 사정을 하기는 처음이었다. 그의 몸이 작은 떨림으로 그의 쾌락을 완성시켜 주고 있었다. 좋았다. 미칠 만큼.

"무슨 일이지?"

"아니에요."

자신은 쾌락에 떨고 있을 때 묘는 뭔가 생각에 빠진 듯이 보였다.

"나는 당신의 아이를 가질 수 없을지도 몰라요."

"왜지?"

그녀의 말에는 슬픔이 묻어 있었다. 그도 굳이 아이를 갖고 싶지는 않았다. 아니, 오히려 가질 수 없는 것이 훨씬 나았다. 태어날 아이도 자신과 같이 돌연변이로 살아갈까 봐 그는 두려웠다.

하지만 자신의 아이를 온몸으로 거부하는 묘의 행동에는 괜히 화가 나는 그였다.

"나중에 말하면 안 돼요?"

그녀의 눈에 눈물이 고였다. 뭔가 말 못할 사정이 있는 것 같았다. 그가 그녀를 품에 안았다.

"나중에 꼭 얘기해 줘."

"네, 그럴게요."

그가 그녀의 정수리에 입을 맞추었다. 그리고 몸을 일으키더니 그녀를 샤워실로 안고 갔다. 묘는 아이처럼 그의 품에 안겨 있었다.

"당신 품이 좋아요."

묘의 수줍은 고백에 그의 심장이 터질 듯이 뛰었다.

"그런 말은 반칙이야."

"왜요?"

그녀를 샤워 부스 앞에 세운 그는 자신 때문에 온몸이 모기 물린 듯이 울긋불긋한 그녀를 바라보았다. 그녀의 신비스런 에메랄드빛 눈을 보니 그는 빨려 들어갈 것 같았다.

"진짜 반칙 한번 할까요?"

그가 그녀의 말을 알아듣기도 전에 그녀가 그의 입술에 키스를 했다. 그의 목에 팔을 두르고 까치발을 딛고서 그녀는 그가 상상하지 못한 깊은 키스를 그에게 했다.

"반칙이군. 그렇다면 벌을 받아야겠지?"

쏟아지는 물줄기 아래에서 그는 묘를 다시 한 번 가졌다. 가지고 또 가져도 질리지 않는 여자였다. 아니, 그를 이상할 정도로 집착하게 만드는 여자였다. 이름처럼 그녀는 정말 묘했다.

위~ 잉~

묘의 젖은 머리가 그의 손에 감겨들었다. 드라이어기의 따뜻한 바람이 그녀의 실크 같은 머리를 바람에 날리고 있었다. 욕실 옆 파우더 룸에서 그는 묘를 화장대 앞에 앉혀두고는 머리를 말려주고 있었다.

거울 속에 비치는 완벽한 나신의 묘가 그를 보며 웃고 있었다. 샤워기 앞에서 얼마나 그녀를 탐했는지 아직도 그의 페니스가 뻐근했다. 그들의 격정의 시간을 말해주듯이 그녀의 온몸이 울긋불긋한 그의 키스 마크들로 가득했다.

그녀의 피부에 입술이 닿으면 그 맛이 너무나 달콤해 빨아 마시고 싶은 심정이었다. 그 빨간 결과물은 당분간 그녀를 힘들게 하겠지만 그의 욕구를 채우기에는 아직도 턱없이 부족했다.

"다 마른 것 같아요."

거울 속의 그녀가 그를 쳐다보고 있었다.

"그런 것 같군."

그가 아쉬운 듯 그녀의 머리에서 손을 거두었다. 그러자 이번에는 묘가 바디로션을 집더니 그의 몸에 바르기 시작했다.

"털이 많은 사람 별로 안 좋아했는데……."

그녀의 손길이 그의 가슴에 난 털을 쓸어내리며 그의 음모에 가까이 오고 있었다. 그녀가 손길을 멈추더니 다시 로션을 손에 짜고는 대담하게 그의 음모에 손을 댔다.

"지금도 안 좋은가?"

"지금은……."

그녀가 그의 음모를 만지자 그의 페니스가 자신을 만져 달라며 빳빳하게 섰다. 그러자 그녀가 모르는 척하며 그의 페니스를 손에 쥐었다. 묘의 손에서 그의 것이 점점 더 단단해져 가고 있었다.

"당신은 내 원칙들을 자꾸 깨고 있어."

"원칙요?"

묘의 목소리가 잠겨 있었다. 그의 페니스의 단단함이 그녀의 욕망에 불을 지피고 있었다.

"사랑은 침대에서."

"……."

말이 끝나기가 무섭게 그가 묘를 화장대 위에 앉혔다. 그녀도 슬며시 미소를 지으며 그의 목에 팔을 감았다.

"당신 너무 밝히는 거 아니에요?"

"싫은가?"

"이게 싫은 건지 좋은 건지 경험이 없어서 잘 모르겠어요."

그녀가 한쪽 눈썹을 치켜세우며 유혹적으로 그를 바라보았다.

"그럼 지금부터 많은 경험을 시켜주지. 묘가 싫은지 좋은지 알 수 있게."

"현명한 생각인 것 같아요."

그가 고개를 숙여 묘의 입술을 차지했다. 축축하고 단단한 그의 혀가 부드러운 묘의 혀와 얽혀 휘감았다. 서로의 혀와 입술을 빨아들이는 소리가 음탕하게 파우더 룸을 울리고 있었다.

그의 손길이 그녀의 가는 라인을 훑고 있었다. 그의 손은 그녀의 둥근 엉덩이에 와서야 멈추었다. 한참을 입술만을 탐하던 그가 그녀의 다리를 벌리고 자리를 잡았다. 묘 또한 본능적으로 그의 허리를 다리로 감았다. 그의 페니스가 그녀의 질을 뚫고 들어왔다.

퍽퍽퍽.

그의 끝을 모르는 욕망만큼 그와 그녀의 살 부딪치는 소리가 크게 울렸다.

"아~"

그녀의 신음 소리가 새어 나오자 호의 허리 짓이 더욱 폭발적으로 그녀를 부술 듯이 강하게 움직이고 있었다.

그녀의 모든 것이 그를 흥분시키고 있었다. 격정의 몸짓으로 그의 등에 땀이 흘러내리고 있었다. 마지막 가장 거칠고 빠른 몸짓이 있은 후에 호는 묘에게로 쓰러졌다. 모든 기운이 빠져나간 것 같았다.

따스한 아침 햇살이 내려쬐고 있었다. 그가 기분 좋은 미소를 지으며 일어나 침대 옆에 있을 아름다운 아내를 끌어당겼지만 손에 잡히는 건 베개와 메모지 한 장이었다.

—일어났어요? 먼저 출근해요. 밥 먹고 함께 있을 검은 고양이는 나와 이름이 같은 묘예요.

"또 다른 묘라."

묘의 메모에 그는 미소를 지었다. 신혼여행도 못 가고 바로 출근을 시킨 것이 미안하기도 했지만 묘는 싫은 내색 한번 하지 않고 바쁜 그의 일정을 잘 받아들여 줬다. 나중에 그녀에게 그의 뉴욕의 집에서 특별한 시간을 선물할 것이지만 지금 미안한 건 사실이었다.

벌거벗은 채로 그는 거실을 가로질러 주방으로 향했다. 정말로 검은 고양이가 소파에 널브러져서 자고 있었다. 그녀를 닮아 몹시도 매력적인 고양이였다.

"묘야, 반갑다."

그가 부르는 소리에 고양이가 화들짝 놀라 일어났다. 고양이가 영리하다더니 정말로 그의 말을 알아듣는 것 같았다.

"묘야, 미안한데 네 밥이 어디 있는지 몰라 나만 먹고 가야겠구나."

다른 고양이는 어떤지 안 키워봐서 모르겠지만 묘의 눈빛이 꼭 그의 말에 대답을 하고 있는 것 같았다.

"훗, 신기한 녀석이군."

그는 묘가 차려놓은 아침을 보고 깜짝 놀랐다. 언제 일어나서 상다리가 휘어질 정도의 음식을 차려놓았는지 신기할 따름이었다.

"내가 장가는 잘 간 것 같군."

식사를 맛있게 하고 그는 서둘러 출근 준비를 했다. 나올 때는 잊지 않고 그녀의 고양이 묘에게 인사를 했다. 기분 좋은 하루의 시작이었다.

그가 나가자 묘는 고양이에서 인간의 모습으로 둔갑을 했다. 너무 오랜 시간 여인의 모습으로 있어서인지 그와의 격정적인 밤을 보낸 후에는 더 이상 버티기가 힘들었다. 그래서 동이 트자마자 고양이로 변해서 힘을 충전했다.

다행히 그가 일찍 출근을 해서 그녀는 지각을 하는 사태는 막을 수 있을 것 같았다. 빠르게 옷을 입고 대충 메이크업을 한 그녀는 서둘러 출근을 했다.

출근을 하자마자 축하 인사를 받느라 정신이 없는 그녀였다. 일만 하느라 사람들과의 교류가 거의 없는 그녀에게 오늘은 모르는 사람들까지 와서 인사를 하기에 바빴다.

"축하드려요, 실장님."

"네."

"언제 그렇게 킹카 사장님을 만나셨대요?"

"……."

"전생에 나라를 구하셨나 봐요."

모두의 반응이 대체적으로 비슷했다. 모두 그녀가 땡잡았다는
듯이 얘기를 하고 있었다. 뭐 기분이 나쁘기는 했지만 엄밀히 말
하면 틀린 말은 아니었다. 이렇게 유부녀로서의 그녀의 생활이 시
작되고 있었다.

제8장 적진(敵陣) 깊숙이

　국제 여자 외국어 고등학교는 우리나라의 최고의 학교라고 해
도 과언이 아닐 정도의 엄청난 규모의 학교였다. 전교생이 모두
기숙사에서 생활을 해야 했고 외국대학을 가는 조건의 상위 1%의
실력을 갖춘 학생들만을 모집했다. 매일 인터넷과 신문기사의 일
면을 장식할 정도로 전 국민의 관심의 대상인 학교가 되어 있었
다. 말 그대로 꿈의 학교인 것이다.

　설악산에 지어지고 있는 학교는 국내 유명 건축가의 작품이라
외관의 모습이 굉장히 독특했다. 마치 커다란 구슬을 붙여놓은 듯
한 건물의 구조는 묘의 생각에는 12개의 구슬 모양이었다.

　건물의 외관이 거의 완성돼 감에 따라 그녀는 오늘 내부 인테리

어 때문에 현장을 김 대리와 함께 방문했다.

"오시느라 수고 많으셨습니다."

"……."

그녀를 처음 맞이한 사람은 건설현장의 소장이었는데 여우령이었다. 아마도 도깨비가 봤다는 여학생 납치범은 이자가 맞는 것 같았다. 인상착의가 비슷했다.

"실장님?"

묘가 너무 넋을 잃고 자신을 대답 없이 보고 있자 남자가 묘를 다시 불렀다.

"어머, 죄송해요. 두통이 좀 심해서."

"약 좀 드릴까요?"

"아니요. 방금 먹었어요."

여우 광이 초령임을 알려주고 있었다. 보통의 여우 광보다 그 빛이 더 컸다.

"기숙사는 거의 완공 단계라서 보시기에 편하실 겁니다."

"네."

묘는 이 학교의 숨은 곳이 분명히 있다고 확신했다. 학생들을 납치할 수 있는 무엇인가가 있다고 믿었다.

"죄송한데 저 혼자 좀 보면 안 될까요? 바쁘신 것 같던데……."

"아니요. 사장님 사모님이신데 제가 소홀히 할 수야 없죠."

"김 대리도 있는데……."

"따라오시죠."

여우령과 아무렇지도 않게 다니기에는 그녀의 비위가 약했다. 그가 뿜어내는 피비린내 때문에 자꾸 속이 울렁거렸다.

"그럼, 저야 감사하죠."

할 수 없이 그의 안내를 받으며 묘는 기숙사의 각방의 실 사이즈와 휴게실의 사이즈를 줄자로 일일이 재었다.

"다 붙박이로 넣으실 건가요?"

"학생 둘이 한 방을 쓰지만 완전히 분리된 형태로 디자인이 들어갈 거예요."

"뭐, 워낙 실력이 뛰어나시니까요."

"공사현장에 이렇게 많은 인원이 있을 거라고는 생각을 못했어요."

"회장님께서 시간을 앞당기시라고 해서 인원을 두 배로 늘렸습니다."

"왜요? 내년 신학기까지는 그래도 꽤 남았는데요."

"완벽하게 완성이 되길 바라시는 마음 때문이죠."

"아~"

뭔가가 있었다. 분명히 완성을 시키고 뭔가 비밀의 장소 같은 것을 만들 것이다. 그리고 그의 별장이 학교와 너무나 가까운 거리에 있었다.

"아 참, 회장님 별장은 어디죠?"

"왜요?"

그의 얼굴에 긴장감이 갑자기 나타났다.

"회장님께서 내부 인테리어를 저에게 사적으로 맡기셨거든요."

그제야 그의 인상이 풀렸다.

"요즘 워낙 말들이 많아서요. 이렇게 회장님의 별장이 같이 지어지고 있는 걸 알면 이사회 쪽에서 말이 많아져서요."

"네, 김 대리는 기숙사 사이즈 마저 재고 있어."

"네."

그녀는 학교로부터 3분 거리에 있는 회장의 별장으로 발걸음을 옮겼다. 숲의 한가운데 있는 회장의 집은 거의 빛이 들어오지 않고 있었다. 소장은 친절하게 그녀를 회장의 별장까지 안내해 주고 있었다.

"나무를 좀 베어내야 하지 않을까요. 일조량이 거의 없어 보이는데."

"회장님께서 나무는 그대로 두라고 하셨습니다."

회장의 집은 숲 속에 있는 넓은 기와집이었다. 양옥일 거라는 그녀의 예상을 정확히 비껴 나갔다. 아흔아홉 칸은 아니었지만 어마어마한 규모였다.

방마다 꼼꼼히 살펴보았지만 그 어디도 특별히 의심 가는 곳은 없었다.

"소장님, 실력이 대단하세요."

"뭘요."

그가 조금 쑥스러운 얼굴을 했다. 그래도 여우령은 여우령이었다. 피비린내가 그가 움직일 때마다 더욱더 심하게 그녀의 코를 자극했다.

"자주 들러야 할 것 같은데 잘 부탁드려요."

"그럼요."

첫술에 배가 부를 수는 없는 노릇이었다. 분명히 찾으면 뭔가가 있을 것이다.

"학교 건설현장에 다녀왔다고?"

"네."

퇴근 시간이 다 돼서야 회사에 들어온 묘와 김 대리였다. 생각도 안 했는데 호가 그녀의 사무실에 찾아왔다. 그것도 커피를 들고 말이다.

"수고했어."

"뭘요. 당연히 할 일인데요."

그가 사람들이 있는데도 그녀의 머리를 쓰다듬었다. 모두들 눈이 튀어나올 것처럼 놀란 표정으로 그들을 쳐다봤다.

"아직 멀었어?"

"아니요. 30분 정도면 끝날 것 같아요."

"그럼, 끝나고 지하 주차장으로 내려와."

"네."

그가 사라지자 김 대리가 묘에게 쪼르르 달려왔다.

"같은 남자가 봐도 멋있어요, 실장님. 결혼 너무 잘하신 것 같아
요."

"맞아."

그녀가 뭐라고 야단을 칠 줄 알았는데 순순히 나오자 모두들 적
응이 안 되는 표정들을 짓고 있었다.

일을 마치고 그녀는 주차장으로 향했다. 검은색 벤츠는 그의
모습처럼 섹시했다. 그의 차에 다가가자 김 기사가 차에서 내려
그녀에게 차 문을 열어주었다. 고마웠지만 아직은 익숙하지 않았
다.

"집으로 모실까요?"

"오늘은 수 오빠네 카페에 가야 해요."

"왜?"

"얘기할 게 좀 있어서요."

"그래."

그의 목소리에서 아쉬움이 묻어나고 있었다.

"금방 얘기하고 갈게요."

그가 오빠의 카페에 데려다주고는 집으로 향했다. 그의 차의 뒷
모습을 보고는 그녀는 카페 안으로 들어갔다.

"오빠!"

"그래, 묘 왔구나. 형은 조금 있으면 도착할 거야."

"묘 왔어요?"

수지 씨가 반갑게 맞아주었다.

"결혼을 하더니 더욱 예뻐진 것 같아요."

"고마워요."

"오늘은 자몽에이드 한잔해요. 오빠가 개발을 했는데 정말 맛있어요."

"그럴까요."

"맛있게 두 잔 주세요."

"왜 두 잔인데?"

"제가 묘에게 쏘는 거 한 잔 그리고 저도 한 잔."

"콜!"

묘는 창가에 가서 앉았다. 조금 있으니까 나무 오빠가 카페에 도착을 했다.

"잘 지내지?"

나무 오빠는 묘가 걱정이 돼서 안부부터 물었다.

"잘 지내. 그 사람이 잘해줘."

"다행이다. 괜히 너를 사지에 몰아넣는 기분이었거든."

"형, 걱정하지 마. 우리도 못 만난 영혼의 반려를 만났다잖아."

자몽 에이드를 마시며 묘는 오늘 있었던 일을 이야기했다.

"오늘 학교에 갔는데 별다른 건 없었고 회장의 별장이 학교 근처에 있었어."

"왜?"

"몇 년 후에 퇴임을 하고 학교 이사장으로 말년을 거기서 보낸데."

"여학생들을 잡아먹으며 세상을 차지하려고 하겠지."

나무 오빠가 인상을 쓰며 말했다.

"그리고 특이한 게 건물의 모양이야. 전체의 모양이 12개의 공 모양이었어."

"12개의 구슬처럼?"

"응."

"갈수록 불길해."

"그리고 충격적인 건 지난번에 사라진 여고생 하나를 김 서방이 말해줬다고 했잖아? 인상착의가 비슷한 초령이 건설소장이었어."

"자꾸 사라지는 아이들과 국제건설이 연관이 되는 것 같아."

나무 오빠가 말했다.

"왜 그러는데. 뭔가 알아낸 거야?"

"세 번째로 사라진 학생의 아버지가 거기서 청소부로 일을 한다고 하더라고."

묘의 뇌리에 청소반장이 스치고 지나갔다.

"거기 청소부 중에 여우령이 있어."

"뭐야, 국제건설은 여우령 회사야?"

"몇 명이 있을지는 모르지만 7초령을 만들었다면 아마도 다 우리 회사에 있지 않을까? 지난번처럼 가족일 수도 있고."

묘의 말에 오빠들이 고개를 끄덕이고 있었다.

"12령의 우두머리가 묘의 회사에 있다면 초령들을 관리하기 위해 그들을 그의 가까이에 뒀을 거야. 그런 의미에서 나는 묘의 생각이 맞다고 생각해."

수 오빠가 말을 하자 나무 오빠도 고개를 끄덕였다.

"그럼 그 청소부부터 알아봐야 할 것 같아."

"묘는 더 큰 것에 신경을 써야 하니까 청소부는 내가 맡을게."

"고마워."

얘기가 끝나고 묘와 나무 오빠가 카페에서 나왔다. 묘를 집에 데려다주기 위해서였다.

"묘!"

낯익은 중저음의 소리가 들렸다. 호였다. 벤츠에 기대어 그녀를 부르고 있었다. 묘는 그의 모습에 심장이 두근거렸다. 편안한 청바지 차림의 그는 처음 클럽에서 볼 때의 섹시함이 그대로 묻어나고 있었다.

"왔어요?"

숨기려고 해도 기쁜 마음은 숨길 수가 없었다. 하지만 그녀의 즐거움과는 달리 그의 얼굴은 어두웠다. 나무 오빠와는 인사조차 나누지 않은 그가 묘의 손을 잡아 자신의 옆에 세웠다.

"이거 참, 오랜만에 보는 처남의 태도가 영~"

나무가 그의 행동이 언짢았는지 한마디를 기어코 했다.

"가지."

그가 나무의 말을 들은 체도 하지 않고 그녀를 차에 태웠다.

"오빠, 갈게."

미안한 마음에 묘는 나무에게 작별 인사를 했다.

"그래, 잘 가."

그는 차에 시동을 걸고는 굉음을 내며 자리를 떴다.

"화났어요?"

"……"

"나는 당신이 와줘서 너무 고마웠어요. 오빠가 집에 데려다준다는데 미안했거든요."

호는 언제나 나무가 신경이 쓰였다. 꼭 묘를 여동생이 아닌 여자로 대하는 것 같은 그의 행동이 마음에 들지 않았다. 묘는 그와 결혼을 했지만 나무는 아직 묘를 마음에서 놓지 않은 것 같아서 호는 그를 볼 때마다 화가 났다.

그런데 오늘은 묘에게 더 화가 났다. 마치 그가 와서 나무와 시간을 못 보내는 것 같아 아쉬워하는 것 같았다.

여우령 때문에 어쩔 수 없이 그와 결혼은 했지만 마음은 나무에게 가 있는 것 같았다. 아직 묘는 그에게 자신의 감정을 한 번도 말한 적이 없었다.

"왜 미안하지?"

"네?"

"둘이 헤어지는 게 그렇게도 아쉬웠나?"

"뭐라구요?"

"나와 결혼한 게 후회가 되나?"

"사장님!"

엉겁결에 그가 가장 싫어하는 말을 해버렸다.

"그래, 나는 사장이었지. 미안하군. 괜한 일에 화를 내서."

세 살짜리 어린아이 같았다. 이상하게 결혼 전에도 나무 오빠라
면 질색을 하더니 결혼을 한 후에는 더했다.

"고호 씨, 미안해요."

"뭐가 미안하지? 다른 남자를 마음에 품어서?"

"뭐라고요?"

"괜찮아. 어차피 우리는 위장 결혼이니까. 나는 회장님의 억지
결혼을 피했고 이제 학교가 건립되고 안전만 하다면 언제든지 이
혼해 주지."

그가 단단히 오해를 하고 있었다.

"어차피 우리는 서로가 필요해서 만난 사이니까."

"당신 마음 충분히 알았어요."

그는 자존심이 상한 것이었다. 그녀를 사랑해서 질투를 하는 것

이 아니라 그냥 자존심이 상한 것이었다. 묘의 눈에 눈물이 글썽이고 있었다. 하지만 그에게 보일 수 없어 그녀는 창밖을 쳐다보았다.

지금 그녀는 혼자만의 사랑을 하고 있었다. 영혼의 반려라 믿었었는데 아니었다. 산천지령님이 틀릴 때도 있었다.

집에 도착하자 그는 서재로 들어가 버렸다. 그녀는 너무나 화가 나서 그대로 침대에 누웠다. 너무나 실망스러웠다.

호는 책상에서 아침을 맞이했다. 와인을 한 병을 통째로 마시고 그냥 책상 의자에 기댄 채 잠이 들었던 모양이었다. 따뜻한 햇살이 창을 넘어 그의 얼굴에 그대로 비쳤다. 묘가 나무와 있는 건 참을 수가 없었다. 왜 그런지는 모르겠지만 화가 났다.

자신에게는 한 번도 보여준 적이 없는 해맑은 미소를 나무에게 보여주며 카페의 계단을 내려오는 그녀를 보자 화가 머리끝까지 난 호였다. 나무를 한 대 치고 싶은 걸 끝까지 참느라 그는 매우 힘들었다.

기지개를 켜고 거실로 나가자 고양이 묘가 소파에 누워 자고 있었고 그녀는 일찍 출근을 했는지 보이지 않았다.

"화가 난 모양이군."

그가 소파에 앉아 고양이 묘를 안았다. 고양이 묘가 그의 손을 거부하며 빠져나가려고 버둥거리자 그가 다시 고쳐 안았다.

"너까지 주인을 닮아 말을 안 듣는구나."

그러자 고양이 묘가 가만히 있었다.

"가끔은 네가 말귀를 알아듣는 것 같아 신기해."

"야옹~"

"녀석, 네 주인이 말을 잘 들으면 좋겠는데 네 주인은 그게 힘든 가 봐."

"야옹~"

"녀석, 대답도 잘하네."

그가 묘의 몸을 쓰다듬었다.

"내가 요즘 고민에 빠졌다."

"야옹~"

"네 주인은 내가 그렇게 싫어하는데 왜 자꾸 나무와 다니는지 알 수가 없구나."

"야옹~"

"너도 나무가 싫다고?"

"야옹~"

"나도 네 마음 알아. 무식하게 덩치만 큰 놈이 고양이한테 잘해 주기나 했겠어."

"……"

호가 화가 났던 게 나무 때문이라는 걸 안 묘였다.

"묘도 그렇게 나무와 인연을 못 끊는다면 나도 나의 인연을 접을 수야 없지."

지금 묘는 오해가 풀리려고 했는데 이건 좀 아닌 말이었다. 인연?

"아니, 사랑에 빠졌다고 해야 하나? 그녀를 보면 심장이 두근거리고 몸이 뜨거워져."

묘의 몸이 빳빳하게 굳었다.

"왜 내 사랑 고백에 네가 긴장을 하고 그래."

그가 묘의 털을 손으로 쓸어내렸다.

"첫눈에 반했지. 그녀의 가는 허리에 손을 대지 않고는 견딜 수가 없었어."

그의 얼굴에 미소가 지어졌다.

"네가 암컷인지 수컷인지 모르겠지만 지금은 수컷이기를 바란다. 그래야 멋진 암컷을 만났을 때의 마음을 알 테니까."

묘가 어이가 없어 그에게 빠져나오려 애를 쓰고 있었지만 그가 벌떡 일어나더니 묘를 번쩍 들어 올렸다.

"빨리 출근을 해야 그녀를 볼 수 있으니까. 지금은 다른 남자를 좋아하는 것 같지만 나의 매력으로 그녀를 녹일 수 있겠지?"

그가 묘를 바닥에 내려놓고는 땅이 꺼지게 한숨을 쉬며 샤워실로 들어갔다.

"꺄악!"

묘는 털을 세우며 화를 발산하고 있었다. 지금 그녀 앞에서 호는 자신이 다른 여자를 사랑하고 있음을 고양이에게 고백을 하고 있었다. 어젯밤에 그녀에게 화를 낸 이유가 나무 오빠가 싫어서가 아니라 그녀가 싫어서인 것이다. 어차피 하기 싫은 결혼은 안 해도 되니까 이제는 그녀가 필요가 없는 것이었다.

그가 출근을 하고 묘는 화장대 거울 앞에 앉았다. 오늘은 최대한 섹시한 화장을 하고 출근을 하리라 마음먹은 그녀였다. 화가 나면 묘는 최대한 화려하게 화장을 했다.

예쁜 얼굴에 화장을 더하면 그녀는 굉장히 고혹적으로 변했다. 모두가 그녀의 섹시함에 시선을 빼앗기는 걸 그녀는 즐겼다. 그걸로 스트레스를 푸는 그녀였지만 오늘은 상대가 정해져 있었다.

"얼마나 예쁜 년을 좋아하는지, 아니, 사랑이라고 했지? 사랑하는지 모르겠지만 후회하게 해주겠어."

딸각, 딸각, 딸각.

그녀의 구두 소리가 대리석 바닥을 경쾌하게 두드리고 있었다. 검은 초미니 스커트에 검은 스타킹의 검은 구두는 그녀의 긴 다리를 한없이 길어 보이게 했고 검은색 시스루 블라우스는 검은 속옷만을 입은 그녀의 풍만한 가슴을 여과 없이 비추고 있었다.

그녀의 등장에 로비의 남자들이 입을 다물질 못하고 그녀를 따라 움직이고 있었다. 묘 또한 사람들의 시선을 즐기고 있었다. 하지만 지금 이런 자극적인 모습은 얼빠진 이들이 아니라 위에 앉아서 다른 여자에게 얼이 빠져 있을 그녀의 신랑이 봐야 했다.

"아, 짜증나."

지금은 그녀가 불리했다. 화가 난다고 박차고 나올 수 있는 입장도 아니었다. 아직 그의 도움을 받지 못한 상황이었고 산천지령님의 뜻을 거스르는 일이기에 그녀는 함부로 박차고 나올 수가 없었다.

그녀가 사무실에 들어오자 김 대리가 입을 다물지 못하고 그녀를 쳐다봤다.

"입 다물어."

김 대리가 그녀의 가슴에서 시선을 거두지 못한 채 어제 현장에서 재온 치수를 도면과 함께 그녀에게 건넸다.

"수고했어."

"감사합니다. 그런데 오늘 어디 가십니까?"

"아니."

"너무 환상적이시라."

"그래."

"네, 아까 들어오실 때 연예인이 오는 줄 알았습니다."

"……."

"연예인을 하셔도 좋을 것 같은데요."

그의 끝없는 수다에 그녀가 김 대리를 차가운 눈으로 쳐다보자 꼬리를 내린 김 대리가 자리로 서둘러 돌아갔다.

자리에서 벌떡 일어난 그녀는 자기도 모르게 35층의 버튼을 눌렀다. 이대로 있다가는 화가 나서 도저히 못 참을 것 같았다.

"사장님 계신가요?"

갑작스런 사모의 등장에 사장실 직원들이 일제히 긴장을 했다. 특히 얄미운 강 비서는 쩔쩔매고 있었다.

"지금 사장님께서 미팅 중이신데 거의 끝날 때가 됐습니다."

"아니, 바쁘시면 가보겠습니다."

"아니, 아닙니다. 잠깐만 기다리십시오."

강 비서가 직접 사장실로 들어갔다.

"5분만 기다리시랍니다."

"네."

그녀를 소파에 안내한 강 비서는 비굴하리만치 그녀에게 아부를 하고 있었다.

"커피라도?"

"아닙니다."

"그럼 차라도?"

"아니, 신경 쓰지 마세요."

묘의 눈이 여비서들에게로 향해 있었다. 저 중에 하나일까라는 생각을 하자 다시 속에서 열이 나고 있는 묘였다. 오늘 물어서 확실히 그에게 여자가 있다면 산천지령님의 뜻을 처음으로 거스를 생각인 묘였다.

"들어오시랍니다."

그의 사무실 안으로 들어가자 그는 그녀를 쳐다보지도 않고 열심히 서류만 쳐다보고 있었다. 묘는 그런 그가 멋있어 보이는 게 더 짜증이 났다.

"사장님."

"잠깐만 기다려."

그가 단칼에 그녀의 말을 잘랐다. 너무나 열이 받은 그녀는 그가 언제까지 그녀를 보지 않을지 궁금한 마음이 생겼다. 그래서 한 발 한 발 그에게로 다가갔다. 결국 그의 책상에 엉덩이를 걸치고 앉은 그녀였다.

"뭐 하는 짓이지?"

"사장님과 대화라는 걸 나눠보려고요."

"뭐?"

그가 그제야 그녀를 보았다. 그의 시선이 그녀의 머리에서 발끝까지 훑어 내리더니 훅 하고 숨을 들이마셨다.

'반응은 보이는군.'

속으로 쾌재를 부른 묘는 조금 더 대담하게 그의 책상에서 그의 의자 앞으로 느리게 몸을 이동시켰다.

"오늘은 정말로 페로몬 향수를 뿌렸는데 어때요?"

그가 그녀의 손을 잡았다.

"뭐 하는 짓이지?"

더욱 대담해진 묘가 아침에 고양이였을 때처럼 그의 무릎에 앉았다.

"묘!"

"오늘 하루 종일 당신이 보고 싶었어요."

묘가 그의 얼굴을 한 손으로 쓰다듬었다.

"당신은 내가 보고 싶지 않았나요?"

묘는 속에서 오글오글거리는데도 용케 잘 참고 닭살스런 말을 계속했다.

"덥지 않아요?"

그러면서 그녀의 블라우스의 단추를 하나씩 풀었다. 그가 침을 삼키고 있지만 적극적으로 그녀를 안지는 않았다. 그는 그녀 말고 정말로 다른 여자에게 관심이 있는 것만 같았다.

"내가 실수했어요."

갑작스러운 그녀의 변화에 그는 당황한 듯했다.

"솔직히 말해줘요."

"……."

"여자 있어요? 나하고 한 약속 때문에 이혼하지 못하고 있는 거예요?"

"뭐?"

"당신이 사랑하는 여자가 있다고 아침에 고양이에게 하는 소리를 우연히 들었어요."

"뭐라고?"

"아침에 그랬잖아요. 사랑하는 여자가 있다고."

"출근을 안 했었군."

"너무나 진지하게 고양이에게 고백을 하는 통에 밖으로 나갈 수가 없었어요."

그의 얼굴이 웃음을 참느라 실룩거리고 있었다.

"웃어야 될 사람은 나예요."

묘는 정말로 화가 났다. 그때 그가 그녀의 손을 잡더니 그에게로 끌어당겼다. 엉겁결에 그의 무릎에 다시 앉게 된 묘는 일어서려고 했다. 하지만 그걸 가만히 놔둘 그가 아니었다.

"하하하, 고양이에게 하는 말을 들었어?"

"네, 들었어요. 이거 안 놔요?"

"밖에 사람들이 있어."

"안다구요."

"그래서 나의 시선을 빼앗기 위해 이렇게 사람 미치게 하는 옷을 입었다?"

"······."

묘는 그랬다고 말해주기가 싫었다. 뭐가 이쁘다고.

"솔직히 말해줘요."

그의 눈빛이 그녀를 집어삼킬 듯이 보고 있었다.

"여자가······."

다음 말은 그녀의 입속으로 사라졌다. 그의 손이 그녀의 풀어

헤쳐진 그녀의 블라우스 사이로 들어가 브래지어 속의 유두를 자극했다. 다급한 그의 손놀림에 그녀는 아픔에 가까운 쾌락을 느끼고 있었다.

그의 혀가 그녀의 혀를 치고 빨며 그녀의 정신을 혼돈 속으로 빨려 들어가게 하고 있었다. 그의 허벅지 사이에 있는 페니스가 그녀의 엉덩이 한쪽을 뚫을 기세로 빳빳하게 서 있었다.

"내가 다른 여자가 있다고?"

"아하~ 다른 여자를 사랑한다고 했어요."

깜찍한 말을 내뱉고 있는 그녀의 입술을 그가 다시 빨아들였다. 그의 혀가 그녀의 입안을 샅샅이 공격하고 있었다. 마치 그녀의 혀의 돌기마저 빨아들일 듯 그의 키스는 강렬했다.

삑~

인터폰이 울리고 있었다. 그는 그녀의 가슴을 한 손으로 움켜쥐고 다른 한 손으로 인터폰을 신경질적으로 눌렀다.

"10분 후에 회의에 참석하셔야 합니다."

"그러지."

그가 인터폰을 끄고 그녀의 입술을 집어삼켰다. 맛있는 음식을 먹다가 놓는 것처럼 그는 아쉬움이 가득한 눈으로 그녀를 보았다.

"다음은 집에서."

"아직 답 안 했어요."

"충분하지 않았나?"

"뭐가요? 이렇게 만져 주면 다른 여자를 사랑하는 게 용서가 되나요?"

그녀는 옷을 정돈하고는 사무실에 차가운 바람을 날리며 자리를 떴다.

사장실에 다녀온 후로는 내부 디자인 설계를 하느라 잠깐 모든 짜증나는 일을 잊은 묘였다. 모두들 묘가 집중할 때는 잘 건드리지 않았다. 업체나 현장에서 오는 전화도 모두 김 대리가 대신 받았다.

그런데 점심시간이 될 무렵 김 대리가 묘의 옆으로 와서 열심히 작업 중인 그녀를 불렀다.

"실장님."

묘의 눈에서 레이저가 뿜어져 나오고 있었다.

"중요한 일이 아니면 넌 죽어."

소름이 돋는 말이었다.

"회장님이 부르신답니다."

"뭐라고?"

"회장님께서 실장님을 뵙기를 원하신답니다. 지금요."

지금 그를 만나고 싶은 기분이 아니었다. 12령의 우두머리를 만나서 웃으며 그의 비위를 맞추고 싶지 않았다. 하지만 그는 지금 12령이 아니라 그녀의 오너였다. 안 갈 수가 없었다. 그녀가 자리에서 일어나 완성이 덜된 도면을 챙겨 회장실로 향했다.

"우리 실장님의 실력이 뛰어나니까 회장님도 직접 부르시네요."

"난 언제쯤 저 위치에 오를까?"

직원들이 부러움에 한마디씩 했다.

"일이나 해. 혼나기 전에."

언제나 현실적인 김 대리였다.

그녀의 예민한 귀가 멀리 있어도 그들의 대화를 듣게 해주었다. 가끔 흉을 볼 때면 돌아와서 뒤끝 있게 혼을 내는 그녀였다. 그들은 그녀가 작은 것에 꼬투리를 잡아 혼을 내는 줄 알고 있지만 사실은 이 놀라운 청력 때문에 그런 것이었다.

40층의 회장실이었다. 36층부터 40층까지는 회장이 쓰는 사무실이었다. 소문에는 우리나라의 경제 전문가들이 모두 그 안에 모여 국제건설뿐 아니라 투자에 대해 연구한다고도 하고, 의료진들이 모여 회장의 불로장생을 연구한다고도 했다.

철저하게 보안이 된 이곳에 묘가 관심을 갖게 된 지는 결혼식에서 회장의 정체를 알고 난 뒤부터였다. 하지만 좀처럼 이곳의 정체를 알 수가 없었다.

띵!

처음으로 40층에 왔다. 문이 열리자 시나몬 향이 그녀의 코를 자극했다. 40층은 실로 놀라웠다. 초령이 둘이나 회장실의 문을 지키고 있었고 아름다운 비서들이 앉아 그녀를 반갑게 맞이했다.

"실장님, 이쪽으로 오세요."

회장실의 문이 열리자 붉은 여우 광을 내뿜고 있는 회장이 싸늘하게 웃으며 그녀를 맞이했다.

"어서 와요."

입은 웃고 있었지만 그의 눈은 매섭게 그녀를 스캔하고 있었다.

"안녕하십니까?"

"허허허, 난 우리 묘 실장이 이렇게 고혹적인 줄 몰랐군."

그녀의 모습에 그가 한마디를 했다.

"감사합니다."

"무슨. 사실을 말했을 뿐인데. 이래서 고 사장의 마음을 빼앗았구만."

그녀가 그 자리에 서 있자 회장은 그녀를 소파에 앉게 했다. 그가 시나몬 향을 뿌리는 이유는 역한 피 냄새를 없애기 위함이었다.

"시나몬 향을 좋아하시나 봐요."

그녀 자신도 모르게 툭 튀어나온 말이었다.

"아~ 나는 계피차를 좋아하네. 그래서 항상 옆에 두고 끓여서 먹지. 그래, 어제 현장에 다녀갔다고?"

"네."

"어때, 잘 진행이 되고 있던가?"

"네, 정말 환상적인 건물 디자인이었습니다."

"그래?"

그가 만족스럽다는 듯이 미소를 지었지만 묘는 울렁거리는 속을 달래느라 정신이 없었다.

"어디, 디자인에 대한 얘기 좀 들어볼까?"

"지금은 완성 단계는 아니지만 지금까지 디자인이 된 사항을 말씀드리겠습니다."

묘는 디자인에 관해 완벽하게 설명을 했고 그도 굉장히 만족스러워했다. 회장실을 나올 때까지 그녀는 한시도 긴장을 놓지 않았다. 다행히 회장도 그녀를 특별히 의심하는 것 같지는 않았다.

오후에 일은 어찌 처리를 했는지 몰랐다. 아직도 회장을 만난 후의 느낌을 잊을 수가 없었다. 하루가 어떻게 지나갔는지 모를 정도로 그녀의 머릿속은 포화 상태였다.

"아우~ 진짜 미치겠네!"

계속해서 욕을 하면서 그녀는 디자인을 했다. 그래도 가끔 말이라도 붙이던 김 대리조차 그녀의 아우라에 오늘은 한마디도 걸지 않았다. 퇴근 시간을 넘겼다. 열받는 걸 일로 풀다 보니 시간 가는 줄 모른 그녀였다.

오빠들을 닮아가는지 목이 마른 그녀는 휴게실로 향했다. 사무실의 정수기가 고장이 나서 번거롭지만 어쩔 수 없이 물을 먹으려면 휴게실까지 와야 했다.

"오늘은 가지가지 하는군."

종이컵에 물 한 잔을 따른 묘는 아래층에서 청소를 하고 있는 사람들을 보았다. 그중에 어김없이 김 반장이라고 불리는 여우령을 보고 있는데 오늘은 그의 빛이 초령의 빛을 내고 있었다.

그냥 보통의 여우령들을 초령으로 만들고 있는 것이었다. 그게 아니라면 12령의 강한 힘으로 그는 여우령들의 힘을 키워주고 있다는 얘기였다.

"도대체 뭘 하려는 거지?"

그를 보는 묘의 머리가 복잡해지고 있었다.

제9장 영혼의 반려

집으로 돌아온 묘의 얼굴은 그닥 환하지 않았다. 자신이 매력을 뽐내며 그의 사무실을 갔다가 오히려 가벼운 여자만 되고 온 듯한 느낌이었다. 그가 확실히 그녀의 몸을 좋아하기는 하는 것 같지만 육체적인 끌림은 그녀가 원하는 것이 아니었다.

저녁 10시가 가까웠다. 늦게까지 회사에 남아 일을 하고 여우령의 동태도 살피느라 평소보다 늦은 귀가였다. 전화 한 통 없는 그의 무심함에 그녀의 마음도 많이 상처를 받았다.

"위장 결혼, 계약 결혼, 사기 결혼. 또 뭐가 있지?"

정원의 돌계단을 밟으며 혼자서 중얼거리던 묘는 집 안의 불빛을 보고는 긴 한숨을 내쉬었다. 차라리 고양이 묘로 변해서 집으로 들어가고 싶었다.

"또 싸우겠군."

그녀가 현관문을 열고 들어서자 집 안에는 수십 개의 초들이 켜져 있었다. 눈이 동그래진 묘가 주변을 살피자 호가 식탁에서 그녀를 기다리고 있었다.

"너무 늦게까지 일하는 거 아니야?"

그가 자리에서 일어나 그녀에게 의자를 빼주었다. 식탁에는 그녀가 좋아하는 일식이 차려져 있었다. 생선회와 와인이 예쁘게 세팅이 되어 있었다.

"이게 뭐예요?"

"그냥. 그동안 너무 바빠서 저녁 한번 제대로 같이 못 먹은 것 같아서."

"내가 회를 좋아하는 건 어떻게 알았어요?"

"수한테 물어봤지."

"그랬군요."

"화가 나거나 까칠해지면 회를 먹이면 좋아진다고."

"별소릴 다 했네요."

"아니야?"

"맞아요. 경우에 따라서는 용서가 안 되는 것도 있지만요."

"예를 들어?"

"바람을 피운다거나."

"바람?"

"뭐, 예를 들어 우리를 말하는 건 아니에요. 결혼을 했는데 바람을 피우는 건 용서가 안 돼요."

"왜 우리는 아니지?"

"우리는 위장, 계약, 사기 결혼이니까요."

"그렇군."

그의 수긍에 또 한 번 상처를 입은 묘였다.

"먹지. 나도 기다리느라 배가 고프군."

그녀 또한 이런 최고급 요리를 마다할 이유가 없었다. 그의 말이 떨어지기가 무섭게 그녀는 걸신 들린 사람처럼 회와 초밥을 폭풍 흡입을 하고 있었다. 고양이도 잡식성이기 때문에 특별히 가리지는 않았지만 신경이 예민해질 때는 언제나 회를 찾는 그녀였다.

오늘 그의 선택은 탁월했다. 그녀의 위를 채움과 동시에 마음의 안정까지 찾게 한 음식이었다. 그녀 주위의 접시가 순식간에 비워졌다. 그가 말없이 그녀의 잔에 와인을 따랐다.

"왜 얘기를 안 해주는 거예요?"

"무슨 얘기?"

그가 그녀를 뚫어질 듯이 쳐다보며 와인을 마시고 있었다.

"사랑에 빠진 것 같다는 여자 얘기요."

"궁금한가 보군."

"뭐, 하기 싫으면 하지 마요."

"왜 궁금한지 물어봐도 될까?"

"아니요. 이제 안 궁금해요."

"난 궁금한 게 있는데?"

"뭔데요?"

"솔직히 대답을 해주면 나도 대답을 해주지."

"콜!"

그녀는 술을 잘 마시지 않았다. 알코올 분해 능력이 그녀에게는 전혀 없었다. 그가 준 와인이 그녀를 자꾸 무장해제를 시키고 있었다.

"나무를 어떻게 생각하지?"

"나무 오빠요?"

"그래."

그가 왜 이런 질문을 하는지 그녀는 이해가 되질 않았다.

"오빠죠."

"남자로는 생각을 해본 적이 없나?"

"미쳤어요? 친오빠예요."

"수에게 물어봤을 때는 어려서부터 같이 살았다고 했어. 부모님이 다르다고."

술기운이 올랐는데도 화가 났다.

"나무와 수 오빠 모두 한 번도 남자로 생각해 본 적이 없어요. 그건 오빠들도 마찬가지고요."

그녀가 자신도 모르게 와인 잔을 식탁에 소리 나게 내려놓았다.

"쉴게요. 오늘 잘 먹었어요."

그녀가 힘없이 식탁에서 몸을 일으켰다. 알코올에 약한 그녀였다. 자신도 모르게 걸음이 갈지자가 되었다.

"어머!"

그가 뒤에서 그녀를 안았다.

"내려놔요. 혼자 걸을 수 있어요."

"당신 얘기를 해줬으니 약속대로 내 얘기를 해야지."

"아니, 괜찮아요."

이제 그만 상처를 받고 싶었다. 산천지령님이 말씀하신 영혼의 반려니 뭐니 하는 얘기도 이제는 안 믿어졌다. 영혼의 반려는 고호가 아닌 것 같았다. 그러지 않고는 이렇게 묘의 마음을 아프게 할 리가 없었다.

그가 그녀를 안아 들고는 소파로 가서 그대로 앉았다. 소파 주변의 초들이 그들을 야릇하게 비추고 있었다. 그녀는 그냥 눈을 감아버렸다. 지금 그녀의 눈에 그를 담고 싶지 않았다.

"내가 사랑하는 여자는 아주 미인이지."

"……."

"나를 한눈에 사로잡은 여자는 그녀가 처음이자 마지막일 것 같아."

"그만해요."

"들어. 난 약속은 지키는 사람이니까."

묘가 그에게서 벗어나려고 발버둥을 쳐봤지만 그의 힘을 당할 수가 없었다.

"묘의 고양이와 똑같은 반응이군. 역시 주인을 닮아가는 것 같아."

아침에도 그의 고백이 짜증이 났는데 저녁에도 똑같은 고백을 들으려니 그녀는 뚜껑이 열리기 일보 직전이었다.

귓가에 그의 숨결이 느껴지고 있었다. 온몸에 소름이 돋는 느낌이었다. 이건 분명히 와인 탓이지 그가 멋지기 때문은 아니라고 묘는 생각했다. 그의 손이 그녀의 허리를 쓸어내렸다.

"가장 섹시한 허리를 가진 여자야."

순간 묘는 그의 입술이 자신의 목을 쓸어주기를 바라고 있었다. 술 때문이었다. 이렇게 그를 강렬히 원하는 건 그가 다른 여자를 좋아하는 것에 이렇게 마음이 아픈 건 모두 와인 때문이었다.

"그 여자, 다른 남자를 좋아한다면서요?"

그녀가 화가 나서 정곡을 콕 찔렀다. 아마 그의 가장 아픈 곳이리라.

"아니라고 하더군."

"언제요?"

"오늘."

"하! 좋으시겠네요."

"좋은 건 사실이지. 그동안 마음이 좀 많이 상했었거든."

"도대체 누구예요? 비서실 여직원이에요? 아니면 어느 부서냐구요?"

"왜 이렇게 흥분을 하지? 당신, 설마 날 좋아하나?"

"네?"

"당신이 왜 그렇게 화를 내는지 알고 싶군."

"그야⋯⋯."

이제는 더 이상 못 참을 것 같았다. 묘가 그의 가슴을 주먹으로 쳤다.

"이제 더 이상은 못 참겠어. 그래, 좋아해요. 됐어요?"

그가 그녀를 더욱 세게 끌어안았다. 마치 놓치지 않겠다는 듯이.

"내려놔요. 그리고 이혼해 줄 테니까 그 여자하고 잘살아요."

"우습군."

"뭐가요?"

"난 이미 그녀와 살고 있어."

"⋯⋯."

묘의 머리가 멍했다.

"오늘 안 사실이지만 눈치가 너무 없는 여자야. 생각을 다시 해 봐야겠어."

"그 여자가, 그러니까 그 여자가 나라는 거예요?"

"그럼 누구겠어. 그렇게 매일 뜨거운 밤을 보내면서 어떻게 다른 여자라고 의심할 수가 있지?"

"당신이 날 사랑한다는 거예요?"

"그래, 처음 본 순간부터 그랬어. 처음에는 그냥 한순간일 거라 생각했는데 당신을 보면 만지고 싶고 가지고 싶어져. 매일 매 순간."

"짐승."

"당신은 날 사랑하나?"

"누군가 그런 말을 했어요. 영혼의 반려를 만났다고."

"영혼의 반려라, 멋진 말이야."

"당신은 나의 영혼의 반려인 것 같아요. 내가 질투에 눈이 멀어 한 짓을 보면 말이에요."

"아까 사무실에서 인터폰을 부숴 버리고 싶더군."

"당신 사무실에서는 한 번으로 족해요."

"그럼 여기서 우리가 못다 한 것을 끝내는 건 어떨까?"

"뭐라고요?"

그가 묘의 얼굴을 손으로 들어 키스를 했다. 그의 무릎 위에 앉아 있는 묘가 손으로 그의 목을 감았다. 그의 손이 그녀의 블라우스를 단추를 한 손으로 끄르는 신공을 보이며 그녀의 가슴을 움켜 잡았다. 한참 동안 서로의 입술을 탐하던 그들은 더욱더 대담한 방법으로 서로를 원하기 시작했다.

그녀가 그의 무릎 위에서 바닥으로 내려와 그의 다리 사이에 무릎을 꿇고 앉았다.

"당신, 그거 알아요?"

"......."

"클럽에서 당신이 내 허리를 만졌을 때 나 정말 처음 흥분했었어요. 너무 짜릿하게 좋았거든요."

"그래?"

그녀의 손이 그의 티 속으로 들어가 점점 그의 가슴 위로 올라가고 있었다.

"여우령을 보고 당신의 손길을 놓고 가야 했을 때는 정말 울고 싶었어요."

그녀의 끈적이는 손길에 그가 훅 하고 숨을 들이마셨다.

"그리고 그때부터 계속 당신을 떠올렸어요. 나도 모르게."

그녀가 그의 유두를 찾아 희롱했다.

"태어나서 처음으로 그렇게 남자를 생각했어요. 많이 당황했었죠. 나의 그런 생각에."

그리고 그의 티를 그의 머리 위로 벗겨냈다. 그의 보기 좋은 근육이 그녀의 눈을 즐겁게 했다. 묘가 그의 눈을 마주하며 그의 배에서부터 가슴으로 입을 맞추었다. 마치 고양이처럼 나른한 그녀의 동작이 그를 흥분시키고 있는 것 같았다.

그의 점차 가빠지는 호흡이 그녀에게도 느껴질 정도였다. 묘가 그의 유두를 혀로 희롱하자 더 이상 못 참겠는지 그가 묘를 소파에 누이고는 몸에 있는 모든 것을 거의 찢듯이 벗겨냈다.

"참을 만큼 참았다고 생각하는데……."

"참지 마요."

그가 자신의 바지를 단숨에 벗고는 그의 페니스를 단 한 번의 동작으로 그녀 안으로 밀어 넣었다.

"넌 영혼의 반려라기보다 내 영혼을 흔드는 사악한 마녀 같아."

그렇게 말하는 동안에도 그의 피스톤 운동은 멈추질 않았다.

"아~ 당신도 악마 같아요."

"하~ 우리는 제법 어울리는 한 쌍이군."

그가 속도를 더 빨리하자 그녀의 자지러지는 소리가 집 안 곳곳을 울리고 있었다.

"사랑해."

"저두요."

그녀의 손톱이 그의 등에 박힐 듯했다. 그들의 거친 호흡은 새벽이 되어서야 잠잠해졌다.

"살려주세요."

눈물 콧물이 범벅이 된 여학생이 교복을 입은 채로 손과 발이 묶인 채 대자로 침대 위에 누워 있었다.

깜깜한 방 안에는 아무도 없었다. 가끔 들려오는 비명 소리에 여학생은 미칠 듯한 공포를 느끼고 있었다.

"아무도 없어요?"

이곳에 누워 있기 전까지 다섯 명이 한 방에서 지냈다. 모두들 집으로 돌아가는 길에 납치가 됐다고 했다. 다들 늦게까지 공부를 하고 오는 길이었고 집으로 오는 길이 무척 외진 곳들이었다. 모두 다른 학교의 교복을 입은 그녀들은 모두 같은 나이였다. 열여덟. 모두 공부만 아는 모범생들이었다.

때가 되면 밥이 들어왔고 생필품들이 잘 갖춰진 제법 큰 공간이었다. 다만 유리창이 없고 문이 하나뿐이어서 밤인지 낮인지 며칠이 흘렀는지 그들은 알지 못했다.

그렇게 얼마나 시간이 흘렀을까. 친구 하나가 자는 사이에 쥐도 새도 모르게 사라졌다. 그리고 얼마지 않아 또 한 명의 친구가 사라졌다. 그리고 지금 그녀가 침대에 누워 있었다.

"흑흑흑."

그녀의 울음소리가 방 안에서 울렸다. 방이 꼭 목욕탕 같았다. 목욕탕의 울림과 물 냄새도 났다. 여기가 어딘지 알 수는 없었지만 그녀는 극한의 공포를 느끼고 있었다.

"살려주세요!"

버둥거려도 사지를 단단히 묶고 있는 철로 된 수갑 때문에 꼼짝을 할 수가 없었다.

팍!

누군가 불을 켜자 갑작스러운 빛에 그녀가 눈을 감았다. 눈이 부셔서 눈을 뜰 수가 없었다.

"살려주세요."

"쉬!"

남자의 목소리가 들렸다. 목소리는 하나였지만 지금 여러 명이 그녀를 빙 둘러서 있는 느낌이었다. 눈을 뜨고 싶었지만 쉽게 뜰 수가 없었다. 그것이 빛 때문인지 공포 때문인지 그녀는 알 수가 없었다.

그녀는 살며시 눈을 떴다. 주변에는 남자 어른들이 빙 둘러서서 있었다. 그녀의 왼쪽에는 TV에서 본 아저씨도 있었다. 굉장히 잘생겨서 기억이 났다. 누구지? 이름만 떠올리면 살려줄 것 같았다. 드디어 생각이 났다. 우리나라의 제1건설회사인 국제건설의 회장님이었다. 살았다.

"회장님, 살려주세요."

그러자 그가 온화한 미소를 지었다. 그녀의 얼굴에 안도의 눈물이 흘러내렸다. 그와 동시에 그의 얼굴이 이상하게 변하고 있었다. 입이 귀까지 찢어지기 시작하더니 드라큘라처럼 온 입이 송곳니로 변했다.

"캬악~"

그의 손이 그녀의 가슴에 닿자 불꼬챙이로 찌르는 고통이 그녀에게 밀려들었다.

"윽~!"

피가 용솟음치며 천장까지 닿았다. 그녀의 흐릿한 눈에 회장이 자신의 장기를 먹고 있는 것이 보였다. 자신의 몸이 퍼덕이고 있었다.

"살…… 려……."

목소리가 나오지 않았다. 엄마가 너무 보고 싶었다. 퍼덕이던 몸도 고통스럽던 시간도 지났는데 몹쓸 눈은 감아지지 않고 회장이 하는 짓을 보고 있었다.

회장이 뭔가를 뱉어내자 실내가 환해졌다. 아름다운 구슬이었다. 하나가 아닌 다섯 개의 구슬이 공중에서 춤을 추었고 회장은 마치 아기에게 밥을 주듯이 구슬에게 기를 불어넣고 있었다.

이제 눈이 더 흐려져서 아무것도 보이지 않았다.

대중탕의 욕조처럼 사각의 탕 안에 물 대신 수술대가 있었다. 나중에 시신을 치우기에 딱 좋은 구조였다. 물만 뿌리면 되는 것이었다. 온통 타일이라 호스로 물만 뿌리면 그뿐이었다.

또 하나의 장점은 그들도 그곳에서 씻을 수 있기 때문에 일석이조였다.

"축하드립니다. 이제 20명만 손에 넣는다면 우리의 염원이 이루어집니다."

"고생들 했다."

회장의 눈빛이 기쁨으로 빛나고 있었다. 샤워를 마치고 40층의 사무실로 온 회장은 갑작스럽게 열린 천공에 화들짝 놀랐다. 사무실의 한쪽 벽에 있는 거대한 책장에 생긴 천공은 12령인 그가 봐도 장관이었다.

힘의 상징이자 능력의 상징인 공간이동이었다. 언젠가 그도 이런 능력을 마음껏 부릴 날이 올 것이었다. 그는 항상 만년 2인자였다. 주인님의 도움이 아니었다면 그는 지금의 지존에 자리에 올라설 수 없었을 것이다.

옥황상제의 힘에는 미치지 못하지만 주인님은 막강한 힘의 소유자였다. 그가 여우구슬을 합친다면 그는 옥황상제를 물리치고 세상을 차지할 것이다.

주인은 언제나 여우구슬에 목말라 했다. 산천지령의 졸개들이 죽인 7명 빼고 그는 4명의 12령을 은밀히 해치웠다. 그리고 구슬은 그의 손에 있었다. 그냥 주인에게 주기에 그의 욕심과 힘은 날이 갈수록 늘어나고 있었다. 하지만 지금은 주인과 맞설 상황이 아니었다. 잃어버린 구슬을 찾은 후에 해도 늦지 않을 테니까.

"주인님, 오셨습니까?"

"그래, 내가 그렇게 기회를 주었건만 12령의 우두머리의 구슬을 찾지 못하였느냐?"

"죄송합니다."

"내가 너에게 천하를 주겠다고 약속했다. 하지만 네가 그 구슬을 찾지 못하면 다 소용없는 일이 될 것이야."

"네."

"대답만 하지 말고 찾아!"

다시 천공과 함께 사라지는 주인이었다. 주인은 아직까지 그가 나머지 4명의 12령을 모두 없앴다는 걸 모르고 있었다. 300년이 넘게 모셔온 주인이지만 그 구슬을 찾는다면 주인을 이길 힘을 그도 갖게 되는 것이다.

"조금만 기다리십시오, 주인님."

그가 음흉한 미소를 지었다.

"나 형사님!"

골칫거리 하나가 서초 강력계에 들어왔다. 조 형사가 구속되고 후임으로 온 박 형사였다.

"왜?"

"큰일 났습니다."

"뭐가?"

나무는 사건 파일을 정리하고 있었다.

"6번째 납치사건이 일어났습니다."

"뭐?"

나무가 박 형사를 뚫어지게 봤다. 숨을 고르느라 말을 못하고 있는 그의 머리를 한 대 쥐어박고 싶은 그였다.

"빨리 말해."

"이번에는 CCTV가 있는 곳이랍니다."

나무가 자리에서 일어나 뛰어나가자 숨 돌릴 사이도 없이 박 형사도 뛰어나갔다.

"나 형사님~"

편의점 앞의 CCTV에 여학생의 모습이 다행히 찍혔다. 그런데 문제는 갑자기 사라졌다는 것이다. 누군가 온 것도 찍히지 않았고 갑자기 화면에서 편집을 당한 것처럼 학생이 사라졌다. 화면을 보고 있던 박 형사가 자신의 눈을 비비며 몇 번이고 리플레이를 했다.

"이거 기계 고장 아닌가요?"

"기계 설치한 지 며칠 안 됐어요."

편의점 주인이 귀찮다는 듯이 말했다. 여우령에 대해서 모르는 사람들은 지금 이 장면이 귀신에 홀린 듯할 것이다. 나무는 밖으로 나와 여학생이 사라진 곳을 보았다.

항상 여학생들이 사라진 방향의 끝을 보면 국제건설 건물이 있었다. 이런 심증만으로 그 건물을 압수수색을 할 수 없으니 나무로서는 답답한 일이었다.

"여보세요?"

[어, 오빠.]

"오늘 또 한 명이 납치가 됐어."

[여학생이야?]

"응, 그리고 너희 회사 방향으로 납치가 됐고."

[이번에도 안고 뛰었어?]

"그런 것 같아. 여우령 중에서도 빠른 놈이야. CCTV에도 안 잡혔어."

[일단 알았어. 내가 내일 회사 안을 좀 살펴볼게.]

"고마워."

전화를 끊었지만 자신들처럼 여우령을 물리칠 수 없는.묘가 걱정이 되는 나무였다.

"실장님?"

"어?"

"지금 기숙사 침대 납품 업체에서 아까부터 기다리고 있는데요."

"어."

"오늘 무슨 일 있으세요?"

"아니야, 지금 가자."

김 대리와 침대 업체의 사장을 만나는 중에도 묘의 생각은 어제의 사건에 있었다. 36층부터 40층 사이에 무슨 일이 있기는 한데 아무도 그곳에는 들어가 본 적이 없는 극비의 장소였다.

36층부터 40층은 엘리베이터도 따로 되어 있어서 아무도 그곳에는 들어갈 수조차 없었다.

"뭘까?"

"네, 소재는 라텍스라고 아까 말씀드렸는데요."

침대 업체 사장이 놀란 눈으로 그녀를 쳐다봤다.

"아니, 들었어요. 라텍스. 다른 생각이 좀 들어서. 죄송해요, 계속하세요."

그녀에게는 별거 아닌 업체였지만 이 침대 업체는 사활이 걸린 문제였다. 다시 생각을 가다듬은 묘는 회의에 집중을 했다.

회의를 마친 후에 묘는 사장실로 향했다. 오늘은 꼭 물어봐야 했다. 미스터리한 36층부터 40층에 대해 오늘은 꼭 알아야 했다.

"사장님 계십니까?"

"네, 잠시만요."

이제는 그녀의 방문이 익숙한 비서실 직원들이었다. 사장 부부의 깨소금 볶는 냄새에 직원들은 부러워 죽었다.

"어, 잠깐만."

그는 여전히 바빴고 여전히 멋있었다. 소파에 앉아서 그를 보고 있으니 괜히 뿌듯한 생각이 드는 묘였다.

"내가 그렇게 잘생겼나?"

"뭐, 인정하기는 싫지만 사실이에요."

"너무 쉽게 인정하니까 재미가 없군."

"그랬어요?"

"그래."

그가 서류를 덮고는 소파에 앉아 있는 그녀 옆으로 와서 앉았다.

"밥은 먹었어요?"

"응, 아까. 당신은?"

"난 아직."

"뭐야? 3신데."

"지금 먹으려고요."

"……."

그녀가 그의 입술을 머금었다. 그제야 그녀의 말뜻을 알아들은 그가 열렬히 호응을 해주었다.

"후~ 이렇게 나를 놀래키려고 왔나?"

그녀의 입술에서 겨우 입술을 뗀 그가 가쁜 숨을 내쉬며 말했다.

"이렇게 하고도 싶었고 물어보고 싶은 게 있어서요."

"뭔데?"

"당신 36층에서 40층이 뭐 하는 곳인지 알아요?"

"40층은 회장님실이 있고, 36층부터 39층까지는 나도 가보지는 않았지만 전략실인 걸로 알고 있어."

"전략실이요?"

"응. 세계경제에 투자자로서 국제건설은 대단한 위치에 있어. 기업 투자의 전반적인 전략을 그쪽에서 검토하고 투자를 하지."

"그렇군요."

"정말 가보지 않았어요."

"이곳에 온 지도 얼마 되지 않았고 그곳은 나의 일과는 무관한 곳이지. 어떻게 보면 회장님의 비밀 병기 같은 곳이라고나 할까?"

"그렇다면 사장이 모르는 게 더 이상하잖아요."

"회사 안에는 그들만의 리그가 펼쳐지는 곳이 있지. 굳이 깊이 알려고 안 했으면 해. 나도 정말 잘 모르니까."

"그래도 너무 비밀스러운 게 이상해요."

"왜, 그곳에 여우령이라도 있을까 봐?"

"아니에요."

"아닌데, 실망하는 눈치야."

"이따 끝나고 좀 늦을 거예요."

"왜?"

"오늘 침대 디자인이 들어왔는데 원하는 것 수정해야 해서요."

"너무 늦지는 마."

"네."

"이렇게 불만 지펴놓고 가기야?"

"미안해요. 2탄은 집에서."

"그런데 요즘 우리 고양이 묘가 안 보여."

그의 말에 하마터면 웃음이 터질 뻔했다. 그녀가 그 고양이인 줄 알면 그는 뒤로 넘어갈 것이다.

"아마 정원 어디에서 놀고 있을 거예요."

"찾아볼까?"

"아니요. 때 되면 들어올 거예요."

그녀가 요염하게 엉덩이를 흔들며 나가자 그가 한숨을 내쉬었다.

36층은 CCTV가 없었다. 보안실에 아는 직원이 있어서 넌지시 물어봤는데 그가 36층부터는 보안 요원이 24시간 상주하고 있지만 이상하게도 CCTV는 설치되어 있지 않다고 했다.

쉽게 생각하면 CCTV로 감시를 할 수 있다고 생각하지만 여기에 들어오는 사람들의 모습이 찍혀서는 안 된다면 상황은 달랐다. 찍혀서는 안 되는 그 무언가가 있는 듯했다.

회사 안에 사람들이 거의 없을 때까지 기다린 묘는 로비로 가서 몰래 34층에서 내려 비상계단을 이용해 몰래 36층까지 숨어드는 데 성공했다. 혹시나 들킬까 봐 검은색 운동복으로 갈아입고 모자 안으로 머리카락까지 숨기는 용의주도함을 보였다.

36층의 문이 열리고 그녀의 예민한 청각을 이용해 소리를 감지했지만 특별히 들리는 소리는 없었다. 불이 꺼진 36층은 고요했다. 그녀는 고양이의 눈을 가지고 있었기 때문에 어두운 곳을 더 잘 보았다.

터벅, 터벅, 터벅.

멀리서 구둣발 소리가 들렸다. 경호업체 요원인 것 같았다. 가구 뒤로 몸을 숨긴 묘는 그가 빠져나가기를 기다렸다. 잠시 후, 한 바퀴를 다 돌았는지 그가 나가는 소리가 들렸다.

36층에는 정말로 국제 정세에 대한 연구를 하는지 한 책상에 몇 대의 컴퓨터가 있었다. 마치 증원회사의 딜러들의 책상을 보는 것 같았다. 그런데 자꾸 그녀의 시선을 끄는 건 커다란 문이었다. 묘는 문으로 다가가서 귀를 대보았다. 안에는 인기척이 없어 보였다.

손잡이를 돌리자 문이 잠겨 있었다. 묘는 정신을 집중해서 천공을 만들었다. 커다란 구멍이 그녀를 그 안으로 인도했다.

"뭐지?"

마치 대중탕 같은 곳이었다. 전체가 타일로 되어 있었고 커다란 탕이 두 개가 있었다. 하나는 물이 채워져 있었고 하나는 수술대가 있었다. 묘의 코에 피 냄새가 진동을 하고 있었다. 티끌 하나 없이 완벽하게 깨끗한 이곳에서 나는 냄새라고는 믿어지지가 않을 정도였다.

그때였다. 수술대 위에 교복을 입은 여자아이가 슬픈 얼굴을 하고 앉아 있었다.

영혼을 보는 묘였지만 이렇게 원혼을 보는 것은 처음이었다. 너무나 슬픈 여학생의 얼굴을 묘는 자신도 모르게 쓰다듬어 주고 있었다.

"여기서 죽은 거니?"

여학생은 말없이 고개만 끄덕였다.

"다른 친구들도 여기 있니?"

여학생이 손가락을 위로 들어 올렸다.

"위층에 있어?"

역시 고개를 끄덕였다.

"살아 있어?"

여학생은 고개를 끄덕이며 하염없이 눈물을 흘렸다. 이름표를 보니 '김선희'라고 쓰여 있었다.

"선희야, 내가 반드시 친구들을 구해줄게. 그리고 너희 식구들에게도 네가 어디에 있는지 알려줄게."

선희가 고개를 저었다.

"왜?"

선희가 손가락으로 벽을 가리켰다. 묘가 그곳으로 가자 서랍식으로 된 화로가 있었다. 그녀의 시신은 이미 태워져 물로 씻겨 나간 것이다.

묘의 눈에서도 눈물이 흘렀다.

"내가 꼭 친구들은 구할게."

그때였다. 갑자기 선희가 그 모습을 감추었다. 놀랄 사이도 없이 빛이 비쳤다. 눈을 뜰 사이도 없이 그녀의 배에 엄청난 충격이 주어졌다. 내장이 다 터진 것 같은 충격이었다. 겨우 눈을 뜬 묘는 그가 초령임을 알았다. 그녀의 상대가 아니었다. 지금 그녀가 여기 피하지 않는다면 죽은 목숨이나 마찬가지였다.

여우령이 재빠르게 그녀의 등을 발로 밟았다. 온몸이 터질 듯이 아팠다. 눈이 점점 흐릿해지고 있었다. 그때였다.

"어이, 동물 주제에 사람을 그렇게 깔고 뭉개면 못 쓰지."

호의 목소리였다.

"억~"

목소리가 제대로 나오지 않았다. 지금 그녀의 흐릿한 눈에 그의 모습은 보이지 않았지만 그의 등장에 묘는 놀라움과 함께 살았다는 생각이 들었다.

"너는?"

"나도 청소부가 여우령이라는 데 놀라고 있었어."

묘는 자신이 보았던 청소 반장이 그였음을 알았다. 그리고 선희의 아버지였음을 알게 되었다. 12령이 되기 위한 방법으로 그는 딸을 제물로 바쳤다. 그랬으면 끝이지 왜 이곳에 왔을까? 미안함? 그건 절대로 아닐 것이다.

"선희가 여기에 있어."

"미쳤군."

그의 눈빛이 흔들렸다. 묘의 말에 호도 잠깐의 공격을 멈추었다.

"이제야 알겠어. 왜 선희가 가족에게 알리지 말라고 했는지. 왜 그렇게 죽어서도 슬프게 울었는지. 선희는 아빠를 죽어서도 사랑한 거였어. 나쁜 자식!"

"히히히, 난 초령이다. 사사로운 정 따위에는 흔들리지 않아."

"그런데 왜 여기에 몰래 왔지? 딸에게 미안해서 온 건 아니고?"

"아니야!"

"물론 아니라고 하겠지? 하지만 넌 여기에 아무도 몰래 들어왔어. 왜지?"

"……."

"선희에게 용서를 빌러 온 거야."

묘의 말에 청소부 초령의 눈빛이 또다시 흔들렸다.

"감히 네까짓 게 뭘 안다고."

그가 다시 묘에게 달려들자 호가 그의 뒷덜미를 잡아 바닥에 패대기를 쳤다.

"억!"

"그렇게 딸까지 바치며 12령이 되고 싶었어?"

"그 입 닥쳐!"

그가 다시 몸을 일으키자 호가 이번에는 그의 옆구리를 발로 걸어찼다. 호의 공격을 받던 초령이 이번에는 호를 공격했다. 맨손으로 싸우는 게 호도 버거운 것 같았다. 그만큼 초령은 여우령에 비해 강했다.

"여기요."

혹시나 자신이 공격을 받을 것을 대비해 산천지령으로부터 보검을 챙겨온 묘였다. 하지만 초령을 만났을 때 그녀는 한 번도 제대로 쓰지 못했다. 하지만 이 칼의 진짜 주인이 왔으니 이번에는 칼이 그 힘을 보여줄 때였다.

묘가 호에게 산천지령으로부터 받은 보검을 던졌다. 그의 손에 잡힌 보검은 빛을 내며 부엌칼만 하던 크기가 엄청나게 커졌다. 그 변화에 호 또한 놀란 것 같았다.

"캬아악~"

호의 보검을 본 초령이 작은 체구의 청소부의 몸에서 나와 거대하게 변했다.

"잘했어. 그래야 공평하지."

호가 초령의 비위를 건드리고 있었다. 그러더니 그의 커다란 몸뚱이를 보검으로 둘로 갈랐다.

"캬아악~!"

초령의 절규가 실내를 울리고 있었다. 초령은 소리와 함께 푸른 불꽃을 내며 사라졌다. 타오른 불길이 말해주듯이 초령의 힘은 대단했다.

묘는 부상을 입은 몸으로 간신히 초령의 재 앞에 가서 그것을 여우 주머니에 담았다.

"뭘 하는 거지?"

"지금의 부상이라면 이게 필요할 거예요."

힘들어하는 묘를 대신해서 호가 재빠르게 재를 묘가 가지고 있는 주머니에 담아주었다. 그때 묘가 허공에서 무엇인가를 보았는지 말을 하기 시작했다.

묘의 눈에 선희가 다시 보였다. 자신을 죽인 초령도 아버지라고 선희의 눈에서 눈물이 흘러내리고 있었다.

"이제 너도 너의 갈 곳으로 가."

묘의 말에 선희의 혼이 빛으로 부서져 하늘로 날아갔다.

"괜찮은 거야?"

"아니요."

생각보다 내상이 컸다. 호의 얼굴이 근심으로 가득했고 눈가에는 이슬이 맺혀 있었다. 그의 얼굴을 보니 안심이 되었지만 이곳에서 나가는 게 더 힘들어 보였다. 그가 묘를 안아 들었다. 여기서 이대로 나간다면 둘 다 위험했다.

"잠깐만요."

그녀가 집중을 하자 천공이 생겼다. 놀라서 가만히 있는 그에게 묘가 말했다.

"빨리 가요."

천공을 통과하자 거짓말처럼 그녀의 집의 정원이 나왔다.

"묘!"

거실 소파에 앉아 있던 나무가 놀라서 그들에게 달려왔다. 묘의 입가에 피가 흘러내렸다.

"어떻게 된 거야?"

"오빠, 천주를 가져다줘요."

"천주? 어 그래."

나무가 서둘러 산천지령님이 주신 천주를 가져와 묘에게 먹였다. 하지만 워낙에 내상이 깊어 별 효과가 없어 보였다.

"뭐야, 얼마나 당한 거야?"

나무가 소리를 질렀다.

"당신은 옆에서 뭘 한 거야? 묘가 이 지경이 될 때까지."

"오빠."

묘가 힘겹게 말했다.

"위험하다고 하지 말라고 했는데 내가 말을 안 들었어."

"……."

"하~"

묘의 호흡이 거칠어졌다.

"그런데 이 사람이 어떻게 알고 날 구하러 온 거야."

나무가 조용해졌다.

"미안해요. 나 때문에 당신까지 죽을 뻔했어요."

"아니야."

호의 눈에서 눈물이 흐르고 있었다. 묘는 자꾸만 졸렸다. 이대로 눈을 감으면 영영 못 일어날 것 같았다. 그때였다. 그의 손에서 빛이 나기 시작했다. 그도 놀란 표정이었지만 침착하게 그의 손을 묘 위에 올려놓았다. 따뜻한 기운이 묘의 몸을 덮었다.

"헉헉."

그가 마라톤을 뛴 사람처럼 축 처져 묘의 몸 위로 포개졌다. 놀란 나무가 묘의 몸 위에서 그를 부축해 옆의 소파에 뉘었다. 다행히 묘도 깊은 잠에 빠져든 것 같았다. 묘에게 기를 불어넣고 정신을 잃은 호를 보니 미안한 마음이 드는 나무였다.

"뭐지?"

분명 그는 호의 범상치 않은 모습을 처음 보았다. 처음 볼 때부터 보통 사람은 아닐 거라고 느꼈지만 이 정도일 줄은 몰랐다. 그에게는 여우령을 죽일 힘도 있었지만 치유의 능력도 있었다.

"마음에 안 드는 녀석이 끝까지 마음에 안 드네."

나무는 그에게 담요를 가져다 덮어주었다. 어쨌든 이제 호는 한 식구였다. 나무의 얼굴에 미소가 지어졌다.

저녁에 눈을 뜬 묘였다. 주변을 살피자 나무와 수가 의자에 앉아 소파 두 개를 다 차지하고 있는 부부를 쳐다보고 있었다.

"얼마나 잔 거야?"

"하루."

"어, 회사!"

"일요일이야."

"다행이다."

그제야 앞에서 자고 있는 호를 본 묘는 안도의 한숨을 쉬었다.

"호가 널 구했다."

"알아."

"능력이 대단하더라."

"……"

묘가 그에게 다가가 그의 얼굴을 쓰다듬자 그가 눈을 떴다.

"더 쉬어요."

"괜찮은 거야?"

"네."

"에로는 집에서 찍도록."

"오빠!"

"오빠들은 솔론데 어디 감히 우리 앞에서."

묘가 그들을 흘겨보았다.

"저거 봐. 매제가 교육을 잘못시킨 거야."

나무 오빠가 처음으로 호를 매제라고 호칭했다. 놀란 묘였지만 지금은 모든 신경이 호에게 가 있었다.

"아까 어떻게 알고 온 거예요?"

"36층에 대해 물어볼 때부터 불안했지."

"당신 아니었으면 죽었을 거예요. 고마워요."

"뭘, 한두 번 구해준 것도 아니고."

그가 농담을 했다.

"괜찮아요?"

"응, 당신은?"

"나도 괜찮아요. 그런데 37층에 아이들이 있다고 했어요."

"뭐라고?"

모두들 놀란 눈으로 묘를 보았다.

"36층에서 이상한 장소를 봤어. 거기서 아이들을 죽이고 시신을 소각하는 것 같았어."

"뭐? 소각?"

"회사 밖에서 밤이면 시나몬 향이 굉장히 많이 나는데 시체를 처리하고 난 후에 뿌리는 것 같아."

오빠들이 묘의 말을 신중하게 듣고 있었다.

"거기서 원혼을 만났는데 그 아이가 그렇게 말해주었어. 위층에 친구들이 있다고."

"일이 복잡하게 되어가는 것 같아."

"하지만 그 층에 들어갈 방법이 없어. 들어간다고 해도 우리가 더 위험하고. 아까 녀석의 힘은 대단했어."

"이 사람이 아까 초령 하나를 해치웠어."

"수고했어."

"당연한 일이지."

현재의 나이로 동갑인 호와 나무는 으르렁거리기를 멈추었다. 조금 더 친해지면 좋으련만 지금은 이 정도만으로도 만족하는 묘였다.

"어떻게 37층에 가지?"

"그건 생각을 해봐야 할 것 같아."

"왜?"

"36층은 그나마 비상계단으로 갈 수가 있는데 37층부터는 비상계단이 없어."

나무와 호의 대화를 듣던 묘가 말했다.

"그럼 그들이 열게 하는 방법은 어떨까요?"

"어떻게?"

"세무조사요."

"뭐?"

"한번 회사를 흔들어보죠, 뭐."

묘는 그대로 말을 실천했고 국세청 공무원들이 들이닥치자 그들은 36층부터 있는 철옹성을 열었다. 몇 날 며칠 언론은 국제그룹의 세무조사를 떠들어댔고 회장은 난데없는 세무조사 수습에 정신을 못 차리고 있었다.

호도 그 일 후로 처음으로 36층을 밟았다. 세무조사를 돕는 척하며 그날의 밀실을 찾았지만 묘와 그가 보았던 밀실과 다른 여학생들의 존재는 모두 사라지고 난 후였다.

제10장 추격

국제 여자 외국어 고등학교의 완공식이 성대하게 펼쳐졌다.

팡!

폭죽이 터지는 소리가 산을 뒤흔들고 있었다. 모두의 부러움을 받으며 국제 여자 외국어 고등학교의 건물이 그 아름다운 모습을 만천하에 드러냈다. 구형에 가까운 건물은 작은 돔구장을 연상시켰다. 모든 건물에는 각기 다른 특성으로 되어 있었고 이름 또한 붙어 있었다.

각 학년이 20명씩 5개 반으로 운영이 되며 모두 다 원어민 선생님들의 수업으로 진행이 되기 때문에 모든 학생들과 학부모들의 꿈의 학교였다.

학비 또한 전액 장학금으로 운영이 되는 국내 유일의 학교였다. 다만 조건은 대학을 졸업한 뒤에 국제건설에서 2년간 인턴사원으로 근무를 해야 하며 그렇지 않을 경우에는 교육 시에 지원이 되는 장학금 전액을 회수한다는 조건이었다.

입학 예정자들과 그의 가족들이 초대된 완공식에는 연예인들까지 초대가 되어 흥겨움을 더했다.

소나무로 둘러싸여 있는 학교는 동서양이 적절하게 조화되어 신비스러운 느낌마저 들었다.

"묘."

그녀의 뒤로 호가 다가왔다.

"행사는 다 끝났어요?"

"응. 일정은 다 끝난 것 같아."

묘의 얼굴에 수심이 가득해 보이자 그가 묘의 얼굴을 쓰다듬었다.

"너무 걱정하지 마."

"지금 여기서 본 12령과 초령, 여우령을 합치면 그동안 제가 보았던 것들의 두 배는 될 거예요."

그는 모르겠지만 그녀가 300년 동안 잡았던 여우령보다 이곳에서 본 여우령들이 더 많았다. 아예 여우령 밭이었다. 이 많은 여우령들을 그들이 당해낼 수 있을까라는 생각이 들자 묘는 한숨만이 흘러나왔다.

"나는 묘가 이런 표정을 지을 때가 가장 불안해."

"제가 어떤 표정을 지었는데요?"

"주인 몰래 엉뚱한 짓을 하려는 고양이 같은 표정."

"설마요."

묘는 그의 적절한 표현에 웃음이 나왔다. 그랬다. 그녀는 지난 번에 36층에 들어갈 때처럼 회장의 별장에 몰래 들어갈 생각이었다.

"이번에 회장님 별장에 들어갈 생각이라면 포기해."

그에게 정확하게 생각을 읽힌 묘였다.

"아니에요."

"뭐가 아니야. 표정이 다 말해주고 있는데."

"아니라니까요."

"꿈에라도 그런 위험한 생각은 하지 말도록 해."

"알았어요."

지난번 여학생들이 사라진 뒤로 석 달의 시간이 흘렀다. 아이들의 행방을 여전히 찾고 있었지만 진척이 없었다. 나무와 수는 열정적으로 아이들을 찾고 있었지만 묘는 조금 달랐다.

요즘 묘는 너무나 달콤한 신혼의 재미에 빠져 있었다. 회사에서 돌아오면 언제나 그의 따뜻한 저녁 식사가 기다리고 있었다. 계속되는 야근으로 그보다 묘가 늦게 들어오는 날이 대부분이었지만 그는 불평 한마디 없이 묘를 위해 따뜻한 저녁을 준비하고 기다려

주었다.

무뚝뚝하고 가정적이지 않을 것 같은 그가 음식을 만드는 게 취미고 청소가 특기라고 한다면 아무도 믿지 않겠지만 그는 그녀에게는 더없이 이상적인 남편이었다.

부록으로 그는 매일 묘에게 불타는 밤을 선사했다. 이런 신랑이 그녀가 여우령을 잡지 않기를 바라고 있었다. 사랑하는 사람이 위험에 빠지는 게 싫은 것이었다.

어느 날 소파에서 그의 무릎을 베고 누워 있는 묘의 머리를 쓰다듬으며 이렇게 말했었다.

"묘, 그만 옛일은 잊고 앞으로 우리의 행복을 위해 살면 안 될까?"

"······."

"그동안 많은 여우령을 잡았다고 했으니 이제는 그만 우리의 행복을 찾자."

그에게 대답은 안 했지만 묘도 이제는 그와의 행복이 더 중요했다. 오랜 세월을 여우령만 보고 달려왔다. 잠시 그녀가 쉴 때가 된 것 같았다.

인간의 아내가 되었다. 그는 앞으로 늙을 것이고 그녀는 이대로의 젊음을 계속 유지할 것이다. 어쩌면 그의 죽음을 봐야 할지도 몰랐다. 앞으로 길어봐야 50년이었다.

300년이 넘는 세월을 살다 보니 50년은 금방이었다. 이 싸움은 그가 죽은 후에 해도 늦지 않을 것 같았다. 이런 생각을 하니 그녀의 가슴이 아파왔다.

교정에는 이른 개나리가 피어 있었다. 지구의 온난화 때문인지 여우령들의 열기 때문인지 이상하게 학교에는 2월 말인데도 개나리가 피었다.

"춥지 않죠?"

"응. 꼭 봄 같아."

별일 아니라는 듯이 그녀의 어깨를 감싸고 있는 그는 개나리가 신기한 듯이 연신 그녀에게 개나리에 대한 얘기만 하고 있었다.

"개나리가 너무 예쁘군."

"그렇네요."

2월의 살을 에는 듯한 추위가 이상하게 이곳에서는 느껴지지 않았다. 산속의 학굔데도 꼭 봄 같았다. 겉으로 보여지는 따뜻함이 더 불길했다.

"오늘은 기숙사에서 묵기로 했어요."

"왜?"

"당신한테 계속 말했잖아요. 기숙사 최종 점검 때는 직원들하고 하루 묵는다고."

"그랬나? 꼭 그래야 하나?"

"아이들이 입학하기 전에 불편한 점이 있는지 확인하려고요."

"그래?"

"급식실 아주머니들하고 영양사분은 오늘 저녁을 만들어주실 거고요. 경비실 아저씨들도 오늘부터 정상적으로 근무를 하신다네요. 그래서 저희 부서 여직원들하고 오늘은 기숙사에서 자기로 했어요."

"열심히군."

"아이들이 편안하게 학교생활을 하는 게 중요하니까요."

"그럼 나는 먼저 내려갈게."

"미안해요."

"당신 없는 밤이 벌써부터 싫은데……."

묘가 사람들이 보건 말건 그의 손에 가벼운 입맞춤을 했다.

"당신은 나에게 찍힌 거예요."

그의 손등에 그녀의 붉은색 립스틱이 선명하게 찍혔다.

"네, 부인."

화려했던 완공식이 끝나고 묘와 직원들은 여학생 기숙사 방에 두 명씩 짝을 지어 들어갔다. 묘는 혼자서 방을 썼다.

자정이 지나고 모두가 잠이 들자 묘는 조용히 자리에서 일어났다. 그리고 주위를 살피며 그녀는 몰래 회장의 별장을 향하고 있었다. 어두운 숲 속에 많은 정령들이 그녀를 걱정하며 쳐다보고 있었다.

그녀가 회장의 집에 가까이 갈수록 그녀의 귀에 여학생들의 울음소리가 들렸다. 지난번 납치가 된 아이들이 아직 살아 있는 것 같았다. 아니면 새로 납치된 아이들일 수도 있었다.

"도대체 얼마나 많이 잡아먹어야 하는 거야?"

회장의 집에 거의 다 왔을 때 묘는 고양이의 모습으로 변했다. 그게 오히려 접근하기가 편할 듯했다.

"야옹~"

그녀의 울음소리가 이상할 정도로 따뜻한 학교와 별장에 울려 퍼지고 있었다. 이곳에는 벌써부터 겨울잠에서 깬 동물들이 밤을 활보하고 있었다.

멧돼지와 눈이 마주친 묘는 얼른 자리를 피했다. 담벼락에 올라갔다. 집에는 아무도 없다는 듯 불이 꺼져 있었지만 그녀의 귀에는 처절한 흐느낌이 들리고 있었다.

그녀가 담벼락에서 아래로 뛰어내렸다. 이렇게 높은 곳에서 떨어질 때는 고양이일 때가 편했다.

"야옹~"

자신도 모르게 나오는 이 소리가 가끔은 묘도 깜짝 놀라게 할 때가 있었다.

"야옹~"

주책없이 고양이 소리가 계속해서 나오자 주변을 살핀 묘가 얼른 사람의 모습으로 변했다. 아무도 없는 것 같았다.

살금살금 걷는 그녀의 모습은 마치 고양이의 우아한 걸음걸이

와 같았다. 한겨울 강원도의 산중인데도 이곳에는 숲의 모두가 깨어났다. 그녀가 내딛는 곳마다 푸르른 잔디와 작은 풀들이 자라나고 있었다. 모두가 지금 그녀가 느끼는 불길함과는 너무나 대조적인 아름다움이었다.

"흑, 흑."

"그만 울어. 그런다고 친구들이 돌아오진 않아."

"이제 우리 둘뿐이야."

"정신만 차리면 호랑이 굴에서도 산다고 했어."

소녀들의 속삭임이 묘의 귀에 안타깝게 들리고 있었다. 어떻게 해서든지 저 안으로 들어가야 했다. 다행히 보안 시스템이 아직 설치가 안 되어 있어서 문만 열린다면 안으로 들어갈 수 있을 것 같았다.

딸깍!

마치 기름을 칠해놓은 듯 스르르 문이 열려 그녀 스스로도 깜짝 놀랐다.

"다행이다."

살며시 문을 열어 안을 들여다보았다. 인적이라고는 아무도 없었다. 그녀는 살며시 발 한 짝을 안으로 집어넣었다. 그때였다. 갑자기 그녀의 뒷덜미가 강력한 힘에 의해 잡혔다. 그리고는 땅 위에 있어야 할 발이 점점 더 땅과는 멀어지고 있었다.

"쥐새끼 한 마리가 들어왔군."

그러더니 그녀를 정원의 잔디밭으로 집어 던졌다. 바닥에 그대로 내다 꽂힌 그녀는 충격으로 숨조차 제대로 쉬어지질 않았다. 초령이었다. 그 주위로 여우령들이 서 있었다. 여우령들은 인간의 모습 그대로였다.

"여기는 뭣 때문에 왔습니까, 묘 실장님?"

자신의 모습을 소장으로 철저히 감춘 초령이 그녀가 못 알아보는 줄 알고 인간의 모습으로 그녀에게 물었다.

"아니, 그냥 회장님 집 인테리어 점검을 좀 하려고요."

"이 시간에 말입니까?"

"어쩌다 보니 조금 늦었네요. 소장님께서는 이 시간에 어쩐 일로 이곳에……."

"볼일이 좀 있어서요."

"그러시군요."

아까의 충격으로 다리의 힘이 풀려 일어나기가 힘들었지만 묘는 사력을 다해서 몸을 일으켰다.

"하하하, 제가 실수를 한 것이니 그럼 저는 이만."

초령이 비릿한 미소를 지으며 꿈쩍도 하지 않고 있었다.

"소장님?"

"묘 실장님! 여기에 들어온 이상 나가는 건 쉽지가 않아요."

"뭐, 제가 무단 침입을 했다는 건 인정해요. 하지만 이제 기숙사로 돌아가고 싶네요."

여전히 그는 움직이지 않고 있었다.

"묘 실장님, 여기의 담은 어떻게 넘으셨어요?"

"네?"

묘가 담을 쳐다보았다. 처음에 그녀가 왔을 때는 없던 담이 지금은 철옹성처럼 높게 쳐져 있어서 마치 요새 같았다.

"하하하, 높네요."

"담 어디에도 사다리가 없던데 2m가 넘는 높이를 날아서 들어오셨나요?"

"……."

"같이 들어가시죠."

"네?"

"회장님께서 곧 오실 겁니다."

"왜, 왜요?"

"집 안에 침입한 좀도둑 때문에요."

"저는 아니에요. 그냥 인테리어가 마무리가 잘되었는지 보려고……."

소장 뒤에 있던 여우령 둘이 묘의 양쪽 팔을 잡아 안으로 끌고 들어갔다.

"이봐요, 이것 좀 놔요. 내가 그냥 알아서 들어갈 테니까."

"……."

여우령들은 그녀의 말을 들은 체도 하지 않고 묘를 안으로 끌고 들어갔다. 집 안은 묘의 눈에 굉장히 익숙한 곳이었다. 그녀가 지난 몇 개월 동안 온갖 정성을 다 들인 공간이었기 때문이다.

집 안 전체가 묵직한 고가구의 느낌이 아닌 차가운 얼음 궁전 같은 느낌이었다. 모든 가구가 쿠션을 제외하고는 유리나 투명한 아크릴 소재였다. 그녀는 회장에게서 느꼈던 차가움을 집 안으로 그대로 가져다 놓았다. 그런데 이렇게 여우령들에게 둘러싸여 있다 보니 오늘은 더욱더 추운 느낌이었다.

그녀를 소파에 앉히고는 그들은 회장이 올 때까지 기다리고 있었다. 마치 조직원들이 보스를 기다리고 있는 느낌이었다. 묘는 머리를 굴리고 있었다. 회장의 얼굴을 보기 전에 이들을 죽이고 나가는 방법과 끝까지 모르는 척하는 경우를 생각하고 있었다. 어떤 것이 유리할지는 뻔했다. 그녀 혼자서 12령을 상대할 수는 없었다.

"저 화장실 좀……."

묘가 안쓰러운 표정을 지으며 옆에 여우령에게 부탁을 했다. 맞은편에 앉아서 묘를 보고 있던 초령이 고개를 끄덕였다. 화장실에 도착을 한 묘는 화장실 안으로 혼자 들어가려고 했지만 여우령이 문을 활짝 열었다. 보고 있는 데서 볼일을 보라는 것이었다.

"잠깐만 닫을게요."

문을 잡고 있는 그가 꼼짝도 하지 않았다. 하는 수 없이 볼일을 보려고 옷을 내리던 묘가 갑자기 발로 여우령을 세게 차버렸다. 그녀의 갑작스러운 공격에 여우령이 뒤로 밀렸다. 손에 잡히는 대로 모두 여우령에게 던진 묘였지만 여우령은 표정 하나 변하지 않고 빠른 속도로 그녀에게 달려들어 그녀의 목을 잡았다.

그의 손의 힘이 얼마나 센지 그녀의 코에서 코피가 터졌다.

"컥!"

숨통을 조여오는 여우령 때문에 그녀의 얼굴에 피가 몰리고 있었다. 정신을 차려야 했다. 세면대에 손이 닿았다. 옆을 보니 칫솔이 보였다. 손을 뻗어 그녀는 가까스로 칫솔을 잡았다. 그리고 마지막 힘을 다해 여우령의 눈에 칫솔을 꽂았다.

"캬아악~!"

천공을 만들 시간이 없었다. 화장실의 창문을 통해 그녀는 바깥으로 겨우 빠져나왔다. 하지만 그녀의 눈앞에는 거대한 담이 보였다. 이렇게 되면 대문만이 그녀의 살길이었다. 집에서 여우령들이 바깥으로 나왔고 간발의 차이로 그녀는 대문을 열 수 있었다.

끼익.

문의 무게가 만만치 않았다. 여우령들이 간격을 좁혀 그녀의 바로 뒤로 왔다. 하지만 그녀의 동작이 빨랐다. 대문만 나가면 산속으로 달려가 고양이로 변신해서 빠져나갈 생각이었다.

"어허, 묘 실장."

하지만 대문을 나가자마자 회장과 부딪친 묘였다. 묘는 얼음 덩어리와 부딪쳐도 이렇게 차갑지는 않을 거라 생각을 했다. 회장이 그 차가운 손으로 묘의 양어깨를 잡았다.

"들어가지."

소름 끼치는 한마디를 하고는 묘의 어깨를 감싸며 집 안으로 같이 들어갔다. 나올 때는 몰랐는데 그의 팔에 감싸인 채로 다시 들어가려니 넓고 큰 별장이기도 했지만 천 리 길이 따로 없었다. 그리고 묘에게 눈을 찔린 여우령을 보자마자 한심하다는 듯이 웃으며 손을 들어 그에게 다가오라고 했다.

"나는 실수하는 놈이 제일 싫더군. 실수를 할 바에는 아예 하지 않는 것이 났지. 민폐야 모두에게. 안 그런가?"

그가 손으로 그를 가리키자 마치 줄에 매달아 끌어당겨지듯이 여우령이 그에게로 끌려왔다.

"용서해 주십시오."

"널 용서하기에는 지금 시간이 너무 없다."

"살려주십시오."

눈에 칫솔이 꽂혀 있는 여우령이 필사적으로 그에게 생명을 구걸했다. 하지만 그에게는 용서란 없었다. 여우령을 더 가까이 끌어당기더니 손에서 뿜어 나오는 붉은색의 열로 그를 태워 죽였다.

"캬아악!"

여우령의 비명 소리가 산에 울려 퍼졌다.

"이렇게 하면 지금 숙소에서 자고 있는 여직원들이 놀라서 안 되는데……."

회장이 다시 그녀의 어깨를 감싸고는 아무 일이 없었다는 듯이 집 안으로 들어갔다.

"요즘 애들은 너무 어설퍼. 안 그런가?"

"……."

거실로 들어간 회장은 묘를 자신의 앞에 무릎을 꿇리고는 그의 체온과 너무나 잘 어울리는 투명 아크릴로 된 소파에 앉았다. 마치 눈의 왕 같은 모습이었다.

"나는 알았네. 묘 실장이 이렇게 훌륭하게 디자인을 할 줄 말이야. 딱 마음에 들어."

"……."

"나는 개인적으로 혼자 있을 때는 이런 차가움이 좋아. 피도 눈물도 없어 보이는."

"저는 오늘 인테리어 확인차 왔을 뿐입니다."

묘의 목소리에는 조금의 떨림도 없었다.

"내가 묘 실장을 돌려보내지 않는 이유가 뭔 줄 아나?"

"……."

"내가 아까 사람을 태워 죽이는데도 묘 실장은 놀라지 않더군. 마치 익숙한 장면을 보는 듯했어."

"회장님, 그건 너무 놀라서……."

회장이 손을 들어 묘의 말을 멈추게 했다.

"거짓말에 서툴군, 묘."

"네?"

"지난 300년 동안 나는 너희들에게 희생된 나의 수많은 부하들을 보았지. 하지만 별로 대수롭다고는 생각지 않았어. 그래 봐야 너희들이 죽일 수 있는 건 여우령 정도였으니까. 하지만 나의 초령들을 죽이는 건 상황이 달라. 11명의 초령들 중에 벌써 둘이나 죽임을 당했지."

그가 묘를 쳐다봤다.

"그것도 모자라서 이제는 나의 요새인 국제건설에까지 들어와서 짜증이 나게 만드는군."

"……"

"내 초령들을 잃게 한 만큼 너희 산천지령의 조무래기들도 한 번 식구를 잃는 아픔을 맛봐야 하지 않을까?"

"어림없는 소리 하지 마."

"어림이 없다? 그 기백은 높이 사지."

12령의 몸에서 붉은빛이 뿜어져 나오고 있었다. 지난번보다 더 진한 핏빛이었다.

"네가 아무리 12령이라 할지라도 여우구슬이 하나뿐인 너는 그냥 열두 명의 여우령들 중에 하나일 뿐이야!"

"내가 열두 명 중의 하나일 뿐이다? 용기가 가상하군."

"내가 네놈을 꼭 죽이고야 말겠어."

"어떻게? 넌 날 이길 능력이 없고 다른 조무래기들은 네가 여기에 있다는 것도 모를 텐데? 우습군."

그가 손가락을 치켜올리자 그녀의 몸이 공중으로 들어 올려졌다.

"지금 당장 없애 버리고 싶지만 네가 초령들을 죽여 버린 관계로 넌 잠시 살아줘야겠어. 구슬을 합칠 수 있는 건 이제 너뿐이니까. 네가 잘만 하면 너의 조무래기들을 살려줄 수도 있어."

"내가 그렇게 할 것 같아?"

"네가 협조를 안 한다면, 얼마 남지 않았어. 내가 너희들을 모조리 없애 버릴 날이."

그가 의미심장한 말을 내뱉더니 초령에게 고갯짓을 했다. 그러자 초령이 그녀를 끌고 어디론가로 데리고 갔다.

작은 방, 그곳에는 여학생 둘이 쭈그리고 앉아 있었다. 그녀를 초령이 밀어 넣자 여학생들은 의아한 듯이 그녀를 쳐다봤다.

"학생이 아니시네요?"

"그래. 여기에는 여학생들만 있었니?"

"네."

"몇 명이나?"

"그건 모르겠고요. 저 있을 때 다섯 명이 있었는데 여기 얘 들어오고 네 명이 나가서 안 들어와요."

"그럼 네가 있을 때 여섯 명이었네?"

"네."

여학생들은 그래도 나이가 많은 사람이 들어오니까 안심이 되는 모양이었다. 묘는 너무나 안쓰러운 마음에 쪼그리고 앉아 흐느끼고 있는 여학생들을 안아주었다.

"괜찮을 거야."

침대에 누운 호는 불길한 생각이 들었다. 폭풍의 전야 같은 고요함이 그를 더 불안하게 하고 있었다. 이 앙큼하게 섹시한 여자가 일을 저지를 기미를 그에게 보였었다. 지난번처럼 가까이서 도와줄 수도 없고 호는 걱정이었다.

"돌아오지 말 걸 그랬나?"

침대에 누워 잠을 계속 청해보지만 쉽사리 잠이 오지 않았다.

"지난번 일도 있고 한데 설마 또 그러지는 않겠지."

호의 밤은 그렇게 깊어만 갔다.

윙~

핸드폰의 진동 소리가 밤새 뒤척이다 겨우 잠이 든 호를 깨우고 있었다. 눈이 부신 걸로 보아 아침인 것 같았다. 이제야 전화를 하는 묘였지만 전화 소리에도 그의 마음이 놓이는 것 같았다.

"음~"

[사장님, 아침부터 죄송합니다.]

전화기 너머에는 묘의 목소리가 아닌 여직원의 목소리가 들렸다. 불길했다.

[혹시 실장님 집으로 가셨나요?]

"무슨 일인가?"

[실장님이 아무 데도 안 계세요. 혹시 급한 일이 있으셔서 집에 가셨나 하고요.]

"내가 그리로 지금 당장 내려가겠네."

[저희가 더 찾아…….]

뒷말은 들을 필요도 없었다. 지금 묘는 회장의 별장에 있는 게 분명했다. 제발 무사하기를 바라는 마음뿐이었다.

"묘."

이렇게 불안에 떨기는 처음이었다. 이 상태로는 운전대도 못 잡을 것 같아 호는 마음에 들지는 않았지만 나무에게 전화를 걸었다. 전화기를 들면서도 그는 괜한 짓을 하는 게 아닌가 하는 생각이 들었다.

그는 아직도 동생의 신랑으로 자신을 탐탁지 않게 생각하는 것 같았다. 그런데 묘 하나 지키지 못하고 이렇게 전화를 하는 게 솔직히 자존심이 상했다.

따르릉~

신호음이 갔다. 그 소리에 호는 정신이 바짝 들었다. 지금은 자신의 자존심보다 묘가 더 중요했다.

"묘에게 무슨 일이 생긴 것 같아."

[뭐라고? 당장 갈 테니까 지금 어디야?]

나무의 음성에 화가 잔뜩 묻어나 있었다. 와이프 하나 건사를 못하냐는 책망도 들어 있는 것 같았다. 짧은 시간 동안 호의 머릿속은 죄책감으로 가득했다. 그래도 정신을 차린 호는 나무만으로는 부족할 것같은 느낌이 들었다.

"수하고 같이 와. 상대가 너무 대단해서 우리 둘로도 부족해."

[무슨 말이야?]

"빨리 우리 집으로 와, 지금."

호는 전화를 끊고 자신의 서재로 들어갔다. 그곳에는 묘가 지난 번에 준 보검이 있었다. 보검을 조심스럽게 꺼내 든 호는 아버지의 유품인 여우구슬을 숨겨둔 금고의 문에 손을 가져다 댔다. 지금 이것을 꺼내고 싶은 마음이 굴뚝같았지만 손이 다시 제자리를 찾았다.

이것을 숨겨놓고 싸우신 아버지의 마음을 알 것 같았다. 여우구슬을 빼앗기는 날에는 어떤 재앙이 일어날지 그 누구도 알 수가 없었다.

빵! 빵! 빵!

밖에 나무와 수가 온 모양이었다.

"도대체 무슨 일이야?"

차창 밖으로 나무가 얼굴을 내밀고 물었다.

"가면서 얘기하지."

차에 타면서 호가 주소를 건네자 나무가 내비에 주소를 입력했다. 그리고 그는 지체하지 않고 그들과 함께 국제 여자 외국어 고등학교로 향했다. 가는 동안에 그들은 말이 없었다. 다만 나무의 운전 실력에 놀랐다. 카레이서도 이보다는 느릴 것 같았다.

"한 가지 묻고 싶은 게 있는데 대답해 줄 수 있나?"

"뭔데?"

운전에 집중을 하고 있던 나무가 어이가 없다는 듯이 물었다.

"도대체 여우령들과는 어디까지 관계가 있는 건가?"

"뭐?"

"여우령들을 왜 사냥하는 거지?"

호의 진지한 물음에 가파른 산길을 운전하고 있는 나무가 운전을 잘못할까 봐 걱정이 된 수가 호의 말을 끊었다.

"호 형님, 지금은 그럴 말씀을 나누실 때가 아닌 것 같은데요."

"아니야, 답해주지."

나무가 말했다.

"우리는 모두 여우령들에 의해 가족과 사랑하는 사람들을 잃었어. 모두들 복수하기 위해 질긴 목숨을 이어가고 있지. 나도 한때는 사랑하는 사람이 있었지."

"그게 누군가?"

"화연, 화연이라는 아주……."

끽~

수와 호가 차 밖으로 튕겨져 나갈 뻔했다. 수는 차 유리에 머리를 박았고 호 또한 앞좌석에 머리를 박았다. 차는 난간에 걸쳐져 있었다. 겨우 후진을 한 나무가 그제야 모두 괜찮은지 물었다.

"괜찮나?"

"호 형, 내가 그런 말은 나중에 물으라고 했죠."

"화연, 지금도 만나나?"

호의 질문은 그칠 줄을 몰랐다.

"돌아가셨어요. 그것도 아주 오래전에. 4살 된 아들까지 여우령들이 죽였죠."

"……."

수의 말에 호가 적잖이 놀란 것 같았다.

"미안하네. 그럴 뜻은 아니었어. 다만 나무가 너무나 묘를 각별히 생각하기에……."

"나에게 묘와 수는 가족이네. 여동생을 많이 아끼는 오빠라고 생각하게. 그래서 나를 잡아먹을 듯이 대했군."

호는 나무의 이야기에 부끄러움을 느꼈다. 그만큼 묘를 사랑했지만 나무의 아픔까지는 건드리고 싶지 않았다.

"내가 다시 한 번 사과하지."

"사과 대신에 오늘 여우령이나 많이 잡아주면 고맙고."

"그러지."

묘를 찾는 일도 중요했고 이제는 그에게 여우령을 잡는 일도 중요해졌다.

"나는 나무를 싫어하지 않아. 다만 내가 묘에 대한 감정이 깊어질수록 자네가 거슬렸던 건 사실이야."

"이해하네."

"고맙군."

"자, 이제 빨리 가는 일만 남았네, 나무 형."

"날아갈 수는 없잖아."

투덜거리면서도 운전에 혼신을 다하고 있는 나무였다. 그런 나무가 호는 너무나 고마웠다.

"이번 상대는 회장이 될 것 같아. 묘가 아무래도 회장의 별장에 지난번 회사에 몰래 들어간 것처럼 들어갔다가 잘못된 것 같거든."

"싸울 능력도 없는 애가 도대체 그런 용기는 어디서 나는 거야."

이번에는 수가 투덜거렸다. 걱정되는 마음에서 나오는 소리라는 걸 누구보다 잘 아는 호였다.

"그럴 줄 알았으면 말렸어야지."

"지난번 회사에서 호되게 당해서 이번에는 무모한 짓을 안 할 줄 알았어."

"여우령의 낌새가 있으면 무조건 불나방처럼 달려드는 아이네."

나무가 말하자 호가 고개를 끄덕였다.

"그런 것 같아."

"일단은 별장에 가서 어떻게 할지를 의논하는 게 좋을 것 같아."

나무의 말에 모두들 작전을 짜기 시작했다.

"한 가지 말해둘 게 있어. 우리는 정령의 힘을 가지고 있어. 그래서 나는 나무로 수는 물로 변할 수 있어. 너무 놀라지는 말아."

"나는 나만 이상한 줄 알았더니 다 이상했군."

호는 속으로 적잖이 놀랐지만 지금은 나무와 수가 특별한 능력이 있다는 게 의지가 되었다. 조금은 믿기지는 않지만 말이다.

"흑흑흑."

아이들이 사시나무 떨 듯이 떨고 있었다.

"왜 그래?"

조금 전 밥이 들어온 다음부터는 더 심하게 떨고 있었다.

"미희야?"

다섯 번째로 들어온 미희는 거의 미친 듯이 흐느끼고 있었다.

"왜 그러는 거야?"

미희가 식판을 가리켰다.

"저거 나오면 나가는 거예요."

식판에는 학생들이 먹는 식사처럼 정갈한 음식들이 나오는데 오늘은 이상하게 케익이 한 조각 있었다.

"케익이 나오면 다음날 들어온 순서대로 나가요. 다음은 나예요."

사시나무 떨 듯이 떨고 있는 소녀가 너무나 안쓰러운 묘였다.

"괜찮아. 내가 지켜줄게."

천공을 만들어 나가려고 몇 번을 노력을 했는데 그녀의 몸이 안 좋은지 아니면 12령이 막고 있는지 이유를 알 수 없었지만 천공이 만들어지지 않고 있었다. 오빠들과 연락만 할 수 있다면 얼마나 좋을까, 묘는 처음으로 혼자서 한 단독 행동에 대해 후회를 하고 있었다.

"내가 경솔했어."

밤인지 낮인지 전혀 알 수가 없었다. 다만 그녀가 이곳에 들어오고 밥이 두 번 들어왔으니 낮이 조금 지났거나 초저녁일 것이다. 답답하기만 했다. 아이들이 울다가 지쳐서 잠이 들었다. 묘도 들어오기 전에 여우령에게 받은 상처로 온몸이 쑤셨다.

혹시나 하는 생각에 그녀는 손에 기를 모았다. 평소 같으면 방 안이 환해질 정도의 빛이 모였지만 지금은 반딧불만 한 빛도 모아지지 않았다. 그녀의 몸에 이상이 온 것이 분명했다.

딸각!

문이 열리는 소리가 들리고 방 안에 여우령들이 들어왔다. 그리고는 누워 있던 미희를 안아 들었다. 얼마나 잠이 깊이 들었는지 미희는 꿈쩍도 하지 않는 듯했다. 그리고 그 옆의 혜원이도 여우령이 안아 들었다.

"뭐 하는 짓이냐?"

그녀가 자리에서 벌떡 일어나 소리치자 여우령들이 모두 놀라는 눈치였다.

"수면제가 소용이 없었군. 뭐 어차피 오늘은 너도 같이 갈 건데 잘됐어."

여우령이 그녀를 안는 대신에 팔을 잡아끌었다.

"지금 어디로 가는 거야?"

"……"

"애들은 왜 이래? 수면제를 얼마나 먹인 거야?"

그녀가 간 곳은 인테리어를 할 때는 보지 못한 곳이었다. 36층에서 선희의 원혼을 본 장소와 너무나 흡사한 곳에 여학생 두 명과 묘가 함께 와 있었다. 수면제에 취해 바닥에 누워 있는 학생들을 보니 선희를 보고 있을 때가 생각이 나서 묘는 가슴이 아팠다. 어떻게 해서든 더 이상의 희생은 막아야 했다.

마치 순서가 정해진 듯이 미희를 수술대에 눕힌 그들은 수갑으로 그녀의 양손과 양발을 대자로 벌려 고정을 시켰다.

"뭘 하는 거야?"

묘가 아무리 소리를 질러도 그들은 묵묵히 자신들의 일을 하고 있었다. 철로 된 철재 수술대는 물청소를 하기 편하게 되어 있는 것 같았다. 마치 도축장과 목욕탕을 적절히 섞어 놓은 듯했다.

그다음에 벌어질 일을 누구보다 잘 아는 묘였지만 지금은 이렇게 소리를 지르는 일 빼고는 그녀가 할 수 있는 일이 아무것도 없었다.

그때 최 회장이 붉은 여우 광을 내뿜으며 안으로 들어왔다. 그의 뒤로 9명의 초령들이 따라 들어오고 있었다. 이 어마어마한 기에 묘가 눌리고 있었다.

"준비가 되었나?"

미희의 앞으로 나간 최 회장이 손을 들어 미희의 가슴에 손을 내리꽂았다.

"안 돼~!"

묘의 절규가 사방을 울리고 있었다.

끼이익~!

타이어가 굉음을 내며 별장 앞에 섰다. 묘가 없어진지도 모르는 것처럼 이곳은 한가로웠다. 사람들의 인적이 없이 조용한 곳이었다. 하지만 그들의 시선을 끈 것은 주변에 세워진 수많은 자동차들이었다.

"안에 사람들이 있는 것 같아."

호의 말에 모두의 시선이 자동차들에 쏠려 있었다.

"담을 넘어 들어갈까?"

수가 말을 하는 사이에 귀신같은 실력으로 호는 벌써 담을 타고 넘었다.

"성격이 급하군."

나무는 수의 도움을 받아 손쉽게 담을 넘고 뒤이어 수도 담을 타고 넘었다. 그들이 힘겹게 담을 넘어가자 수십 명의 사람들이 그들을 기다리고 있었다.

묘라면 한 방에 알아보겠지만 그들은 이 사람들이 여우령인지 평범한 사람들인지 알 수가 없었다. 평범한 옷을 입은 아주 평범한 사람들이 그들을 쳐다보고 있었다.

"하하하. 놀라셨죠?"

"하하하. 저희가 여우령을 잡으러 왔는데……."

나무와 수의 원맨쇼에 호가 말했다.

"여우령 맞아."

"어떻게 알아?"

"매번은 아닌데 어쩌다가 들려, 내 목숨이 위험할 때만."

"다야?"

"다야."

한 번에 수십 명의 여우령들을 상대하는 건 처음이었지만 그들은 서로를 믿고 있었다.

"간만에 몸 한번 제대로 풀겠는데?"

"그러게."

나무의 말에 수가 맞장구를 쳤다.

"그럼 난 빡센 신고식인가?"

호는 그렇게 말하며 가지고 온 보검을 꺼내 들었다. 지난번처럼 보검은 거의 그의 키만 한 크기로 커졌다. 오늘은 보검의 중앙에 박혀 있는 자수정이 빛을 발하더니 보검이 자수정 빛깔의 빛을 내고 있었다.

"무기가 부러운데?"

나무가 자신의 팔을 나무줄기로 변화시키며 말했다.

"나는 자네들이 부러운데. 몸을 변화시키다니 놀라워."

호의 시선이 이번에는 물 화살을 만들어 겨누고 있는 수를 보았다. 아까 말로는 들었지만 직접 보니 신기할 따름이었다. 하지만 지금은 놀라고만 있을 때가 아니었다.

"다 지껄였느냐?"

여우령 중의 하나가 그들을 비웃으며 말하더니 갑자기 달려들었다.

"캬악!"

사방에서 여우령들이 사람에서 여우의 모습으로 돌변했다. 몇십 명이 그들의 3배가 되는 괴물로 변하자 그 넓디넓은 정원이 공간이 없을 정도였다. 싸우다 보니 서로가 보이지 않았다. 여우령이 불타 없어지면 그곳에 누군가 있겠거니 하고 어림할 뿐이었다.

사방에서 여우령들이 죽으며 뿜어대는 불길이 솟아올랐다가 사라졌다. 정원은 말 그대로 아수라장이었다.

미희의 몸이 경련을 일으키며 떨고 있었다. 얼마나 독한 수면제를 먹였는지 그 고통스러울 때 미희는 깊은 잠에 빠져 있었다. 그나마 다행이라고 해야 하나?

최 회장의 손에 미희의 간이 들려 있었다. 피가 뚝뚝 떨어지는 간을 그가 한입 베어 물었다. 300년 전부터 봐온 일인데도 그녀는 여전히 구역질이 났다.

쩝쩝쩝.

귀까지 찢어진 입은 12령의 우두머리라도 어쩔 수 없이 변하는 모양이었다. 입이 커서 그런지 여우령들이 간을 먹을 때 내는 소리는 정말 역겨웠다.

그가 다 먹을 동안 묘는 그에게서 시선을 떼지 않았다. 조금이라도 틈이 보이면 천공을 만들어 혜원이라도 데리고 나갈 생각이었지만 쉽지가 않았다. 여우령도 못 이기는 그녀가 어떻게 이 많은 초령들을 상대할지 엄두가 나지 않았다.

미희의 간을 다 먹은 최 회장이 알아들을 수 없는 언어를 말하며 미희를 손으로 가볍게 치자 쿵 소리를 내며 벽에 부딪히며 떨어졌다. 미희에게는 볼일이 다 끝이 났다는 표시인 것 같았다.

"뭐 하는 짓이야? 안 그래도 불쌍하게 죽은 아이를……"

묘의 목이 다 쉬어 말도 제대로 나오지 않고 있었다.

"제발……"

미희의 피가 그대로 묻어 있는 그 수술대 위로 아직도 수면제에 취해 있는 혜원이를 눕혔다.

"그만해, 그만 좀 하라고."

묘는 그 자리에 무릎을 꿇고 오열을 했다. 자신이 이렇게 나약한 존재일 줄은 몰랐었다.

"다 죽어."

묘가 기를 모으자 손에 에너지가 모였다. 몸이 좋지 않은 상태라 큰 빛은 아니었지만 그녀의 분노가 손에 모아져서 많은 양의 에너지 파를 형성했다. 그리고 그녀를 잡고 있는 초령을 향해 발사를 했다.

그가 벽 쪽에 부딪쳤다. 다른 초령들이 묘에게 달려들었다. 최회장은 미동도 하지 않고 자신이 하던 일을 끝까지 하고 있었다. 혜원이의 피가 천장으로 솟구치고 있었다.

"야, 이 미친 새끼야~!"

묘는 자신이 죽어도 이제는 상관이 없었다. 어떻게 해서든 이 족속들을 뿌리째 뽑아야겠다는 생각뿐이었다. 묘가 이리저리 피하며 자신의 온 기를 손에 모으고 있었다.

"악~!"

퍽!

초령의 손에 맞아 묘는 공중으로 붕 떴다가 땅에 떨어졌다. 벽에 얼마나 세게 부딪쳤는지 숨이 제대로 쉬어지질 않았지만 정신을 차리고 다시 초령에게 달려들었다. 초령들의 몸에 묘의 손이 닿을 때마다 그들도 내상을 입었다. 묘는 힘이 없었지만 그녀의 분노가 묘의 힘을 키우고 있었다.

하지만 묘는 초령을 당해낼 무공을 가지고 있지 않았다. 초령의 손이 묘의 배를 강타하자 묘의 입에서 피가 뿜어져 나왔다. 그리고 앞으로 그대로 쓰러졌다.

묘의 흐릿한 눈에 침대 옆으로 떨어져 있는 혜원이의 손이 보였다.

"미안해."

또 한 번 속에서 피가 넘어왔다. 갑자기 밝고 영롱한 푸른빛이 방을 환하게 비추고 있었다. 다섯 개의 구슬을 모두 토한 그가 계속해서 알아들을 수 없는 말을 읊었다. 빛은 아름다웠으나 그 소리는 너무나도 듣기가 괴로웠다. 그가 내뱉는 말은 지옥의 악마들의 언어인 것처럼 온몸에 소름을 돋게 만들었다.

여우구슬이 천상의 구슬인 줄은 모르나 그 아름다운 힘을 유지하는 방법은 추악했다. 묘의 눈이 자꾸 감겼다. 모든 구슬에 힘을 불어넣고는 최 회장은 다시 여우구슬을 차례로 삼켰다. 그도 자신의 기까지 여우구슬에 빼앗긴 듯 몸을 휘청거렸다. 그리고 천천히 묘에게 다가와 쓰러져 있는 그녀를 손끝으로 들어 올렸다.

최 회장의 탄탄한 몸이 더욱더 탄탄해 보였다. 역시 젊은 간이 그를 젊고 강하게 만들고 있었다.

"남의 일에 간섭하기를 너무 좋아하는 것 같아, 묘 실장."

"……."

"그러면 자기만 손해란 걸 몰라. 300년 전인가 아주 인상이 깊었던 일이 있었어. 오랜만에 아카시아 향기가 나는 여자를 만났지. 난 너무나 굶주려 있었고 그년을 뼈째로 씹어 먹어버릴 생각이었어. 그런데 그때 웬 포졸 녀석이 날 방해했지."

묘의 표정이 바뀌었다. 지금 이놈이 나무 오빠의 얘기를 하고 있었다.

"여자는 도망갔고 나는 너무나 화가 났어. 그래서 그 녀석을 따라 포도청까지 가주었고 그 녀석의 이름과 집을 알아냈지. 지금 이름은 기억이 나질 않지만 녀석의 여자와 아이를 그놈 대신 먹었어."

최 회장이 묘의 얼굴을 손가락으로 쓸어내렸다.

"그래서 오늘의 죽음을 옆에서 보는 기회를 주었지. 그때의 그 녀석이 가족의 죽음을 볼 때처럼 말야. 너는 아직 나에게 구슬을 합쳐 줘야 할 일이 남아 있기 때문에 살려두는 거야. 죽은 초령 둘을 채우려면 시간이 걸리니까. 네가 해주는 편이 빠르겠지. 그래도 죽지 않을 만큼은 혼이 나야 하지 않을까."

그의 손이 닿는 곳마다 소름이 돋았다.

"이제 우리 정리를 해볼까?"

지금 그의 붉은 여우 광이 핏빛으로 변하고 있었다.

제11장 여우구슬

쫙!

자수정빛을 내며 보검이 여우령의 몸을 반으로 갈랐다. 마치 종
잇장이 찢어지듯이 여우령의 몸이 두 동강이 났다. 태어나서 칼이
라고는 이 보검이 처음이었다. 하지만 마치 몸에 맞춘 듯 언제나
지니고 다닌 듯 보검은 그렇게 호와 하나가 되어 있었다.

춤을 추고 있는 듯했다. 자신이 언제 검무를 추어본 적이 있었
겠는가. 하지만 보검이 그를 춤추게 만들고 있었다.

휙! 휘릭!

보검은 소리와 함께 여우령들의 몸을 둘로 가르며 여우령을 태
우고 있었다. 숨이 턱까지 차올랐지만 그는 묘를 구해야 했다. 생

각이 많았다.

정신없이 보검을 휘두르다 보니 놈들이 다 정리가 되었다. 이제 정원에는 나무, 수, 그리고 자신뿐이었다. 털이 타는 냄새가 정원을 채우고 있었다. 놈들은 죽어도 좋지 않은 냄새를 남기는 것 같았다.

"콜록콜록."

"오늘은 여우 털 타는 냄새가 너무 심하군."

"많이 죽였으니까."

이제는 나무가 거북하지 않았다.

"안으로 들어가지."

이런 경험이 많은 나무가 앞장을 서고 가운데는 호 그리고 수가 그 뒤를 따랐다. 거실은 차가운 얼음 궁전 같았다. 모든 게 크리스털이었다.

그들은 서로 눈빛을 교류하며 경계를 늦추지 않았다. 거실에는 아무것도 없었다. 그런데 거실에 지하로 내려가는 계단이 있었다. 나무가 손짓을 하자 계단을 내려가기 시작했다.

들어가는 입구에서부터 피비린내가 나기 시작했다. 호는 불안했다. 이 피 냄새 가운데 묘의 것이 있으면 어쩌나 하는 생각이 들었다. 아니다. 묘는 그 누구보다 강한 사람이다. 기필코 살아 있을 것이다.

악마의 목소리처럼 계속 주문을 외우는 소리가 계단 끝에서 들리고 있었다. 여러 명의 여우령들이 한목소리로 외우고 있었다.

"아~ 악!"

묘의 목소리였다. 누구보다 먼저 계단을 달려 내려간 호의 눈에는 묘밖에 보이지 않았다.

바닥에 여학생들의 시체가 널브러져 있고 초령들이 본래의 모습으로 변해 방금 전까지 싸웠던 여우령과는 비교도 안 되는 큰 몸을 가지고 있다고 해도 지금 그들이 둘러싼 가운데 공중 부양을 하고 있는 묘만이 그의 눈 안에 있었다.

갑자기 호의 몸이 변하기 시작했다. 그이 몸이 12령의 몸만큼 커졌다. 놀란 나무와 수가 호를 멍하게 보고 있었다. 여우령들은 변하면 여우의 털을 가졌지만 호는 털이 없었다. 완전히 말 근육 같이 단단한 근육이 그의 몸을 감쌌다.

"캬아악!"

호가 초령들 앞에서 그 이빨을 드러내고 있었다. 그의 보검이 그의 몸에 맞추어 그 크기가 커지고 있었다. 9명의 초령들이 추풍낙엽처럼 그의 앞에 쓰러졌다.

"크아악~"

바닥으로 떨어진 묘는 나무 오빠가 안아 들었다. 그를 확인한 호는 거칠 것이 없었다. 초령들을 들어 올려 사지를 찢어버리는 괴력의 소유자가 된 그는 지금 네 번째 초령에게 다가가고 있었다. 겹겹이 12령을 보호하고 있었다.

구슬을 몸 밖으로 뱉어내고 난 후에 그는 힘을 소진한 것 같았다. 더욱이 오늘은 둘을 한꺼번에 해치웠으니 더 힘이 들었던 것이다.

초령의 비장한 모습을 보니 웃음이 나오는 호였다. 자신도 저런 비장한 표정으로 상대방에게 보일 것 같다는 생각이 들었기 때문이었다. 누군가를 지키기 위한 처절한 몸부림이었다. 호는 신기했다. 자신을 이렇게 변하게 만들 수 있는 건 묘뿐이었다.

"아~아~악~"

초령이 그에게 빛과 같이 빠른 속도로 덤벼들었지만 호의 손이 초령의 목덜미를 잡았다. 그러자 다른 한 놈이 또 그에게 덤벼들었다. 계속해서 호에게 덤벼드는 초령들을 향해 수가 물 화살을 쏘기 시작했다. 나무도 묘를 바닥에 누이고는 나무줄기로 그들의 발목을 잡아끌어 당겨 넘어뜨렸다.

좁은 공간은 그들의 싸움을 힘들게 했고 12령은 그 틈을 이용해서 자리를 떠버렸다.

"저기 12령이 도망간다!"

수가 활을 쏘며 소리쳤다.

"윽!"

몸을 피하던 12령의 어깨에 수의 화살이 꽂혔다. 하지만 그는 뒤도 돌아보지 않고 계단을 오르고 있었다. 그들도 수십 명의 여우령과 싸우고 지금은 9명의 초령과 싸우다 보니 지칠 대로 지쳐 있었다.

"허억~"

마지막 남은 녀석이 숨을 몰아쉬고 있었다. 이번에는 호가 먼저 달려들어 초령의 등에 매달렸다. 그리고는 뒤에서 녀석의 입을 벌려 맨손으로 녀석의 몸을 찢어버렸다. 그리고는 다시 호의 몸으로 돌아왔다. 다 찢어져 버린 옷이 헐크가 제자리로 돌아왔을 때의 모습 같았다.

체격이 비슷한 나무가 자신의 티를 벗어주었다.

"생각보다 호의 능력이 대단한 것 같아."

나무가 자신의 옷을 입고 있는 호를 보며 놀라움을 감추지 못했다.

"나도 이렇게 변한 건 처음이라 이게 어떻게 된 일인지 잘 모르겠어."

"여하튼 우리에게 호는 큰 무기가 될 것 같네요."

수도 놀란 가슴을 진정시키며 말했다. 하지만 지금 가장 놀란 것은 호였다. 이러다가 자신도 여우령과 같은 괴물이 되는 것이 아닌가 하는 걱정이 되기도 했다.

"빨리 자리를 떠야 할 것 같아. 12령이 힘을 찾으면 우리 모두 당해내기 힘들어. 이제 그가 우리를 찾는 건 시간문제인 것 같아."

나무의 말이 옳았다.

묘를 안아 들고 그들은 나무의 차에 탔다. 뒤로 보이는 별장의 모습은 방금 전의 싸움의 모습은 찾아볼 수 없이 평온해 보였다.

"우리 집으로 가."

"집은 위험해."

"두고 온 물건이 있어."

"나중에."

"아니, 지금 그 물건이 필요해."

"뭔데?"

"여우구슬."

"뭐?"

모두들 놀라 호를 쳐다보았다.

"일단 묘부터 치료를 하고."

그가 내상을 입은 묘의 배에 기를 불어넣기 시작했다. 수는 호
가 얼마나 묘를 사랑하는지 느껴졌다. 손에 빛이 모아지고 있었
다. 작은 공 같은 빛이 든 손을 호가 묘의 배 위에 올려놓자 창백
하던 묘의 얼굴에 생기가 생겨나고 있었다.

"묘."

묘의 눈꺼풀이 파르르 떨리더니 에메랄드빛 눈동자가 점차 그
를 바라보고 있었다.

"미안해요."

"……."

"내가 잘못했어요."

묘의 눈에서 눈물이 흐르고 있었다.

"왜, 묘가 뭘 잘못했는데?"

나무 오빠가 물었다.

"별장에 들어가지 말라고 이 사람이 얘기했는데 말을 안 들었어. 거기다 아이들을 구하지도 못했고. 내 사람들을 위험에 빠뜨렸잖아."

"자둬. 이제부터는 정말 12령과의 본격적인 싸움을 해야 할 테니까."

나무가 운전을 하며 말했다.

"호, 여우구슬 얘기를 좀 해봐."

"아버지께서 12령이셨어. 인간인 어머니를 사랑하셨고 날 낳으셨지. 어머니를 만나시기 전에는 세상을 갖고 싶어하셨다고 말했고 어머니를 만난 후에는 세상을 다 버리셨다고 말씀하셨어. 조용히 살고 싶어하셨었지."

모두가 그의 놀라운 말을 듣고 있었다.

"시골에서 조용히 살고 있던 우리에게 손님들이 찾아왔어. 내가 열 살이 되던 해였지."

누군지 너무나도 뻔했었다.

"너무나 밝은 빛의 남자였어. 우리는 그를 쳐다볼 수조차 없었지."

그의 눈가에 갑자기 이슬이 맺혔다.

"그리고 그가 몰고 온 여우령들이 아버지를 공격했어. 아버지는 어머니와 나를 지키기 위해 필사적이셨지. 여우령들의 입을 찢으시며 모두를 없애셨어. 그때 여우령들을 죽이는 방법을 알게 되었지."

그랬다. 그는 그녀를 처음 만나던 날 분명히 여우령의 입을 찢었었다.

"그때 12령이 아버지의 등에 칼을 꽂으려고 했어. 어머니가 온몸으로 막으셨고 그 자리에서 아버지 대신 돌아가셨어."

가슴 아픈 사랑이었다.

"그때 아버지가 이성을 잃으셨고 12령을 죽일 기세로 달려드셨어. 하지만 그 강한 빛을 가진 남자가 12령을 도와서 아버지의 가슴에 칼을 꽂았어. 아버지를 끝까지 없애려고 밝은 빛을 가진 남자가 다가왔어. 난 아버지까지 잃을 수는 없었어. 그래서 처음 방어막을 만들어서 우리 가족을 에워쌌어. 그가 부수려고 노력을 하면 할수록 방어막은 강해졌고 그도 내상을 입은 듯했지. 그리고 눈을 떴을 때 모든 것이 엉망이었어. 나는 정신을 차리자마자 아버지를 찾았어. 나는 온몸이 불꽃에 휩싸인 아버지를 발견했어. 아버지는 마지막으로 국제그룹에 들어가라는 말과 아버지께서 본인이 가지고 있었던 여우구슬의 행방을 알려주셨지. 그리고 돌아가셨어."

모두들 아무 말도 없이 그의 이야기에 귀를 기울였다.

"빛을 가진 남자가 도대체 누굴까?"

"글쎄. 하지만 오늘 봤던 12령의 우두머리와는 달라."

"이제 12령이 우리의 정체를 알았고 우리를 쫓을 거야. 지금이야말로 여우구슬이 필요할 때야."

돌아오는 내내 너무나 긴 시간을 허비한 것 같다는 생각을 하는 묘였다. 천공을 만들 수 있는 힘이 빨리 돌아와야 할 텐데 걱정이었다.

그녀의 집에 도착하자마자 모두들 그의 금고로 향했다. 액자 뒤에 숨겨진 그의 금고에서 여우구슬이 아름답게 빛을 바라고 있었다. 이 구슬을 보고 있으면 저도 모르게 손이 갔다. 그래서 12령들이 이것을 그토록 원하는 것 같았다.

호가 그것을 주머니에 넣자 묘가 말했다.

"삼켜요."

"뭐?"

"삼켜요."

모두가 묘를 쳐다봤다.

"시간이 없어요. 삼켜요. 12령은 다른 12령들을 모두 죽인 것 같아요. 그가 구슬을 다섯 개 모두 가지고 있었어요. 우선 나무 오빠의 집으로 가서 산천지령님께 가요. 방법은 그것뿐이에요."

호가 골프공만 한 크기의 여우구슬을 보더니 망설이고 있었다. 목구멍으로 넘기기에는 무리인 크기였다. 그리고 넘길 수나 있을

지 의문이었다. 이렇게 망설이고 있는데.

쾅!

뭔가가 부딪치는 소리가 들렸다. 현관문 밖에 아무래도 12령이 온 것 같았다.

"서둘러."

창문을 뛰어넘어 정원을 가로질러 나무의 차에 겨우 오른 그들은 차를 출발시켰다. 새벽이라 차가 거의 없기에 망정이지 미친 듯이 쫓아오는 여우령을 사람들이 본다면 큰일 날 노릇이었다. 한참을 쫓아오는 12령의 모습이 보이지 않았다.

"이제 안 쫓아오는 것 같아."

쾅!

마음을 놓을 새도 없이 차 위에 커다란 돌덩이 같은 것이 떨어졌다. 차 지붕이 점점 구겨지고 있었다. 돌덩이가 아니라 12령이 차 위에 올라타 있는 것 같았다.

"꽉 잡아."

나무 오빠가 곡예에 가까운 커브를 계속해서 돌고 있었다. 머리가 어지러울 정도였다. 얼마나 매달려 있던 것일까. 드디어 차 위에서 12령이 떨어졌다. 겨우 집에 도착한 그들은 묘가 숲의 문을 여기를 기다리고 있었다.

묘가 있는 모든 힘을 모아 천공을 만들어냈다. 문이 열리고 그들은 산천지령님이 계신 숲으로 그렇게 들어왔다.

지친 묘였다. 호는 혹시나 묘가 힘들지 않았을까 살피기에 바빴다.

"괜찮아?"

"괜찮아요."

"힘들면 말해."

"네."

"안 되겠다."

그렇게 말하고는 그가 묘를 안아 들었다.

"괜찮은데."

"내가 안 괜찮아."

나무와 수가 흐뭇한 미소를 짓고 있었다. 그때였다. 산천지령이 환한 빛에 싸여 그들에게 다가오고 있었다. 그를 보자 호가 묘를 품에서 내려놓았다. 그리고 완전히 몸을 경직시키자 묘가 웃으며 말했다.

"산천지령님이세요."

호는 두 손을 바들바들 떨더니 삼키지 못하고 집에서 챙겨온 여우구슬을 입안에 넣었다. 그의 행동에 놀란 묘가 그를 잡았지만 그가 구슬을 삼키며 바닥에 쓰러졌다. 큰 구슬이 숨구멍을 막고 있으니까 괴로운 건 사실일 것이다.

"호!"

묘의 외침에 오빠들이 호의 상태를 살폈다. 목을 손으로 감싸고 있는 그의 얼굴이 청색을 띠고 있었다. 저러다 죽을 것 같았다.

"호! 오빠들, 어떻게 좀 해봐요. 이 사람 죽을 것 같아."

잠시 후, 그의 얼굴색이 돌아왔다. 다행히 넘긴 것 같았다. 하지만 기절을 했는지 몸을 움직이지 않았다. 그리고 이상하게 주변에 빛을 뿜어냈다. 묘가 만지자 방어막처럼 자신의 몸을 감싸고 있었다.

"놔두거라."

"네?"

"힘들었을 것이다. 제 것이 아닌 것을 넘기려니 얼마나 힘들었 겠느냐. 이곳에는 어쩐 일이냐?"

평소의 온화하던 산천지령님의 표정이 아니었다. 한없이 인자하던 그의 얼굴이 오늘은 굳어 있었다. 굉장히 못마땅한 듯했다. 그것이 그들이 낯선 호를 산천지령이 있는 곳까지 허락 없이 데리고 와서인지 아니면 호가 구슬을 그에게 주지 않고 삼켜서인지 그들은 알 수가 없었다.

단지 산천지령의 도움을 받고자 왔을 뿐인데 지금은 그의 눈치를 보고 있었다.

"저희들이 여우령을 거의 다 죽였습니다."

나무의 말에도 산천지령님은 크게 동요가 없으셨다.

"수고했다. 허면 12령은 잡았느냐?"

"여우령과 초령뿐이었습니다."

"……."

여우구슬에 대한 집착은 산천지령도 있어 보이는 묘였다. 자꾸 이런 생각을 하면 안 되는데 요즘 산천지령의 모습은 더욱 그러한 것 같았다.

"제가 본 것은 12령의 우두머리가 5개의 구슬을 모두 가지고 있었습니다."

그제야 산천지령의 얼굴이 묘하게 일그러졌다.

"그럴 리가……."

"아닙니다. 여학생들의 간을 취한 뒤에 12령이 기를 불어넣는 것을 제 눈으로 보았습니다."

"12령이 죽었다는 보고는 받은 적이 없다. 12령이 죽었다는 걸 너희들도 듣지 못하였지 않느냐."

"네."

"묘의 말이 사실일 리가 없다."

묘는 산천지령의 다른 모습에 깜짝 놀라고 있었다.

"묘의 말이 거짓일 리가 없습니다. 묘도 그곳에 끌려가서 죽을 뻔했습니다."

수가 답답했는지 말하고 묘의 편을 들어주었다.

"너희들의 말을 못 믿는 것이 아니다. 다만 구슬의 힘이 약한 것들이라고는 하나 5개의 여우구슬이 모이면 그 힘은 막강하다. 이렇게 조용할 리가 없지 않느냐?"

산천지령님의 말도 맞았다. 이렇게 조용할 리가 없었다.

"하지만 더 큰 힘을 얻기 위해 놈은 지금 가진 것을 숨기고 있는 것인지도 모르지 않습니까?"

나무의 말에 산천지령이 고개를 끄덕였다.

"그럴 수도 있겠구나."

산천지령이 고개를 돌려 호를 쳐다보았다. 알 수 없는 표정이었다.

"이자의 힘이 몹시 강하구나."

그리고 넌지시 여우구슬에 관해서도 놓치지 않고 물으셨다.

"이자가 어찌 여우구슬을 가지고 있느냐?"

"호의 아비가 12령이었다고 합니다."

이제는 누구도 알아볼 만큼 산천지령의 표정이 달라지고 있었다.

"아비라 했느냐?"

"네."

"네가 나에게 말하기를 여우령과 인간 사이에서 태어났다고 했지, 그의 아비가 12령이라고는 하지 않았다."

"저는 산천지령님께서 이미 다 알고 계시는 줄 알았습니다."

"뭐라."

산천지령님이 단단히 화가 나신 듯했다.

"이자가 12령의 우두머리였던 자의 아들이었다면 나는 보검을 주지 않았을 것이다."

"네?"

"이자도 그 아비만큼 위험한 자다."

"아닙니다."

"묘의 영혼의 반려는 여우령의 피가 섞인 자가 맞다. 하지만 여우구슬을 가진 자는 아니다. 그자는 이미 오래전에 죽었다 믿었다."

"그는 죽지 않았습니다."

"그렇다면 그가 삼킨 구슬이 사라진 여우구슬이라는 말이냐?"

"네."

뭔가에 홀린 듯이 산천지령이 호가 누워 있는 곳으로 왔다.

"물러서거라."

어쩌려는 것인지 그가 모두를 물러서게 했다.

"에잇!"

갑자기 그의 손에서 커다란 빛이 쏟아져 나와 호의 보호막을 뚫으려고 했다. 호가 위험해지자 묘는 처음으로 산천지령을 막았다.

"그러시면 저 사람이 위험합니다."

"저기 누워 있는 것은 사람이 아니다."

"산천지령님."

"내가 말하지 않았느냐. 너희의 원수는 여우령이라고."

"저에게 그는 영혼의 반려라는 말씀도 해주셨습니다."

"내가 그러하였느냐? 잊어라."

그러면서 그가 빛을 한 번 더 만들어 호에게 쏘았다.

"그만하십시오."

묘가 달려들자 나무와 수가 묘를 붙잡았다.

"오빠들이 좀 말려봐요."

나무와 수는 가만히 볼 수밖에 없었다. 산천지령의 말은 틀리지 않았다. 그는 여우령일 뿐이었다. 그때였다.

갑자기 그들 앞에 커다란 천공이 생기더니 12령이 나타났다. 천공을 통과하자마자 그는 호가 누워 있는 곳의 땅을 들어 올렸다. 그 동그란 원 안에 호가 눈을 감고 누워 있었다.

"뭐 하는 짓이냐?"

"여우구슬은 여우령의 것입니다."

"뭐라?"

"이 세상을 가지려면 꼭 필요한 것이니 제가 갖겠습니다."

"어떻게 천공을 만들었느냐?"

"어깨너머로 배운 것이지요, 주인님."

"내가 범 새끼를 키웠구나."

"저는 기다려 드렸습니다. 7개의 구슬이 다 모일 때까지. 오늘이 그날인가 봅니다. 주인님이 가지고 계신 6개와 저놈이 먹은 1개 모두를 합칠 수 있는 묘까지. 이보다 완벽할 수는 없지요."

12령은 무서운 기세로 산천지령에게 달려들었다. 산천지령은 자신의 커다란 지팡이로 그의 어깨를 가격했다. 그러자 12령은 고통스러워하는 대신 자신의 손톱으로 산천지령의 옆구리를 공격했다.

"욕심이 그간 과하셨습니다."

12령은 산천지령에게 밀리지 않을 만큼의 도력을 가지고 있었다. 묘와 오빠들은 상대가 되지 않는 거대한 에너지들 간의 처절한 싸움이었다.

산천지령이 호가 말한 밝은 빛의 사람이었다는 것이 믿어지지 않았다. 이 엄청난 사실 앞에 그들은 할 말을 잃었다. 그동안 그들은 산천지령의 꼭두각시처럼 그의 지시에 따라 살아왔었다.

둘의 싸움을 지켜보던 묘가 여우 주머니에서 여우환을 모두 꺼내 오빠들에게 주고 자신도 먹었다. 지금은 모든 에너지를 총동원할 때였다. 그래도 다행인 건 둘 중에 하나가 이기면 그들은 하나만 상대를 하면 되는 것이었다.

"기다려."

오빠들이 여우환을 먹고는 움직이려 하자 묘가 막았다.

"조금 있다가. 일단은 산천지령을 도와 12령부터 없애고 그다음 산천지령을 없애는 게 좋을 것 같아."

묘의 계책에 모두 조용히 그들의 싸움을 지켜보고 있었다.

산천지령의 눈부시도록 하얀 의복이 붉디붉은 피로 물들어가고 있었다. 산천지령이 옷의 소맷자락에서 여섯 개의 여우구슬을 꺼내 들자 여우구슬이 그를 감싸며 원을 그리고 돌고 있었다.

너무나 아름다운 모습에 묘는 넋을 잃고 있었다. 영롱한 천상의 색을 가진 여우구슬이 산천지령의 상처를 치유하고 있었다.

"내 너를 용서치 않으리라."

여우구슬에 감싸인 산천지령의 모습에 12령의 우두머리는 당황을 했다. 그는 5개의 구슬의 힘만을 몸으로 흡수할 줄만 알았지 산천지령처럼 여러 가지로 사용할 수 있는 법을 알지 못했다.

산천지령의 주위로 달이 지구 주위를 돌 듯이 돌고 있던 여우구슬들이 산천지령이 두 눈을 감고 주문을 외우자 엄청난 속도로 회전을 하기 시작했다. 마치 회오리를 일으킬 듯이 그 속도가 놀랍도록 빨랐다.

"삼라만상의 힘이 있는 나의 여우구슬들아, 악한 기운의 12령을 꿰뚫어라."

산천지령의 말에 여우구슬들이 마치 탄환과도 같이 12령에게 달려들었다. 하지만 12령이라고 당하고만 있지 않았다.

"야~합~"

12령은 자신이 내뿜고 있는 여우 광으로 순식간에 방패를 만들어 여우구슬을 막았지만 방패와 함께 여우구슬의 막강한 힘에 뒤로 밀렸다.

휘익~

다시 산천지령에게 돌아온 여우구슬이 산천지령의 몸을 다시 돌기 시작했다.

"이것을 막다니, 너의 힘이 많이 강해졌구나."

"제가 드릴 말씀입니다."

한 번의 공격으로 땀을 비 오듯이 흘리는 12령이었다.

"그래, 어디 한번 계속해서 막아보거라."

또 한 번 여우구슬들이 12령을 향해 날아갔다. 이번에도 12령은 여우 광을 이용해 붉은 방패를 만들어 막았으나 조금 전보다 더욱 뒤로 물러났다.

"헉, 헉. 인간의 모습으로는 좀 버겁군요."

이렇게 말하며 12령은 드디어 추악한 본모습을 드러냈다. 이제 껏 보았던 12령들과는 차원이 다른 크기의 12령이 인간의 살갗을 찢으며 나왔다. 황금색 털이 달빛을 받아 황금처럼 절제된 고결한 빛을 내고 있었다. 갈색의 여우령과는 차원이 다른 권위의 색이었다.

휘릭!

순간이었다. 12령이 산천지령의 온몸의 혈 자리를 빛의 속도로 공격했다. 보고 있던 묘의 눈에도 공격의 순간이 보이지 않을 정도였다. 산천지령이 땅에 쓰러졌다.

"오빠!"

묘가 소리를 지르자 수가 화살을 쏘기 시작했고 나무가 줄기를 뽑아 12령의 발에 감아 쓰러뜨렸다.

쿵!

소리와 함께 12령이 넘어졌고 수의 화살 공격은 그가 쓰러진 상황에서도 계속되었다.

"네 이놈들!"

12령이 벌떡 일어나더니 수를 한 손으로 잡아서 산천지령이 쓰러진 곳에 정확히 던졌다. 떨어지는 수를 산천지령이 받아냈다. 그리고 다시 여우구슬을 빠르게 돌렸다. 12령이 산천지령에게 달려들자 이번에도 나무가 온몸을 자신의 나무줄기로 감아 잠시지만 꼼짝을 못하게 했다.

"캬아악!"

비명 소리와 함께 여섯 개의 여우구슬이 12령의 몸을 관통했다. 12령의 피가 사방으로 흩어졌다. 산천지령이 그에게 가까이 오시더니 주문을 외우자 그의 몸 안에 있던 여우구슬이 몸을 뚫고 산천지령의 손에 들어갔다.

열한 개의 구슬이 산천지령의 몸에서 돌고 있었다. 그 빛이 얼마나 환한지 눈을 똑바로 뜰 수가 없었다. 산천지령의 몸이 비틀거렸다. 아무래도 12령의 공격에 몸이 많이 상한 것 같았다.

12령을 잡고 있던 나무도 큰 부상을 당했다.

"나무 오빠!"

수를 붙잡고 있던 묘가 나무를 보고 울부짖었다. 모두가 의식을 잃고 쓰러져 있어서 묘의 계획대로 산천지령을 공격하기는 힘들었다. 산천지령은 호가 있는 곳으로 몸을 돌리고 있었다.

투명한 구체 안에 몸이 떠 있는 호는 여전히 눈을 감고 있었다. 산천지령이 가까이 가자 호를 보호하고 있는 구체가 갑자기 강한 빛을 내며 그를 경계하고 있는 듯했다.

부상을 입고 의식을 차리지 못하는 수 오빠를 감싸 안고 있는 묘가 소리를 질렀다.

"제발 그냥 두십시오. 구슬을 다 갖지 않으셨습니까? 꼭 나머지 하나를 기어이 갖으셔야겠습니까?"

그녀의 말이 거슬렸는지 산천지령이 묘를 매섭게 쳐다보며 말을 했다.

"다 모아서 본래의 힘을 갖게 하는 것이 내 임무니라."

"욕심이 나시는 것이 아닙니까?"

"……."

"세상을 그리도 가지고 싶으십니까?"

산천지령은 묘의 말을 더 이상 듣지 않고 그의 몸을 감싸고 있는 여우구슬의 속도를 더하기 시작했다. 호를 감싸는 보호막을 부술 생각인 것 같았다.

"안 됩니다. 그가 죽습니다."

"……."

"산천지령님, 안 됩니다!"

묘가 창자가 끊어질 정도로 애달프게 부르짖었지만 산천지령의 주문은 계속되었다.

"삼라만상의 힘을 가진 여우구슬이여, 그대의 마지막 구슬을 불러다오."

투명 구체 안의 호의 몸이 갑자기 발작을 일으키며 여우구슬의 영롱한 푸른색을 온몸으로 투과시키고 있었다. 그의 몸이 터질 것 같다는 생각이 들자 묘가 산천지령을 향해 달려갔다.

"안 돼!"

처절한 울부짖음이었다. 자신의 반쪽이 지금 죽어가고 있었다. 묘가 산천지령에게 가기도 전에 산천지령을 감싸고 있던 여우구슬들이 호를 감싸고 있는 구체를 향해 날아가고 있었다.

쾅!

순식간의 일이었다. 여우구슬과 구체가 충돌하며 엄청난 빛과 함께 거대한 에너지를 쏟아냈다.

"아~"

머리가 깨질 듯이 아픈 묘가 머리를 부여잡고 몸을 일으켜 자리에 앉았다. 얼마나 충돌할 때의 에너지가 강했는지 주변의 모든 게 그 강한 힘에 굴복했다.

묘는 온몸이 숯검정처럼 까맣게 되었고 주변의 모든 나무들이 타서 없어졌다. 마치 산불이 난 것처럼 일대가 모두 타버렸고 땅은 거대한 운석이 떨어진 것처럼 깊이 파여 있었다.

그녀의 눈에 보이는 한도 내에선 살아 숨 쉬는 생명체가 보이지
않았다.

"호!"

그녀의 머리에 처음 떠오른 이름이 호였다. 자리에서 벌떡 일어
난 묘는 주위를 둘러봤다. 그녀의 눈에 가장 먼저 띈 것은 산천지
령이었다. 언제나 빛나던 그의 하얀색 의복이 검게 그을려 있었고
몸에서는 불이 꺼지며 하얀 연기가 피어오르고 있었다.

그녀는 산천지령의 근처에는 가지 않고 계속 호가 있었던 자리
를 찾았다. 그때 수가 정신이 들었는지 자리에서 일어났다. 묘는
정신없이 달려 수에게 갔다.

"오빠, 괜찮아?"

"응. 머리만 좀 깨질 듯이 아파. 나무 형은?"

"보이지 않아."

"호는?"

"없어, 안 보여."

그때까지도 평정심을 잃지 않았던 묘가 울음을 터트렸다.

"흑, 흑, 없어. 보이질 않아. 산천지령이 구슬에만 욕심이 없었
더라도……."

"뭐?"

"산천지령이 진짜로 여우구슬을 탐냈어."

그때였다. 멀리서 몸을 일으키는 사람이 보였다. 나무였다.

"형!"

묘는 주변을 살펴보았다. 어디에도 호는 보이지 않았다. 사라진 걸까? 묘의 눈에서 계속해서 눈물이 흘렀다. 그때였다.

검은 잿빛 사이에서 영롱한 빛이 조금씩 새어 나오고 있었다. 묘는 그곳으로 정신없이 달려가 맨손으로 땅을 파기 시작했다. 호였다.

"제발, 제발……."

묘는 그가 죽지 않기를 바라며 손으로 열심히 땅을 파내고 있었다. 그의 얼굴이 서서히 보이기 시작했다. 역사 유물을 발굴하듯이 조심스럽게 그의 얼굴을 파냈다. 나머지 몸 부분은 오빠들이 도와줘서 쉽게 파낼 수 있었다.

묘가 그의 가슴에 귀를 대고 심장 소리를 확인했다. 여전히 빛이 나는 몸이었지만 심장 소리는 들리지 않았다.

"제발, 제발 일어나요."

묘의 간절한 울부짖음에 오빠들도 고개를 들지 못했다. 그때였다. 나무의 눈에 호의 손이 움직이는 것이 보였다.

"움직였어."

"뭐?"

"움직였다고."

묘가 그의 뺨을 톡톡 치면서 다시 호를 깨웠다.

"눈 좀 떠봐요, 제발."

그러자 신기하게 그의 눈이 조금씩 떠지고 있었다. 황금색의 눈동자가 그들을 쳐다보고 있었다.

"호!"

"묘……"

그가 몸을 일으키더니 주변을 둘러보았다. 그리고 아직도 자신의 몸속에서 빛을 뿜어내고 있는 여우구슬을 쳐다보았다. 구슬은 마치 전등처럼 그를 밝게 만들었다. 그리고 뭔가를 깨달은 사람처럼 자리에서 일어서더니 기를 모으기 시작했다.

그의 몸짓에 땅의 풀들이 다시 고개를 들기 시작했다. 마치 새로운 생명을 불러일으키듯이 사방에 풀들이 자리기 시작했다. 약간의 시간이 지나자 나무들이 자라기 시작했고 어느덧 처음의 숲의 모습으로 변하고 있었다.

신기했다. 눈으로 보고 있음에도 믿어지지가 않았다. 마지막으로 그가 산천지령의 몸을 공중 부양을 시키더니 가장 큰 소나무에 그를 세웠다.

그러자 산천지령의 눈이 떠졌다.

"어찌 그러셨습니까?"

"어찌라 하였느냐? 옥황상제는 나에게 옥황상제의 구슬을 보이지 말았어야 했다."

그랬다. 산천지령은 이 모든 시작을 만들었던 옥황상제가 너무나 어여삐 여긴 그 산천지령이었다. 묘는 또 한 번 충격에 휩싸였다.

"산천지령님이 그분이시라면 지금 염라대왕의 지옥에 있으셔 야 하지 않습니까?"

"그야, 예전의 일이지. 내가 염라대왕을 설득하였다 하지 않았 느냐. 나는 그래서 금강산에서 벗어날 수가 없느니라. 그것이 얼 마나 답답한 것인 줄 아느냐."

"하지만 가끔 저희에게도 오시지 않으셨습니까?"

"아주 가끔 옥황상제의 눈을 피하여 그것도 아주 잠깐 다녀올 수 있었지."

"그래서 구슬이 필요하셨습니까?"

"자유로움이 필요했다. 그리고 그 황홀했던 옥황상제의 구슬이 갖고 싶었다. 그리하면 나를 이렇게 묶어둔 옥황상제를 몰아낼 수 있기 때문이다. 보너스로 세상도 가질 수 있었지."

"저희는 아버지라 생각했습니다."

"하하하, 컥!"

그의 입에서 피가 흘렀다.

"어리석구나. 나는 필요에 의해 너희들을 점찍었을 뿐이다. 조 선 최고의 검객과 궁사, 그리고 구슬을 합칠 수 있는 너를 말이 다."

그때 빛이 더욱 강해지며 호가 산천지령을 나무로 밀어 넣고 있 었다.

"생각보다 너의 힘이 강했구나, 호야. 기다리거라. 내가 반드시 다시 돌아와 사라진 11개의 구슬과 너희를 만나러 오마."

그가 나무 속으로 서서히 들어가고 있었다. 모두들 호의 능력에 놀라고 있었다. 다시 여우령이 온다고 해도 모두의 힘이 합쳐진다면 이길 수 있을 것 같았다.

"이제 여우령들도 없고 평안한 세상이 오겠지?"

"아니, 12령의 우두머리의 시신이 어디에도 보이지 않아."

그랬다. 가슴에 구멍이 뚫린 12령의 우두머리와 11개의 여우구슬이 보이지 않았다.

"설마, 타버렸겠지."

"아니, 사라졌어."

나무의 말이 맞았다. 12령과 여우구슬은 그 어디에도 없었다.

"12령은 죽었어."

"여우구슬은?"

"산천지령이 호의 구체를 깰 때 아무래도 사라진 것 같아."

"어떻게 하지?"

묘가 걱정 어린 표정을 하고 있었다.

"걱정하지 마. 다시 돌아온다고 해도 우리 넷이 있잖아."

나무 오빠가 묘와 수의 어깨를 감싸고 산천지령을 봉인 중인 호를 보며 말했다.

"그래도 걱정이야."

"걱정하지 마. 11개의 구슬을 물리친 묘의 신랑이 있으니까."

거대한 소나무가 마치 산천지령의 양팔이 묶여 있는 모습을 하고 있었다. 소름 끼치게 무서운 형상이었다. 나무의 두꺼운 껍질이 묘하게 산천지령이 눈을 감고 잠든 모습이었다. 나무도 산천지령과 같이 잠이 든 듯 고요했다.

"괜찮을까?"

"불로장생(不老長生)의 몸이라 죽일 수는 없어. 이렇게 가둬두는 게 가장 큰 형벌이겠지."

"봉인을 해제할 자가 나타난다면?"

"옥황상제나 염라대왕이 아닌 이상 봉인을 풀 수는 없을 거야."

"그렇다면 다행이고."

나무 오빠가 소나무를 보며 말하는 동안 수 오빠는 계속해서 뭔가를 찾고 있었다.

"여우구슬들이 어디로 사라진 걸까?"

"확실한 건 12령이 가져가지는 않았어."

"그럼 산천지령이 가지고 있는 건 아닐까?"

"그건 모르겠어. 이미 봉인이 되었으니 신경을 쓸 필요는 없을 것 같아."

"도대체 구슬은 어디로 사라졌을까?"

"만약에 파괴되지 않았다면 시끄러운 세상을 피해 사라진 것 같아."

"제발 사라졌으면 좋겠어."

그때, 묘가 집으로 돌아갈 천공을 만들었다.

"집에 가서 이제 정말 쉬어야 하지 않을까?"

"그래."

천공 속으로 그들이 사라지자 거대한 소나무의 솔잎 사이에 눈이 떠졌다. 산천지령의 눈이었다. 그들의 뒷모습을 눈에 담은 눈은 서슬이 퍼레졌지만 눈을 조용히 감았다. 마치 훗날을 도모한다는 듯이.

제12장 영혼을 사로잡은 묘(猫)

"실장님~!"

김 대리가 미친 듯이 소리를 지르며 사무실로 들어왔다. 평소에 어수선한 걸 싫어하기로 유명한 묘 때문에 발꿈치까지 들고 다니던 그가 미친 듯이 소리를 지르며 들어오자 사무실 전체 식구들의 눈이 점점 커지고 있었다.

이후의 묘 실장의 반응이 불 보듯이 뻔한 상황이었다. 아마 천지가 개벽할 만한 뉴스가 아닌 이상, 김 대리는 살아남기 힘들 것이다.

"실장님."

"……."

싸늘한 시선이었다. 어디 한번 너의 급한 상황을 말해 시원치 않으면 죽을 줄 알아, 라고 말하는 눈빛이었다.

"고 사장님께서 지금."

"지금?"

갑작스러운 신랑 얘기에 묘의 얼굴이 굳어졌다. 요즘 밤낮 없이 바쁜 그였다. 회장이 사라지고 그 이유를 알 턱이 없는 사람들이 동요를 하자 그가 회장 대행으로 어수선한 회사를 제자리로 돌려놓기 위해 고군분투 중이었다.

혹시 과로로 쓰러지기라도 하면 어쩌나 요즘은 그게 묘의 걱정이었다.

"빨리 얘기해!"

이번에는 묘의 목소리가 커졌다.

"고 사장님을 회장으로 추대한다고 이사회에서 결정이 난 모양이에요. 유 이사가 될 줄 알았는데 그동안의 실력을 인정받아서 지금 결정됐다고 합니다."

"……."

"축하드립니다, 회장님 사모님."

박수 소리가 사무실을 울렸다. 자신들의 상관이 높은 사람과 연관이 되었다는 건 그들에게는 플러스니까 그들도 모두 호가 회장이 된 것이 마치 자기 일인 양 기뻐해 주었다. 묘도 그의 승진이 뿌듯했다.

12령이 어디론가 사라지고 나타나지 않는 것이 불안하기도 했지만 그 몸을 가지고 살아남았을 수는 없을 것 같았다. 그리고 그에게는 12령이 가지고 있어야 할 여우구슬이 없었다.

"실장님?"

멍하게 생각을 하고 있던 묘는 깜짝 놀라 김 대리를 쳐다보았다.

"한턱 쏘셔야 될 것 같은데……."

그녀의 눈치를 보며 말하는 김 대리에게 묘가 카드를 주었다.

"내가 끼면 재미없으니까 마음껏 즐기라고."

여기저기서 박수와 함성이 터져 나왔다.

"신나게 놀고 내일은 토요일이니까 늦잠 푹 자고 모레 즐거운 얼굴로 봅시다. 그때 오늘의 여운이 있으면 안 되는 거 알지?"

"네."

"오늘은 나 먼저 들어가 볼 테니 재밌게 놀라고."

"감사합니다."

여섯 시가 안 돼서 퇴근하는 묘 실장은 처음인지라 그녀가 얼마나 기분이 좋은지 다 느끼고 있었다.

"음~ 음~ 음~"

콧노래가 절로 나오고 있었다. 뭐든지 잘하는 신랑 덕분에 뿌듯한 마음을 처음으로 가져 보는 묘였다.

"기분이 좋다."

식탁에 와인을 마실 수 있게 세팅을 한 그녀는 모처럼 한가로이 신랑을 기다렸다. 이사진들과 저녁을 먹고 들어온다고 연락이 왔기 때문에 그가 좋아하는 식사 대신에 간단히 와인만 준비한 묘였다.

그가 뭘 좋아할지 아는 묘였다. 그가 가장 먹고 싶어하는 게 자신이라는 걸 아는 묘는 그를 위한 아방궁을 준비했다. 오늘은 그를 위한 날이었다.

욕조에 거품을 만들고 온도를 맞추고는 이따 있을 뜨거운 밤을 위한 준비를 하는 묘였다. 따뜻한 물이 발끝에 닿자 온몸에 소름이 돋았다. 이 집에 들어와서 처음 써보는 욕조였다. 그간 너무나 바빴고 사실 고양이인 그녀는 물을 좋아하지 않았다.

오늘은 이 은은한 향수를 몸에 입히고자 그녀는 좋아하지 않는 욕조에 몸을 담갔다.

"이런 걸 왜 좋아하지?"

뜨거운 물에 들어가는 건 특히나 좋아하지 않았지만 지금 물에 풀어놓은 향은 그녀의 코를 자극해서 그토록 싫어하는 물에서도 견디게 만들어주고 있었다.

따뜻함이 그녀의 굳었던 근육을 풀어주는 것 같았다. 눈을 감고 있는데 낯익은 피비린내가 그녀의 코를 자극하고 있었다. 이건 여우령들의 특유의 피비린내였다. 갑자기 그녀의 온몸이 가위에 눌린 듯이 꼼짝할 수가 없었다.

"하~"

눈을 뜨자 그녀의 눈에는 연기 같은 모습의 12령이 그녀의 욕조 가득히 있었다. 육체의 모습을 띨 수 없는지 그는 마치 영화 속의 유령같이 투명한 모습이었다. 하지만 그 모습이 하도 기괴해서 영화 속의 깜찍한 유령과는 비교가 되질 않았다.

"하~ 향기가 좋군."

꽉 조여오는 녀석 때문에 말조차 하기 힘들었다. 그녀가 몸에 힘을 주어 풀려고 발버둥 칠수록 그의 올가미는 더더욱 강해졌다.

"하~ 기다리고 있어. 네가 가장 행복할 때 내가 오도록 하지."

"으악~!"

겨우 소리를 질렀다.

"하~ 그때는 지난번처럼 쉽게 당하지는 않을 거야."

"악~!"

누군가 그녀의 몸을 흔들었다.

"묘, 나쁜 꿈이라도 꾼 거야?"

그녀의 신랑이었다.

"왔어요?"

그녀 이마의 식은땀을 손으로 닦아주며 그가 욕조의 가장자리에 앉아 있었다.

"피곤해?"

"아니요."

"날 위해 준비하고 있었던 거야?"

"……."

그녀가 대답 대신에 그를 바라보고 있었다. 그가 욕조에서 일어나더니 자신의 슈트를 하나씩 벗기 시작했다.

"오늘 늦을 줄 알았어요."

"좋은 일은 당신과 나누고 싶어서 늙은 이사들은 술자리에 두고 먼저 나왔지."

"그래도 되는 거예요?"

"신경 쓰지 마. 난 놀러 회사에 다니는 게 아니니까 일만 잘하면 되는 거야."

"그래도."

그가 마지막 남은 옷을 벗고 욕조 안으로 들어오자 물이 욕조에서 흘러넘쳤다. 그가 그녀를 자신의 위에 앉혔다.

"따뜻한 물로 다시 받을까요?"

"아니."

"그래도 몸을 풀려면……."

그가 뒤에서 그녀의 귓불을 살짝 물었다.

"당신 때문에 내 몸이 너무나 뜨거워서 찬물이 더 나을 것 같아."

"……."

그의 손이 그녀의 가슴을 움켜잡았다가 놓자 그녀의 머릿속이 하얗게 변하고 있었다. 그의 강인한 손마디 사이로 그녀의 하얀 가슴이 삐져나오자 묘한 색의 대조를 이루었다.

"온전히 흑과 백이군."

그도 그녀와 같은 생각을 한 것 같았다. 그녀가 그의 손에 자신의 손을 가져갔다. 그가 자극적으로 손을 움직일 때마다 그녀는 아까의 악몽에서 조금씩 벗어나고 있었다.

"아~"

그녀가 몸을 움직일 때마다 그의 페니스가 딱딱해지고 있었다. 한껏 그의 애무에 달아오른 그녀가 이번에는 그와 마주 보게 앉았다. 그러면서 그녀의 여성으로 그의 페니스를 자극했다. 그녀의 요사스런 움직임에 그는 꼼짝없이 당하고 있었다.

"우리 오늘은 여기서 한번 해볼까요?"

묘가 그의 목에 팔을 두르고 앉아 그의 입술 위에서 가만히 속삭였다. 그리고는 그의 대답을 기다리지도 않은 채 입술을 삼켜버렸다. 말랑하고 앙증맞은 그녀의 혀가 그의 입안을 당당하게 차지하고 있었다.

"나의 키스가 마음에 들어요?"

묘의 목소리가 허스키하게 갈라졌다.

"아주 많이."

묘의 입술이 다시금 그의 입술을 점령하며 그녀의 여성이 그의 페니스를 자극하고 있었다. 그녀가 그녀의 여성으로 비벼대는 탓에 그의 머릿속이 하얗게 변해가고 있었다.

"넣고 싶어요?"

묘는 요부였다. 그를 점점 끝으로 몰아가고 있었다. 그가 그녀
의 허리를 들어 올리려 하자 그녀가 몸을 틀어 그를 받아들이기를
거부했다.

"대답해 줘요."

그녀는 그가 말해주기를 바라고 있었다. 온전히 묘에게 백기를
든 호였다.

"넣고 싶어서 미치겠어."

그녀의 입가에 요염한 미소가 번졌다. 그리고 허리를 들어 그의
페니스를 물속에서 받아들였다.

"아~"

그녀의 신음 소리가 욕실 안을 가득 채웠다.

철퍽! 철퍽!

그가 묘를 들었다가 내릴 때마다 민망한 물소리도 그칠 줄을 몰
랐다. 시간이 오래 흘러서 이제 거품도 다 사라지고 불투명한 핑
크색 물이 그녀의 몸을 아슬아슬하게 비추고 있었다.

그가 그녀를 안아 올렸다.

"어머, 뭐 하는 거예요?"

"우리 마나님을 더욱 즐겁게 해주는 게 돌쇠의 몫이 아닌가 해
서."

"그 말은 맞는 것 같네요."

"하하하."

그녀가 그의 목에 팔을 둘렀다. 그녀를 안아 들고 침실로 가기도 전에 그가 참지를 못하고 그녀를 화장대 위에 앉혔다. 그리고 무릎을 세워 자신의 페니스가 들어가기 편하게 만들었다. 그리고 한 번의 동작으로 그녀의 질로 자신의 페니스를 밀어 넣었다.

"아~ 묘, 넌 요물이야."

그가 빠른 스피드로 그녀의 몸에 자신의 것을 찔러 넣으며 계속해서 말하기를 멈추지 않았다.

"너의 젖은 이곳이 너무나 좋아."

그가 그녀의 질에 자신의 페니스를 넣고 손가락으로는 그녀의 클리토리스를 자극했다. 그만큼 묘도 이성을 잃어가고 있었다.

"미칠 것 같아요."

그가 속도를 높였다.

"더 이상은 못 참을 것 같아."

그가 그녀의 몸 안에 그의 분신들을 쏟아냈다. 그가 묘의 흘러내린 머리카락을 넘겨주었다. 땀으로 인해 얼굴에 달라붙어 잘 떨어지지 않는 머리카락을 정성스럽게 넘겨주었다.

"예쁘다."

그의 한마디에 그녀의 얼굴에 미소가 피어올랐다.

"전생에 아무래도 나라를 구한 것 같아."

"……."

그의 황금색 눈동자 안에 그녀가 가득했다. 지난번 싸움 이후에 그의 까만색 눈동자는 12령의 황금색 털 색깔로 변했다. 그리고 그의 몸속에 든 여우구슬은 아직도 그와 함께하고 있었다.

그렇다고 그가 12령이 되었다고는 할 수가 없었지만 그가 여우령이 아니라고도 할 수가 없었다. 그의 아버지가 12령이었기 때문이다.

그의 얼굴이 점점 그녀에게로 다가왔다. 황홀할 정도로 잘생긴 얼굴이었다. 그의 입술이 약간 벌어진 그녀의 붉은 입술 위로 내려앉았다. 도톰한 아랫입술을 머금은 그가 다시금 발동을 걸기 시작했다. 그녀는 그의 목에 팔을 두르고는 다음에 사랑을 나눌 장소가 어디인지 은근히 기대를 하고 있었다.

그의 발걸음이 침대에서 멈추었다. 하지만 이번에는 그녀에게 침대의 끝을 잡게 하고는 이번에는 뒤에서 그녀를 공격했다. 그의 끝을 모르는 정력에 그녀는 두 손 두 발을 다 들었다.

"아~ 더 깊이."

그녀의 요구사항을 충실하게 이행하는 호였다. 그들의 끝없는 탐닉을 바깥의 창으로 몰래 훔쳐보는 이가 있었다.

"아까의 경고를 잊지 마라. 그리고 마음껏 즐기거라. 내 곧 돌아올 테니."

12령이 창밖에서 그렇게 말을 하고는 연기처럼 사라졌다.

일요일 오후에 모처럼 수의 카페를 찾은 묘와 호는 수지가 개발한 도사 커피를 마시고 있었다. 카페 도사의 이미지와도 비슷한 이 커피는 출시하자마자 불같은 반응을 이끌어내서 지금은 출시한 지 얼마 되지도 않아 히트 상품이 되었다.

"이거 마시면 도술을 부릴 수 있는 거예요?"

커피를 마시고 있는데 수지가 인사를 하기 위해 왔다.

"네."

신기하게 복숭아 향이 나는 도사 커피는 나올 때 드라이아이스 조각이 들어 있는 복숭아 한 조각이 같이 나와 신선들의 음식을 먹는 느낌이었다.

"맛있죠?"

"응."

그가 멋있게 웃어 보이자 묘가 인상을 썼다.

"왜?"

놀란 그가 묘에게 물었다.

"그렇게 웃지 마요."

"어?"

"당신이 그렇게 웃으면 여자들이 덤벼들 것 같단 말이에요."

"하하하, 뭐?"

"그렇게 웃지 마요. 난 심각해."

"가지가지 하시네요, 동생님."

수였다.

"뭘 그렇게 남의 사생활을 엿듣고 그래?"

묘가 입이 한 자는 나와서 오빠에게 따졌다.

"아이고, 형님. 고생이 많으십니다."

"하하하, 고생은 뭘."

"형님이 그러시니까 묘가 사람이 있건 없건 저러는 거 아니에요."

"오빠!"

"오랜만이야. 서로 바빠서 얼굴 볼 시간도 없었군."

그가 수에게 안부를 먼저 물었다. 묘가 보기에도 신랑이 수는 편하게 생각하는 것 같았다.

"뭘요, 이렇게 보면 됐죠."

"잠깐 앉지."

"아 참, 저기 앉아 있는 여자분 주말마다 타로 점 봐주거든요. 재미 삼아 한번 보시라고 여기에 왔는데 잊어버렸네요."

"그래?"

"응, 수지 씨가 도사 커피를 팔면서 낸 아이디언데 대박이야."

"수지 씨가 가게를 먹여 살리는 것 아니야?"

묘와 호가 호기심 어린 눈으로 쳐다봤다.

"진짜 잘 맞춰요."

수가 그들의 자리로 여자를 불러주었다. 여자는 마녀와 같은 신비한 분위기를 풍겼다.

"연애운도 볼 수 있나요?"

"결혼을 하셨으니 결혼운을 보셔야죠."

여자는 굉장히 허스키한 음색을 가지고 있었다.

"저희가 결혼한 줄은 어떻게 아셨어요?"

그녀는 대답을 하지 않고 다짜고짜 카드를 쫙 펼쳤다. 마치 동화 속에 나오는 마녀처럼 망토를 입은 여자는 참으로 신비로웠다. 얼굴은 모자에 가려서 잘 보이지 않았지만 손은 정말로 젊은 마녀의 손이었다. 손톱이 3㎝는 돼 보였고 모두 빨강색으로 칠해져서 아직 점을 보지 않았지만 왠지 모르게 믿음이 갔다. 왜 사람들이 열광을 하는지 알 것 같았다.

"여기서 아홉 장의 카드를 뽑으세요."

"그냥 뽑으면 되나요?"

"네."

"내가 먼저 할게요."

묘가 궁금해서 못 참겠다는 듯이 카드에 먼저 손을 뻗었다. 아홉 장의 카드를 다 뽑은 묘는 여자가 자신들이 얘기를 해주기를 기다렸다. 아홉 장의 카드를 다 뒤집은 여자는 한참 동안 말을 하지 않았다.

"왜요? 안 좋은가요?"

여자가 말이 없자 묘가 걱정이 돼서 물었다.

"첫 번째 카드는 '세계' 카드입니다. 이 카드는 연애운으로는 최고의 카드이고 결혼해도 좋다는 의미가 있습니다. 이 카드가 과거에 나왔으니 이미 결혼을 하신 건 운명인 거지요."

"그럼 좋은 거네요."

"두 번째 카드 또한 상대방의 과거인데 이 카드 역시 결혼을 의미하는 '나무4' 카드가 나왔습니다."

이제 묘의 입이 귀에 걸렸다. 듣기 좋은 빈말일 수도 상술일 수도 있었지만 묘의 기분이 좋은 건 사실이었다. 묘가 싱글벙글하자 호가 묘의 머리를 쓰다듬었다.

"그렇게 좋아?"

"네."

세 번째부터 일곱 번째의 카드는 현재까지의 그들의 상황을 잘 말해주고 있었다. 고난을 극복하고 참사랑을 이루고 있다는 말을 여자는 쉴 새 없이 쏟아냈다. 상술이라 좋은 말만 해준다고 생각하고 있을 때쯤 미래 카드를 든 여자가 한동안 말이 없었다.

"왜 그러세요?"

여자의 행동이 의아한 묘가 여자에게 물었다. 묘가 보기에도 여덟 번째 카드는 그리 좋아 보이지 않았다. 해골 얼굴을 한 남자가 낫을 들고 죽은 사람을 지켜보고 있는 그림이었다.

"이 카드는 '죽음' 카드입니다. 두 분 사이에 큰일이 다가옵니다. 인력으로 해결할 수 있는 일이 아니지요. 외부의 커다란 힘이 두 분 사이를 가로막고 있습니다."

"네?"

그리고 마지막 아홉 번째 카드를 뒤집자 이번 그림도 심상치가 않게 생겼다. 가운데 뿔이 달린 짐승이 있었고 좌우로 남녀가 묶여 있는 그림이었다.

"이 카드는 '악마' 카드입니다. 이것 또한 다가올 미래에 큰 힘이 두 분의 사이를 가로막는다는 얘기입니다."

여자가 뒤집은 카드 아홉 장을 다시 하나로 뭉쳐서 다른 카드와 섞었다. 묘의 표정이 불안해졌다.

"이런 건 좋은 말만 믿는 거야."

그가 묘의 어깨를 감싸 안았다.

"제가 두 분 사이가 너무 좋아 보여 한마디 해드릴까 하는데 괜찮겠습니까?"

"……."

"제가 점을 보면서 이렇게 하늘이 주신 연을 가지고 만난 커플은 처음 봅니다. 마치 영혼의 반려 같은 느낌이라고나 할까? 하지만 무서운 힘이 머지않아 다가올 겁니다. 그때 서로를 의지하면 반드시 헤쳐 나갈 수 있을 겁니다."

여자가 자리에서 일어나자 묘는 어제 꾼 꿈이 생각이 났다. 12 령이 다시 돌아온다면 그들의 이 같은 행복도 오래가지 못할 것 같은 불안감이 엄습했다.

"불안해요."

"뭐가 불안해. 둘이서 잘 헤쳐 나간다고 하잖아."

"그래도."

"이런 거 너무 맹신하는 거 아냐."

"좀 찜찜해요."

"묘가 다르게 느껴지는데?"

"왜요? 뭐든 조심하는 게 좋은 거예요."

쪽!

그가 갑자기 그녀의 입술에 입을 맞추었다.

"이럴 때 보면 너무 귀엽단 말야."

그의 작은 스킨십에도 묘의 가슴이 두근거렸다. 사나운 고양이 묘가 그의 앞에서만은 순한 고양이가 되었다. 아직은 그에게 자신이 300년 된 고양이임을 밝히지 못했다. 언젠가는 밝히겠지만 지금은 그냥 이대로 행복하고 싶은 묘였다.

"이만 일어날까?"

"네."

"저녁에 뭐 먹고 싶어?"

"우리 회 먹으러 가요."

"질리지 않아?"

"아니요. 당신은 싫어요?"

"좋아. 묘가 먹고 싶은 건 다."

묘가 그의 팔짱을 끼고 카페를 나와 한산한 저녁 길을 걸었다.

차 없이 그와 이렇게 나란히 걷는 이 작은 행복이 영원하길 바라는 묘였다.

"이제는 괜찮겠죠?"

"물론이야. 그리고 묘의 곁에는 내가 있잖아."

사람에게는 수명이라는 게 있고 지금 묘에게는 영원한 생명이 불행인지 행운인지 모르지만 있었다. 정상적으로 늙어가는 게 얼마나 축복인지 사람들은 모를 것이다.

"나는 당신이 멋있게 늙는 모습을 보고 싶어요."

"아마도 그렇게 되겠지?"

"나는 이렇게 동안인 외모로 당신 옆에 있을 거예요."

"내가 돈을 많이 벌어야겠군. 우리 마나님 보톡스 원없이 맞혀주려면."

"뭐예요?"

"세월을 거스를 순 없지만 나도 당신이 이렇게 아름다운 모습으로 평생 있었으면 좋겠어."

"약속!"

그의 손을 잡고 억지로 도장 찍고 손바닥 복사까지 한 그녀였다. 호도 기가 막힌 듯 웃었다. 행복한 바이러스가 그들에게 가득했다. 오늘따라 그들을 비추는 달빛이 따뜻했다.

2015년, 어느 날

"묘!"

현관문을 열자마자 그는 묘의 이름을 불렀다. 한 손에는 여행
가방을 그리고 다른 한 손에는 들어오다 정원에서 너무나 요염하
게 피어 있는 붉은 장미 한 송이를 꺾어 들고 있었다. 물론 주머니
안에는 그녀를 위한 다른 선물도 있었다.

3일 동안 일본 출장을 갔다가 일요일이 돼서야 돌아온 그였다.
특별한 일이 아니면 집을 비운 적이 없는 그였다. 사실은 내일 오
기로 되어 있었지만 묘가 너무나 보고 싶어서 일정을 최대한 단축
했다. 그리고 그건 비밀이었다. 서프라이즈한 이벤트가 될 거라
생각했는데 오늘도 그는 김칫국을 마신 것 같았다.

이런 그의 마음을 아는지 모르는지 묘는 3일 내내 전화조차 없었다. 삐진 그도 묘에게 먼저 전화를 하지 않았다. 이렇게 밀당을 하는 동안 그는 묘의 목소리까지도 못 듣고 3일을 보내야 했다.

"독해."

너무나 서운한 마음이 드는 그였다. 그래도 그를 반겨주는 건 고양이 묘뿐이었다.

"야옹!"

그가 들어오자 소파에서 자던 녀석이 벌떡 일어나 놀란 표정으로 그를 보았다. 꼭 녀석에게 서프라이즈를 해주는 기분이었다.

"그래, 묘야. 너뿐이구나."

묘를 안아 들고는 혹시나 지난번처럼 어디에 숨어서 그를 훔쳐보고 있을까 봐 오늘은 집 안 구석구석을 보았지만 역시나 그녀는 없었다.

"실망인데. 네 주인은 어디에 간 거야?"

"야옹."

"그래, 내가 무슨 말을 하겠니. 씻고 나와서 놀아줄게."

그가 샤워를 하러 부부의 침실로 들어갔다. 침실에는 묘의 향기가 가득했다. 그는 자신도 모르게 침실의 공기를 들이마셨다. 묘가 그리웠다.

샤워를 마친 그가 큰 타월만을 허리에 두른 채 젖은 머리를 손으로 털며 나오고 있었다. 고양이 묘가 소파에 앉아서 그를 빤히 쳐다보고 있었다.

"이 녀석 밝히기는. 잘생긴 남자 처음 보냐?"

"야옹!"

항상 그가 뭐라고 말을 하면 신기하게도 이 고양이는 대답을 했다.

"묘야, 우리 방송에 한번 나가자. 대답 잘하는 고양이 뭐 그런 걸로."

"야옹!"

"너도 좋다고?"

그가 냉장고에서 물을 꺼내서 벌컥벌컥 마셨다. 남자다운 라인이 숨을 멈추게 하고도 남았다. 그 사실을 아는지 모르는지 그는 그렇게 수건 한 장만을 두르고 고양이 묘 앞을 활보하고 다녔다.

"아이고, 나도 좀 쉴까?"

그가 고양이 묘를 안아 자신의 무릎 위에 올려놓고는 쓰다듬기 시작했다.

"고양이 묘도 이렇게 나를 반겨주는데 우리 마나님은 어디 가셨을까? 곰국 끓여놓고 놀러 나간 거 아냐?"

"야옹."

"그래, 아니지? 설마 나의 묘가 그럴 리가 없지."

"야옹."

그의 손길이 더 부드럽게 묘를 쓰다듬었다. 고양이 알러지가 있는 그였는데 이상하게 이 녀석은 괜찮았다. 그리고 뭔가 이 녀석에게 말을 하고 나면 마음이 편해졌다.

"내가 애정 결핍인가 봐. 요즘 너한테 이렇게 말을 하고 나면 마음이 편해지는 것 같아. 애정 결핍이 아니라 미친 건가?"

"야옹."

"네가 말끝마다 대답을 해주니 더 그런 것 같아."

그가 묘의 얼굴을 잡고 눈을 들여다봤다.

"으 그~ 눈 색깔도 우리 묘랑 똑같고. 내가 무슨 소리를 하고 있는 건지."

고양이 묘를 쓰다듬으며 묘와의 웨딩 사진을 보고 있는 호는 안 그런다고 했으면서도 또 주저리주저리 고양이 묘에게 얘기를 하고 있었다.

"저 날은 숨이 멈추는 줄 알았어. 웨딩드레스를 입은 묘는 너무나 아름다웠어. 나 같은 인간에게 이렇게 예쁜 신부가 와주다니. 이 세상 전부를 가진 것 같았지."

그의 얼굴이 웨딩 사진을 보며 환하게 밝아졌다.

"처음에 너의 주인을 봤을 때부터 나는 이 여자를 사랑하리라는 걸 알았어. 처음에 나무 탐정소에서 일한다고 말했을 때 미친 놈처럼 나무가 들어가 있는 모든 가게에 전화를 했어. 묘를 안 보면 죽을 것 같았거든."

그가 피곤했는지 하품을 했다.

"아~ 피곤하다. 묘가 너무 보고 싶어서 3일을 밤을 새웠더니 더 힘들다. 너도 사랑하는 고양이가 생기면 내 마음을 알 것이다."

그렇게 말한 그가 소파에 누워 고양이 묘를 자신의 배 위에 올렸다. 그리고 눈을 감았다. 규칙적인 숨소리가 들렸다. 조금 더 빨리 집으로 돌아오기 위해 그는 쉬지 않고 3일을 밤낮 없이 일했다고 했다.

고양이 묘가 그의 배에서 내려와 아름다운 묘로 변신을 했다. 그가 없는 동안은 그녀에게는 충전의 시간이었다. 그래서 퇴근을 하고 와서나 쉴 때는 고양이의 모습으로 변해서 그에게 전화조차 할 수가 없었다.

그녀가 누워 있는 그의 소파의 맞은편에 앉아 깊은 단잠에 빠져 있는 그를 바라보고 있었다. 얼마나 시간이 흘렀을까. 그녀가 그의 소파 앞에 무릎을 꿇고 앉아 그의 얼굴을 쓰다듬었다. 그리고 그의 입술에 입을 맞추었다. 자다가 달콤한 키스에 놀라 눈을 뜬 그가 그녀를 바라봤다.

"사랑해요."

그의 표정은 이게 꿈인지 생신지 구분이 안 가는 듯했다.

"사랑해요. 영원히 내가 살아 있는 한, 아니, 오랜 세월이 지나 당신이 죽고 또다시 태어난다고 해도 난 당신을 찾아서 그때도 이렇게 사랑한다고 말해줄 거예요."

그녀가 다시 입술을 그의 입에 가져갔다. 그의 혀가 그녀의 혀를 감싸고 그의 손이 그녀의 머리를 감싸 더욱더 깊이 그녀의 입술을 탐했다.

"나도 마찬가지야. 당신만을 사랑해, 영원히."

그리고 그가 그녀를 안아 들어 침실로 향했다.

"피곤하잖아요."

"아니."

"피, 거짓말."

"당신이 나의 피로 회복제야."

"그럼, 우리 이 밤을 한번 불태워 볼까요?"

그가 그녀를 침대 위에 던지듯이 내려놓고는 그 위로 달려들었다. 묘는 행복한 비명을 질렀다. 수많은 밤을 그들은 이렇게 행복하게 지낼 것이다. 그 어떤 방해물이 생기더라도. 왜냐하면 그들은 서로를 너무나 사랑하는 영혼의 반려이기 때문이다.

아참, 그녀가 고양이 묘라는 사실은 당분간 살짝 감춰둘 생각이다. 말할 기회는 얼마든지 있으니까 말이다. 고양이 묘가 그의 말 없는 상담사라고 생각하고 자신의 마음을 쏟아내는 그가 귀엽기도 하고 그런 그의 고백을 들을 수 있는 것도 행복하니까, 그가 놀랄 일은 조금 뒤로 미루고 싶은 묘였다.

그가 그녀의 여성을 입으로 빨고 있었다.

"당신, 반칙이에요."

"내가 지금 며칠이나 굶었는지 알아?"

"몰라요."

"뭐?"

그가 그녀의 여성에서 입술을 위로 조금씩 옮기고 있었다.

"지금부터 기대해도 좋아."

그의 짐승 같은 몸짓은 그의 말대로 기대 이상이었다.

♡— THE END —♡